D1538695

EL CREPÚSCULO DE LOS DIOSES

EL CREPÚSCULO DE LOS DIOSES

RICHARD GARNETT

Introducción de
T. E. Lawrence

Traducción de
Jaime Rest

Ediciones Siruela

Título original: *The Twilight of the Gods*
En cubierta: Detalle de la figura de bronce
del naufragio de Artemision. Hacia 460 a. C.
Diseño gráfico: G. Gauger & J. Siruela
© De la traducción de la introducción, María Luisa Balseiro
© De la traducción, Jaime Rest
© Ediciones Siruela, S. A., 1988, 2002
Plaza de Manuel Becerra, 15. «El Pabellón»
28028 Madrid. Tels.: 91 355 57 20 / 91 355 22 02
Fax: 91 355 22 01
siruela@siruela.com   www.siruela.com
Printed and made in Spain

ÍNDICE

INTRODUCCIÓN

¡*Q*UÉ *buena nodriza ha sido a veces el Museo Británico para los poetas! En el Departamento de Peces, O'Shaughnessy cantó a las fuentes, ríos enteros de lágrimas. Barbellion entre las bestias halló en sí mismo el más rico objeto de disección; y este doctor Garnett, en esa cúpula horrible que es la Sala de Lectura (calva por dentro y por fuera, como un cascarón de avestruz), se reía por lo bajo pensando en el Crepúsculo de los Dioses.*

Parece como si a estos artistas con calefacción central les movieran los contrarios. Un Binyon, de tanto estudiar estampas japonesas, recrea leyendas artúricas. Yo he oído en el Sótano Asirio a un vigilante encargado de cosas babilónicas (que en realidad no eran mucha carga) romper a cantar canciones modernas. Asurnasirpal le recordaba a una chica única. Era un hombre vulgar, sin aptitud literaria ni aun en sus mejores momentos; pero obraba en él ese espíritu de contradicción que tan extrañamente ha hecho florecer a los verdaderos artistas en las salas custodiadas por policías. A buen seguro que al Director sólo le saldrían limericks, *mientras que lo propio del señor con bocamangas y solapas rojas que recoge los paraguas a la puerta sería la epopeya. Por cierto que el Museo es el mejor sitio de Londres para perder un paraguas adquirido o fastidioso. No cuesta más que la molestia de llevarse un disco de latón; y aun eso tiene su utilidad, porque hay un tipo de máquina tragaperras en donde esos discos hacen milagros.*

Muchas otras curiosidades hay entre los detalles personales del Museo; pero el hecho es que el señor Lane me ha prometido veinte guineas por un prólogo al «Crepúsculo», y tan inusitado acontecimiento en mi carrera de escritor exige y merece mayor atención de la que hasta aquí parece haber obtenido. Volvamos, pues, al doctor Garnett.

La Sala de Lectura, su territorio, es sabia, opulenta, sobria, cálida, proba (y hasta mezquina), industriosa; pero le falta humor, le falta brillo, y todo ese despliegue reventón de virtud superficial que abarca la elegancia y es mucho más. Por consiguiente, en un Museo enmudecido, el doctor Garnett hubo de ser —sobre el papel— alegre. Al amparo de un techo tan alto y tan solemne, hubo de ser irreverente. Frente a unos lectores tan tremendamente serios, hubo de ser festivo.

Lo cual no quiere decir que no fuera él también serio, libresco y sincero. El gran Museo nacional podrá ser para el público una gran necrópolis, un osario donde se exponen, no muy decentemente, los huesos carcomidos de las civilizaciones muertas. Para sus empleados es un Templo, y ellos sus fieles. Para ellos el espectáculo indecente es el mundo que hay al otro lado de las ventanas. Ellos viven con los mejores materiales del pasado, estudiándolos, echando mano de todos los contextos de la literatura y de la historia para entenderlos mejor, para verlos con una visión más redonda. Para estos pocos escogidos de la tierra, Grecia y Roma, Babilonia y Egipto no han muerto. Esos imperios están en su departamen-

to (o en el de Menganito, puerta de al lado); son cosas de importancia vital que a cada día que pasa se hacen mayores y más claras, son su pan y su sal, su ideal, su estudio, la ocupación de sus horas de trabajo y el pasatiempo elegido de sus ocios. Inestimable es este privilegio de pasarse las veinticuatro horas del día con lo que el juicio de sesenta siglos ha dejado como mejor..., y para mí es una alegría recordar que durante algunos años el Museo Británico me hizo estimable a su servicio.

El departamento del doctor Garnett, que fue la Sala de Lectura, obliga a un jefe comprensivo a ser un poco universalista. Roma y Grecia, Caldea y Egipto eran muy reales para él; pero era el único de la plantilla para quien su realidad no era excluyente. A lo largo de las horas de apertura tenía que tratar con personas de carne y hueso, cada una con su pesquisa, ya fueran grandes eruditos con el espíritu tan inmerso en el pozo de la sabiduría que ya jamás pudiera alzarse a la vida de todos los días o almas sencillas que quizá ni hubieran oído nombrar a Sanchoniathon o Vopisco. Personas que se acercaban a su mesa en busca del mejor libro sobre orugas, o de un manuscrito de Keats, o para saber cuántos protones podía haber en un pie cúbico de acero Bessemer. La Biblioteca es el soberano del libro de consulta del mundo, y el genio que la preside es el Índice.

Amable e infalible asesoraba el doctor Garnett sobre la cría de abejas o el bimetalismo, mientras, por dentro, su ánimo se representaba el Cáucaso o el Pandemónium y en la cabeza le bullían pequeños temas de Alberto de Aix o de Hesiquio. Nunca abdicó de su cátedra de erudición. En este libro se encierran sus obiter scripta, reacciones de su espíritu contra las fatigas cotidianas; y ¡qué bouquet y qué sabor tienen! El doctor Garnett, ratón de biblioteca en el buen sentido de la expresión, fue un digno sacerdote del Museo, último templo de la teogonía clásica.

Yo me imagino lo que sería la dudosa deliberación en las salas de la escultura griega, de noche, retirado ya el público, en los espacios vacíos y quedos a la luz de la luna, cuando los dioses tallados, sobre sus marmóreos pedestales, oían el blando plip-plap de sus zapatillas de paño donde por el día rechinaban las suelas claveteadas del agente número 7872889. Pasaba el doctor Garnett con tanta timidez, con tanta cautela, entre las hileras de Dioses, porque acaso no supiera a ciencia cierta si su fe se apoyaba en letra impresa o en mármol del Pentélico...; y los Dioses también permanecían distantes, tímidos y callados, porque están tan poco habituados a tratar con adoradores como los hombres a tratar con Dioses. La sección de los duros, Ares, el propio Zeus, Hera, era partidaria de no hacerle ningún caso: mejor, decían, no tener ningún adorador que éste que había puesto sus rotos y costurones a la vista de un mundo socarrón. La hermosa Atenea, el confuso Apolo se inclinaban por la razón a ese parecer, aunque sus instintos tendían a estar con Esculapio, con Hermes, con Prometeo, los modernistas, que sostenían a machamartillo que mares y siglos eran consideraciones a tener en cuenta incluso por los Dioses, y que un Olimpo reformado aún tenía posibilidades entre los votantes. «Este hombre», decían, «ha vuelto a hacer de lo nuestro un tema palpitante. Él en Inglaterra, Anatole en Francia, están despertando el interés del público. Ea, animaos, dad algo que contar, haceos ver, poneos las narices de escayola» (Deméter se echaba a llorar), «sed NOTICIA; y de estos Apóstoles nacerá un ejército a la cabeza del cual recobraremos nuestras provincias».

El conservadurismo ganaba la partida, por supuesto. Los Dioses siempre han sido tardos para unirse a los movimientos de reforma. Tornaban a la Sala Elgin, y allí seguían, mutilados e inmóviles, sobre sus pedestales con cartelitos mugrientos, cuando por la mañana volvía a entrar el servicio con los plumeros. El doctor Garnett había nacido demasiado pronto o demasiado tarde.

Pero en estos Dioses creía virtualmente: la pintura que hace de ellos es retrato del natural, visualizado, con esa apología rutinaria del devoto sensible que oculta sus creencias y sus amores a las flechas del desprecio vulgar vistiéndolos de colorines, para no despertar la ira sino las risas del gentío. ¡Último refugio de la fe, y el más resbaladizo! Pero ¡cuán tierno debe ser un Dios tan pequeño que su adorador puede acunarle y protegerle, y servirle de escudo! La intimidad del doctor Garnett con sus Dioses delata sinceridad. No es el último, sin duda, de los Paganos el que se confiesa, pero sí el último hasta ahora.

Es hermosa la erudición de estos relatos: tan profunda, tan discreta, tan fluida y tan fidedigna. Los caminos reales de lo clásico han sido muy hollados, hasta quedar en pistas blancas, rectas, polvorientas. La erudición segura de sí misma, y sin ambiciones de ir lejos o ir deprisa, a menudo se deleita más en esos ramales donde hay senderos serpeantes, descansos extraños, florestas de follaje espeso. El doctor Garnett era un erudito muy seguro, que había hecho lo llano y lo grande hasta hartarse. En este libro están sus ocios, para deleite suyo tanto como nuestro. No hay que saber mucho para gozar con el Crepúsculo de los Dioses; pero cuanto más se sepa, más rincones curiosos y deleites ocultos se hallarán en él.

Los Dioses son el elemento principal. Los venenos,

la ciencia de las toxinas, son quizá un tercer elemento. El segundo lugar, en mi opinión, le corresponde a la magia negra. También en esto, en cuanto alcanza mi competencia, el doctor Garnett es serio. Sus sortilegios son de verdad, su hechicería es exacta, conforme con los mejores modelos de las edades oscuras. Su espíritu curioso debió de encontrar otro desahogo del escritorio en los intentos de nuestros antepasados de atravesar con la mirada el velo de la carne, hacia abajo.

—Será un asunto peliagudo —observó el hechicero, examinando la campana con ojo de experto—. Requerirá una fumigatio.

—Ciertamente —asintió el obispo—, y también una suffumigatio.

—Aloe y lentisco —aconsejó el hechicero.

—En efecto —prosiguió el obispo—; y sándalo rojo.

—Debemos convocar a Primeumaton —dijo el brujo.

—Sin duda —acotó el obispo—; y a Amioram.

—Triángulos —dictaminó el hechicero.

—Pentágonos —añadió el obispo.

—En la hora de Meton —señaló el hechicero.

—Hubiera dicho que en la de Trafac —sugirió el obispo—, pero me atengo a tu mayor experiencia.

—¿Puedo contar con la sangre de un macho cabrío? —interrogó el mago.

—Por supuesto —asintió el obispo—, y también la de un mono.

—¿Su Señoría opina que sería posible aventurarse inclusive a disponer de un niño destetado?

—Bueno, si fuera absolutamente indispensable...

—Me encanta comprobar una actitud tan liberal de parte de Su Señoría —reconoció el hechicero—. Su Señoría es evidentemente de la profesión.

Me parece a mí que el sabio doctor también habría corrido cierto peligro si el siglo XIX hubiera sido el siglo IX o el XVII.

En erudición demos al libro un sobresaliente. Ídem en magia, en alquimia, en toxicología; ídem en ingenio y humor. Sin embargo, dicen que no se vendió. Mi experiencia en materia de literatura (a despecho de la golondrina solitaria del señor Lane) no es lo bastante profesional para otorgar valor a mi opinión sobre la obra. A Swinburne le encantaba; si yo llegué hasta ella fue de segunda mano desde él. Flecker, el poeta curioso, le robó el primer ejemplar. El señor Wells, escritor de muy distinta traza, la ha elogiado en letra impresa. La satisfacción de Wilde da cierto testimonio del ingenio. El Yellow Book la publicó en parte. Quizá toda esa gente tomó prestado el libro o lo robó: al parecer, ni su satisfacción ni sus elogios fueron suficientes para agotar las ediciones que ofrecía el editor. Ahora hace la prueba con una edición ilustrada. Un vino tan bueno puede soportar mucho ramo; y, por lo tanto, aparte de esas posibles veinte guineas, no puedo yo dejar pasar la oportunidad de decir claramente, y espero que con efecto contagioso, lo mucho que he disfrutado con el libro desde hace casi veinte años; y qué buen pasaporte a las simpatías de muchos hombres de letras conocidos por azar ha sido mi familiaridad con él.

Así que, por favor, compradores de esta edición, no sean demasiado liberales a la hora de prestar su ejemplar. Entre otras cosas, lo más probable será que no lo recuperen. Está repleto de una crueldad deliciosamente implacable, de esa juguetona que entusiasma al hombre libresco. Hay una ironía recurrente que provoca la sonrisa. Sonreír es decoroso en la Sala de Lectura (no se ol-

vide esto), donde una carcajada quebraría el aire como una piedra un estanque tranquilo. Los lectores están todos sentados en torno a la orilla, como las ranas en torno al estanque; y ya saben ustedes que una piedra grande hace rebosar el agua, se les llena la boca y dejan de croar. Este libro les hará reír por lo bajo; nada vulgar. Tiene un pulimento y una perfección de la incongruencia, como de busto añoso con gafas de aviador; un ingenio tan agudo que su punta emite reflejos encadenados hacia los tres o cuatro pasajes a los que alude el original: alusiones recónditas, y a la vez tan amplias y tan humanas que yo he oído las risas extenderse desde el lector por todo un barracón de tropa. Hay primores de acabado junto a temeridades, loca alegría sobre todo el prodigioso paquete de contradicciones. ¡Vaya nidada que incubó la vetusta Sala de Lectura!

T. E. Lawrence
24 de mayo de 1924

EL CREPÚSCULO DE LOS DIOSES

EL CREPÚSCULO DE LOS DIOSES

La verdad jamás decae, pero sus formas exteriores
De vieja data se diluyen como la blanca escarcha.

I

EL siglo cuarto de la era cristiana ya había dejado muy atrás su punto culminante cuando, sobre la cumbre del picacho más elevado del Cáucaso, un águila magnífica se elevó volando con amplias alas en el cielo azul y su sombra rozó la nieve resplandeciente como lo había hecho día tras día durante miles de años. Desde el risco en el que colgaba suspendida con pesadas cadenas, una figura humana —o acaso sobrehumana, porque su prestancia excedía la de los mortales— alzó sus ojos pesarosos con la vislumbre del dolor. El chillido del águila resonó en el viento, al tiempo que con el pescuezo estirado descendía hacia la tierra en círculos cada vez más estrechos; sus enormes plumas crujían ya en los oídos de la víctima, cuya carne se estremecía con escalofríos, en tanto que sus manos y sus pies se agitaban con involuntarias convulsiones. Entonces sucedió algo que en todos estos milenios no se había contemplado. Ninguna centella desgarró la bóveda de ese límpido cielo; ningún cazador infalible se había aproximado al remoto paraje; pese a lo cual, sin indicaciones de haber sido herida, el águila se precipitó exánime y cayó ininterrumpidamente a través del insondable abismo que se abría debajo. En ese mismo instante las ligaduras del cautivo se soltaron con un chasquido e, impulsado por un estímulo que lo mantuvo alejado del abrupto precipicio, se posó a infinita profundidad sobre el césped manchado de sol, entre fresnos y robles jóvenes, en donde permaneció un buen rato desprovisto de conciencia y de movimiento.

El sol se puso, el rocío se acumuló en la hierba, el resplandor lunar se asomó entre las hojas, las estrellas espiaron tímidamente la figura postrada que aún continuaba abatida e inconsciente. Pero cuando el sol retornó por el oriente un estremecimiento sacudió al adormecido, quien adquirió, primero, la sensación indescriptiblemente placentera de una apacible tranquilidad; luego, la impresión de un dolor punzante, agudo como el pico del águila con el cual al principio lo confundió. Pero sus muñecas, si bien todavía cargadas de cadenas y de aflojados grilletes, por lo demás estaban libres y no había ningún águila. Desconcertado por su malestar íntimo e invisible, hizo un esfuerzo para ponerse de pie y se halló enfrentado a una debilidad y unos mareos que hasta entonces no había conocido. Vagamente, se sintió en medio de cosas que se habían vuelto maravillosas por la lejanía y la distancia. Ninguna hierba, ninguna flor, ninguna hoja se habían mostrado a sus ojos durante miles de años; nada salvo el cielo inconmovible, la nube fugitiva, el sol, la luna, las estrellas, el resplandor del relámpago, las deslumbrantes cumbres heladas y el águila solitaria. Parecía que una brizna de hierba era más extraordinaria que el conjunto de tales cosas, pero todo se hallaba oscurecido por una sensación de mareo y le requería el mayor esfuerzo advertir que un leve sonido muy cercano, que rápidamente se tornaba más definido, era sin lugar a dudas un rumor de pisadas. Con un esfuerzo extremado consiguió sostenerse, aferrado a un árbol, y no había terminado de cumplir esta difícil tarea cuando hizo su aparición una doncella morena y espigada, derecha como una flecha, grácil como un antílope, salvajemente bella como una dríade, pero más parecida a una ménade, con su aspecto de entremezclados desdén y desaliento. Con el paso vivo de quien persigue o se siente perseguido, de pronto contuvo su prisa al observar una presencia masculina,

—¿Quién eres? —preguntó el desconocido.

—¡Por los dioses! ¡Hablas griego!

—¿Qué otra lengua habría de utilizar?

—Preguntas qué otra... Desde que cerré los ojos de mi padre, ¿a quién más escuché hablar la lengua de Homero y de Platón, con excepción de ti?

—¿Quién es Homero? ¿Quién es Platón?

La muchacha lo contempló con un semblante de absoluto asombro.

—Por cierto, el don que te fue conferido te sirvió de muy poco —observó—. Por lo menos, no me digas que empleas la lengua de los dioses para blasfemar contra ellos. Con toda seguridad eres devoto de Zeus, ¿verdad?

—¡Devoto de Zeus! ¡Por estos grilletes, te aseguro que no! —exclamó el desconocido; y a pesar de que se hallaba débil, la floresta resonó con su desdeñosa carcajada.

—Adiós —dijo la doncella, mientras con actitud dilatoria y ojos encendidos recogía sus vestiduras—. No seguiré hablando contigo. Eres diez veces más detestable que la muchedumbre que aúlla allí abajo, entregada a la rapiña y a la destrucción. Ellos no saben ni pueden hacer algo mejor. ¡Pero tú, que conoces la sagrada lengua y sin embargo ignoras brutalmente sus tesoros, que estás enterado de quién es el padre de los dioses solamente para ultrajarlo...! Déjame pasar.

Si acaso se proponía impedir que la muchacha siguiera su camino, el desconocido se mostró en ello muy poco hábil: sus ojos se cerraban, sus piernas se relajaban y sin un lamento se desplomó inerte en el prado.

En un instante, la doncella se arrodilló junto al caído. Con prontitud revolvió en un cesto que colgaba de su brazo, extrajo un recipiente de cuero y, mientras sostenía la hundida cabeza con una mano, con la otra vertió un raudal de vino a través de los labios. A medida que el gorgoteante líquido purpúreo descendía por la garganta del enfermo, éste abrió los ojos y silenciosamente dio las gracias a su benefactora con una sonrisa de infinita dulzura. La muchacha retiró las grandes hojas que ocultaban el contenido del cesto y puso al descubierto higos maduros y granadas, panales de miel y cuajada blanca como la nieve, todo mezclado en el interior del receptáculo en tentadora exhibición. El desconocido tomó alternativamente un poco de cada cosa y el cesto quedó casi vacío antes de que su apetito pareciera aplacarse.

Entre tanto, la vigilante doncella percibió que dentro de sí se producía un extraño cambio de actitud.

«Así me imaginé a Ulises», pensó mientras contemplaba la atractiva figura del desconocido, plena de vigor aunque no exenta de las huellas de la edad, con una frente amplia, una boca amable, una expresión de previsora sabiduría. «¡Y ese hombre ignora la literatura y desprecia a Zeus!»

Las elocuentes demostraciones de agradecimiento que hizo el desconocido rescataron a la muchacha del ensueño. La lengua griega penetró en sus oídos como la música más dulce y se apesadumbró cuando el flujo quedó interrumpido por la pregunta que le fue dirigida sin rodeos:

—¿Puede un dios sentir hambre y sed?

—Ciertamente, no —respondió la doncella.

—Lo mismo hubiera dicho ayer —observó el desconocido.

—¿Y por qué motivo ya no lo dirías hoy?

—Apreciada doncella —repuso el interrogado con voz y actitud persuasivas—, debemos conocernos mejor el uno al otro antes de que puedas dar crédito a mi relato. Explícame lo que tus palabras no llegaron a aclararme: por qué, según parece, el lenguaje de los dioses sólo tú y yo lo entendemos en este sitio; qué enemigos tiene Zeus en la región, aparte de mí; quiénes integran la muchedumbre profana de la que hablaste; y por qué, sola e indefensa, ascendiste a esta montaña. Si así lo quieres, considérame como una persona que acaba de caerse de las nubes.

—Hombre extraño —contestó la joven— que conoces la lengua de Homero y no a Homero, que reniegas de Zeus y tanto te pareces a él, escucha mi historia antes de que te pida que me narres la tuya. Ayer me hubiera considerado la última sacerdotisa de Apolo en esta comarca deshonrada, hoy carezco de santuario y de altar. Inspirados por no sé qué locura, mis compatriotas hace mucho que renegaron de los dioses y de su culto. Los templos se desmoronaron en ruinas, dejaron de elevarse oraciones o de ofrecerse sacrificios como en los viejos tiempos, las contribuciones para los sacerdotes fueron saqueadas, los cálices sagrados fueron robados, la voz del oráculo enmudeció, la divina lengua de Grecia fue olvidada[1], los rollos en que estaba registrada la

[1] De paso podemos señalar el error de aquellos eruditos que han confundido Caucasia con Armenia. Al referirse a esta última en el si-

sabiduría se enmohecieron sin que los leyeran y el pueblo, engañado, se volcó hacia preocupaciones burdas y mezquinas. Quedó un fiel servidor de Apolo, mi padre, pero hace ya siete días que cerró los ojos para siempre. Mejor así, pues ayer al mediodía los heraldos proclamaron, por orden del rey, que los nombres de Zeus y de los habitantes del Olimpo no debían volver a pronunciarse en Caucasia.

—¡Ah, ahora lo comprendo todo! ¿No es acaso lo que yo había anunciado? —interrumpió el desconocido vociferando, con la mirada alzada hacia el cielo, como si sus ojos pudieran atravesar las nubes fugitivas y su voz fuese capaz de llegar más allá de ellas—. Pero volvamos a tu historia —agregó volviéndose con un gesto de autoridad hacia la asombrada Elenko.

—Se termina en seguida —dijo la doncella—. Comprendí que seguir al servicio de los dioses significaba la muerte, pese a lo cual esta mañana en mi pequeño templo el fuego aún seguía ardiendo sobre el altar de Apolo. Apenas se había encendido cuando llegué a advertir que una muchedumbre rufianesca se apiñaba para saquear y robar. Me hallaba dispuesta a morir, pero no a manos de semejantes asesinos. Recogí este cesto y escapé hacia la montaña. Se dice que de su cumbre inaccesible cuelga Prometeo, a quien Zeus (permítaseme reverenciar sobrecogida sus designios inescrutables) condenó porque se había demostrado excesivamente bondadoso con la humanidad. Tal como canta Esquilo, hasta él antaño se abrió paso Io y de él recibió consejo

glo IV, William Wolfe Capes escribe en *University Life in Ancient Athens*, pág. 73: «A la literatura helénica se le daba entusiasta bienvenida y aun los jóvenes de recursos más exiguos se apiñaban en camino de las escuelas atenienses». *(N. del A.)*

y conocimiento sobre lo que habría de suceder. Hasta él trataré de llegar, si el coraje y algún dios propicio me guían para encontrar el camino; en caso contrario, moriré tan cerca del cielo como me sea posible. Cuéntame, por lo que a ti respecta, lo que quieras, y permíteme seguir viaje. Si realmente eres enemigo de Zeus, sin duda encontrarás allá abajo muchos que están de tu lado.

—Fui enemigo de Zeus —respondió el desconocido, con tono manso y grave—; ya no lo soy. El odio inmortal no resulta apropiado para el mortal en que tengo la sensación de haberme convertido. No es necesario que sigas ascendiendo hacia la cumbre. Doncella, ¡yo soy Prometeo!

II

Es una prerrogativa de los dioses que, cuando dicen la verdad, los mortales necesariamente deben creerles. De ahí que Elenko no dudara de la revelación que le acababa de hacer Prometeo ni buscara otra confirmación que los grilletes y los rotos eslabones de la cadena que exhibía en muñecas y tobillos.

—Ahora —proclamó o, más bien, gritó quien había sido prisionero del Cáucaso—, ahora se ha cumplido la profecía con que antaño advertí a los dioses en los recintos del Olimpo. Les dije que Zeus engendraría un niño más poderoso que él mismo, el cual acabaría por someterlos al mismo destino que él impuso a su padre. Yo no sabía que ese niño ya había sido engendrado y que se denominaba Hombre. Al Hombre le vale edades enteras alcanzar su propia afirmación y pareciera que, hasta el presente, todavía no hizo más que entronizar un nuevo ídolo en sustitución del viejo. Pero con respecto a este último, contempla en mis grilletes los postreros vestigios de su autoridad, de los que seré desembarazado por el primer herrero que encuentre. No aguardes centellas, querida doncella, porque no resplandecerá ninguna; ni jamás recuperaré la inmortalidad de la que me siento privado desde ayer.

—¿No es esto motivo de pesar para ti? —preguntó Elenko.

—¿Acaso la mía no fue una inmortalidad de padecimientos? —respondió Prometeo—. Ahora no siento penurias y para mí sólo hay un motivo de temor.

—¿Cuál es?

—El sufrimiento de perder a una congénere —replicó Prometeo con una mirada tan elocuente que la doncella, hasta ahora imperturbable, bajó los ojos al suelo, al tiempo que se apuraba a cambiar el tema de conversación, al que, empero, en el fondo de su corazón, se proponía retornar.

—Por lo tanto, ¿el Hombre es quien hace a la Divinidad? —preguntó.

—¿Acaso el origen de su existencia radicó en él mismo? —interrogó Prometeo—. Afirmar esto sería incurrir en contradicción y exacerbar el orgullo hasta la locura. Pero entre los más eminentes seres que a semejanza suya emanaron del principio común de toda existencia, el Hombre, desde su advenimiento a la tierra, aunque no haya sido el creador, en cambio sí ha sido el conservador o el destructor. A aquellos hacia quienes eleva su mirada les confiere existencia; pero cuando los deja caer en el olvido, cesan de existir. Para los dioses bárbaros y tribales no hay posibilidad de regreso; pero los olímpicos, si bien han muerto como divinidades, sobreviven como personificaciones de los más elevados conceptos de belleza con que cuenta el Hombre. Lánguida y espectral será indudablemente su existencia en esta época inculta, pero les están reservados días mejores.

—¿Y para ti, Prometeo?

—Ya no hay sitio para un acusador de los dioses —respondió—. Mi causa ha triunfado, mi tarea ha sido cumplida. Convertido en ser humano, me siento recompensado por mi amor a los hombres. Cuando haya demostrado que también soy mortal quizá pueda recorrer territorios que Zeus jamás conoció, espero que en compañía de Elenko.

El rostro de Elenko expresó su plena disposición a acompañar a Prometeo tan lejos de los límites del mundo fenoménico como fuese el deseo de su interlocutor conducirla. Un pensamiento perturbó el delicioso ensueño de la muchacha, que inquirió:

—Entonces, ¿tal vez el credo que he execrado puede ser mejor y más auténtico que aquel que profesé?

—Si lo cultiva una mente más sabia y un corazón más sincero, no cabe duda —observó Prometeo—; pero no me es posible tener conocimiento de esto. Según lo que me has referido, pareciera haber comenzado bastante mal. Sin embargo, Saturno mutiló a su padre y su reinado fue la Edad de Oro.

Mientras conversaban tomados de la mano habían vagabundeado al azar, montaña abajo. Al doblar un abrupto recodo del sendero, súbitamente se hallaron en presencia de una asamblea de primitivos cristianos.

Estos creyentes estaban haciendo cuanto se les ocurría para acabar con el ruinoso templo en que había permanecido Elenko, de cuyos restos humeantes se elevaba un oscuro nubarrón hacia el fondo de la escena. Las efigies de Apolo y de las musas habían sido derribadas y eran diligentemente despedazadas con mazos y martillos. Otros integrantes del sacrílego tropel se dedicaban a rasgar rollos, a destrozar vestiduras, a incendiar el bosquecillo de laureles que circundaba el santuario, a apedrear a los temerosos pajarillos en su vuelo de huida. Sin embargo, los cálices sagrados, o por lo menos aquellos que eran de oro y plata, parecían hallarse a salvo al cuidado de un obispo de aspecto jovial y astuto, bajo cuya supervisión los amontonaba una cuadrilla de jóvenes y robustos eclesiásticos, los únicos que portaban armas en medio de esa canalla. Para asombro de la muchacha, Prometeo se precipitó hacia uno de los grupos vociferando «¡Por todos los dioses y diosas!». Al observar sus movimientos, la doncella vio que el objeto que suscitaba la atención de su acompañante era una enorme águila muerta que transportaba uno de los integrantes de la turbamulta. La muchedumbre, sorprendida por los gritos y el estado anímico del recién llegado, fijó una mirada ansiosa en los desconocidos e inmediatamente estalló en alaridos:

—¡La mujer pagana!

—¡Acompañada de un pagano!

Se comenzaron a blandir garrotes y del suelo se recogieron piedras.

Prometeo, para quien los gritos eran ininteligibles, miró con desasosiego a Elenko. Cuando sus ojos se encontraron, la cara de Elenko, que hasta ese momento sólo había exhibido desdén y desafío, mostró una expresión indecisa. Una piedra alcanzó a Prometeo en la sien, de la que manó sangre; un centenar de manos se levantaron, cada una cargada de un proyectil.

—Imítame —gritó Elenko a su compañero, y procedió a santiguarse.

Prometeo la remedó con bastante éxito, si se tiene en cuenta que era un principiante.

Las manos levantadas permanecieron inmóviles y algunas, inclusive, fueron bajadas.

Al llegar a este punto, el obispo se adelantó y lanzó un torrente de preguntas a Prometeo, quien simplemente meneó la cabeza y se volvió para examinar el águila.

—Hermanos —dijo el obispo—, ¡huelo a milagro!

Y se dirigió a Elenko para proceder rápidamente a interrogarla.

—¿Fuiste la sacerdotisa de este templo?

—Lo fui.

—¿Cuando esta mañana lo abandonaste eras pagana?

—Lo era.

—¿Regresas convertida en cristiana?

Elenko sintió que ardía de rubor, que su garganta se le obturaba, que su corazón palpitaba con violencia. Toda su alma parecía concentrada en la mirada que fijó en el pálido y sangrante Prometeo. Permaneció callada... pero se santiguó.

—¿Quién fue, entonces, el que te persuadió a renunciar a Apolo?

Elenko señaló a Prometeo.

—¿Es, por consiguiente, un enemigo de Zeus?

—Zeus no ha tenido en el mundo un enemigo comparable.

—Lo sabía, estaba seguro de ello —exclamó el obispo—. Siempre reconozco a un cristiano en cuanto le veo. ¿Por qué no habla?

—Pese a su aspecto vigoroso, es muy anciano. Su martirio comenzó antes de que existiera nuestra lengua actual, y no ha podido aprenderla durante su cautiverio.

—¡Martirio! ¡Cautiverio! —exclamó el prelado jubilosamente—. Creo que estamos llegando bien lejos. ¿Sin duda, un mártir precoz?

—Muy precoz.

—¿Con grilletes y cadenas?

—Contempla sus muñecas y tobillos.

—Torturado, por supuesto.

—Increíblemente.

—¿Conservado vivo milagrosamente hasta el día de hoy?

—En forma absolutamente sobrenatural.

—Bien —dijo el obispo—, apostaría la mitra y el anillo a que su vida se prolongó con el auxilio diario de aquella ave que acaricia con tan singular afecto.

—Ni un solo día —replicó Elenko— esa puntualísima ave dejó de visitarlo.

—¡Hurra! —estalló el obispo—. Y ahora, cumplida su misión, la criatura bendita, según me informan, fue encontrada muerta al pie de la montaña. ¡Ángeles y santos! ¡Es glorioso! ¡De rodillas, descreídos!

Todos se dejaron caer de rodillas, ante el ejemplo que ofreció el obispo. En el momento en que sus cabezas se inclinaban hacia la tierra, Elenko hizo una señal a Prometeo; y cuando la multitud levantó la vista, contempló al recién llegado en el gesto de impartir la bendición episcopal.

—Dile que somos sus hermanos —solicitó el obispo, lo cual en boca de Elenko se transformó en lo siguiente:

—Haz lo que yo haga y no sueltes el águila.

Se organizó una procesión. El nuevo santo, su conversa y el águila marcharon a la cabeza, en un carro. El obispo, acompañado de su guardia personal, los seguía con los sagrados cálices de Apolo, a los que el prelado nunca cesó de echar una vigilante mirada, a través de los diversos acontecimientos. La multitud se apiñaba a lo largo del trayecto cantando himnos o bregando por las plumas sueltas del águila. Los representantes de siete monasterios formularon sus pedidos para que se les entregaran los eslabones que habían encadenado a Prometeo, pero el obispo rechazó desdeñosamente todas las solicitudes y halló un momento libre para susurrarle a Elenko:

—Pareces una joven juiciosa. Simplemente sugiérele a nuestro amigo que no deseamos oír nada acerca de sus concepciones teológicas, y cuanto menos hable de la Iglesia primitiva mejor. Sin duda es un hombre muy inteligente, pero con toda certeza no puede estar al día con todos los progresos recientes en la materia.

Elenko prometió con todo fervor que las opiniones teológicas de Prometeo habrían de mantenerse ocultas a la congregación. Entonces comenzó a reflexionar seriamente acerca de su comportamiento moral. «En este solo día —se dijo a sí misma— he renunciado a todos los dioses y he contado bastantes mentiras como para que llenen mi vida entera, y la única razón de mi conducta radica en que estoy enamorada. Si éste es un motivo suficiente, los enamorados deben tener un código moral distinto del que resulta válido para el resto del mundo, y ciertamente parece que es así. ¿Morirás por mí? Sí. Admirable. ¿Mentirás por mí? No. Entonces no me amas. Βάλλ᾿ εἰς κόρακας, εἰς Ταίναρον, εἰς Ογγ Κόγγ"[2].

---

[2] «Que te coman los cuervos, que te vayas al infierno, que termines en Hong Kong». Por supuesto, el último miembro de la enumeración precedente corre por cuenta y riesgo exclusivos de Richard Garnett. *(N. del T.)*

III

Pronto comprobó Elenko que en la senda en que se había internado no había reposo. Como único medio de comunicación entre Prometeo y la congregación religiosa, la mitad de su tiempo estaba dedicada a instruir a Prometeo acerca del credo en que se suponía que él la había iniciado y la otra mitad se agotaba en fraguar las máximas edificantes presentadas como la interpretación de discursos que en su mayor parte tenían mucho más interés para la muchacha que el que hubieran poseído en el caso de ser efectivamente lo que ella simulaba que eran. La atención entusiasta y embelesada con que Elenko escuchaba las palabras de Prometeo en tales ocasiones no hizo más que consolidar la reputación de santidad que había adquirido la doncella y su actitud fue considerada suficiente para contrarrestar el impío afecto que no podía dejar de manifestar con respecto a la memoria de su padre. La juiciosa antipatía que los eclesiásticos caucásicos mostraban con respecto a cualquier indagación que se refiriera a las creencias y costumbres de la Iglesia primitiva resultó de gran ayuda para Elenko, y otra dificultad fue salvada por el obispo, quien no se mostraba dispuesto a estimular la acción de un taumaturgo rival, por lo que aprovechó la primera oportunidad para sugerir que la condición de Desmotes (como pasó a llamarse el nuevo santo)[3] hacía recomendable que fuese el destinatario mejor que el causante de los milagros y que, de todas maneras, a su edad ya no se le tenía que requerir ningún prodigio adicional. La ve-

[3] *Desmotes*, en griego, significa «encadenado». *(N. del T.)*

hemencia con que Elenko compartió ese criterio la elevó sustancialmente en la buena opinión del prelado, quien se mostraba dispuesto a prestarle ayuda cuando la joven quedaba atrapada en dificultades cronológicas o históricas, cuando aderezaba sus versiones de los discursos de Desmotes con reminiscencias de Platón y Marco Aurelio o cuando su inventiva le fallaba por completo. En tales circunstancias, si las objeciones formuladas por la comunidad se volvían perturbadoras, el obispo se limitaba a atronar con su vozarrón: «Hermanos, huelo a herejía». Nadie decía una sola palabra más. Un pequeño inconveniente que debieron soportar Prometeo y Elenko consistió en el afecto que presuntamente debían exhibir por la carroña de la maldita águila, a la que muchos identificaban con el ave de Juan Evangelista. Prometeo tenía un carácter propenso a perdonar agravios, pero cuanto deseaba Elenko con toda intensidad podía resumirse en que el conjunto íntegro de águilas tuviera un solo pescuezo y que se le autorizara a retorcérselo. Lo que en parte resarcía a Elenko era comprobar que el plumaje del águila disminuía, en tanto que aumentaba el vigor del custodio del ave.

Pero a la muchacha le estaban reservadas dificultades más serias que las que podían suscitar las águilas. La juventud de quienes acudían a Prometeo y a ella llamó la atención de los miembros más austeros de la comunidad. Las mocitas consideraban que los preceptos del bello y majestuoso santo eran indispensables para su salud espiritual, en tanto que los mancebos estaban encantados con la pureza de tales enseñanzas cuando las recibían a través de los labios de Elenko. ¿El hombre es más engreído que la mujer o más confiado? Elenko realmente hubiera podido sentirse a gusto: ninguna seductora, por audaz que fuese, se mostraría dispuesta a tender sus redes a un Antonio cuya edad alcanzaba los trescientos años. Por el contrario, Prometeo hubiera estado justificado en sentirse celoso a causa de la admiración desenvuelta que muchos donceles manifestaban por Elenko. Pese a lo cual, mientras uno revelaba una generosa ignorancia de cualquier motivo de suspicacia, el corazón de la otra se agitaba hasta que parecía estallar. La muchacha podía disfrutar de una satisfacción adicional: se sabía la mujer más odiada de Caucasia, situada entre la enemistad de aquellas cuyos admiradores había conquistado involuntariamente y la inquina de aquellas que la veían como un obstáculo en el acceso a Prometeo. Tenía la certeza de que su monopolio de la lengua griega era la única protección de que disponía. Dos habituales concurrentes a las recepciones que se ofrecían a Prometeo la inquietaban en especial: la princesa Miriam, sobrina del obispo, una hermosa viuda acostumbrada a conseguir lo que quería; y una mujer alta y velada que al parecer nadie conocía pero cuyos ojos, Elenko instintivamente lo sabía, no se apartaban del negligente Prometeo.

Por lo tanto, Elenko sintió cierta alarma cuando recibió una invitación para presentarse en los aposentos privados de la princesa Miriam.

—Querida amiga —comenzó la princesa—, sabes el profundo afecto que invariablemente he demostrado por ti.

—Muy bien lo sé —respondió Elenko, mientras fatigadamente pensaba: «Es la trigesimoprimera mentira en el día de la fecha».

—Es este afecto, querida amiga —prosiguió la princesa—, el que me induce en la presente ocasión a transgredir los límites de lo que se juzga convencionalmente apropiado, para comunicarte algo que te resultará penoso pero que para mí lo es mucho más.

Elenko rogó a la princesa que no se embarcara en tan dolorosa tarea con el solo propósito de rendir tributo a la amistad, pero la gran dama estaba decidida a arrostrar el sacrificio.

—La gente comenta... —continuó.

—¿Qué comenta?

—Que tu relación con Desmotes es imprudente. Es decir, equívoca. O sea perjudicial. O en todo caso, sacrílega. En dos palabras, resulta impropia.

Elenko se defendió con toda la energía que su candor podía conferirle.

—Querida amiga —insistió la princesa—, no vayas a suponer que tengo arte ni parte en esas odiosas imputaciones. Inclusive, podría considerarlas justificadas si no pensara en ti con benevolencia, pues hasta hace poco fuiste pagana y te educó en la impiedad un repulsivo hechicero. ¡Mi pobre ovejita! Pero hay que acallar los rumores y mi intención es aconsejarte de qué modo es posible lograr esto.

—Prosigue.

—La gente seguirá hablando del asunto mientras seas el único medio de comunicación con el santo. Algunos piensan que es menos ignorante de nuestra lengua de lo que parece, pero con respecto a tal cuestión no pregunto nada: en la vida de sociedad, lo que parece se toma como aquello que verdaderamente es. Basta con que vuestros coloquios os expongan al escándalo. Hay un solo remedio: debes ceder tu lugar a otra persona. Conviene que con tal propósito instruyas en ese idioma bárbaro a alguna matrona de reputación intachable y de inclinaciones devotas; de todos modos, no a una mera feligresa ignorante, sino a una mujer de mundo, cuyo discernimiento y experiencia preserven al santo de las celadas que le tiende la gente sin principios. Evidentemente, tiene que ser una mujer casada, pues en caso contrario nada se ganaría, pero no se la debe poder acusar de abandonar sus obligaciones en lo que respecta al marido y los hijos. De ello se desprende que ha de ser viuda. También convendría que fuese pariente de algún personaje influyente, a cuyo consejo esté en condiciones de recurrir en momentos difíciles y cuya autoridad la proteja de los difamadores y maliciosos. No he podido hallar ninguna candidata que reúna todas esas cualidades, salvo yo misma. En consecuencia, te propongo que me instruyas en la lengua de Desmotes, y cuando esté en condiciones de suplantarte, mi tío te elevará a la dignidad de abadesa o te confiará al cuidado de algún joven clérigo de extraordinario mérito.

Elenko dejó entrever, quizá con mayor vehemencia que la necesaria, el desagrado que le producían ambas proposiciones y la extremada improbabilidad de que la princesa llegara a adquirir algún conocimiento de griego teniéndola a ella por instructora.

—En tal caso —observó la princesa con absoluta calma—, deberé recurrir a mi otro método, que es infalible.

Elenko inquirió en qué consistía.

—Expondré a mi tío lo que ciertamente ya sabe muy bien: que un santo, si se habla con propiedad, no tiene valor alguno hasta que está muerto. Hasta su deceso, ni es posible disponer de sus reliquias ni las peregrinaciones a su santuario resultan factibles. Si mi tío preserva a Desmotes, únicamente es en previsión de este suceso; y cuanto antes ocurra, con tanta mayor anticipación mi venerado pariente podrá gozar de independencia. ¡Piensa solamente en el capital invertido en la nueva iglesia cuya construcción ya se halla terminada, en el sitio donde hallaron el águila! ¿Cómo va a ser consagrada a Desmotes en vida de Desmotes? ¿No constituiría una coincidencia muy afortunada y propicia que el día de la consagración sea aquel en que el santo emigre a un mundo mejor? He de someter este punto de vista a mi tío; está habituado a escuchar mis razones porque, entre nosotras, te diré que me tiene un poco de miedo. Puedes tener la certeza de que, al procederse a la consagración, Desmotes ascenderá al cielo, en tanto que tú, mucho me temo, seguirás el camino opuesto. Si deseas evitar tantas molestias, considera favorablemente mi primer ofrecimiento. Admito que estás enamorada de Desmotes y supongo, en consecuencia, que harás un pequeño sacrificio para favorecerle. Soy un caldero metálico y tú eres una olla de barro: ¡trata de no golpearte conmigo![4]

Elenko se apresuró a regresar para transmitir a Prometeo las noticias de su inminente colisión. A medida que se acercaba al aposento de su amado iba distinguiendo con asombro dos voces que mantenían una animada conversación, y para mayor desconcierto suyo, comprobó que se desarrollaba en griego. Además, la segunda voz pertenecía a una mujer. Los celos aguijonearon dolorosamente el pecho de Elenko; se asomó con cautela y vio a la misma mujer velada cuyo aspecto ya le había resultado enigmático. Pero el velo había sido levantado y las facciones sirvieron para apaciguar la intranquilidad de la joven. Revelaban, es cierto, indicios de una pasada belleza, pero en conjunto no eran más que los

---

[4] Referencia a un viejo proverbio inglés que se inspira en el *Eclesiástico,* XIII, 3: «¿Qué le dará el caldero a la olla? Chocar con ella y quebrarla». *(N. del T.)*

restos de un esplendor que había conocido tiempos mejores, que se mostraba marchito y apagado, cansado y consumido. Los celos de Elenko se desvanecieron, aunque su sorpresa se acrecentó cuando escuchó que Prometeo daba a la desconocida el trato de «hermana».

—¡Lindo hermano tengo —replicó la dama con entonación muy aguda—, que me deja en la miseria! ¡Ni una sola vez preguntó por mí!

—Un momento, hermana o, mejor, hermana política —respondió Prometeo—; si llegamos a ese punto, tengo derecho a preguntarte dónde estuviste todo este tiempo en que yo permanecí en el Cáucaso. Las Oceánidas me ayudaron, Hermes vino de vez en cuando, hasta Hércules dejó su tarjeta; pero nunca vi a Pandora.

—Pero, Prometeo, ¿no comprendes que no podía comprometer a Epimeteo? —recalcó Pandora—. Aparte de que mi servidora, la Esperanza, siempre me estaba repitiendo que todo acabaría por arreglarse sin que fuese necesaria ninguna intromisión mía.

—Que te lo cuente ahora.

—¡Que me lo cuente ahora! ¡Me quieres hacer creer que no estás enterado de que esa indecente se largó del Olimpo hace diez años y se ha convertido al cristianismo!

—Ten la seguridad de que siento mucho enterarme de eso. De algún modo, nunca me abandonó *a mí*. No concibo cómo vosotros, los dioses, podéis arreglaros sin ella.

—¡Arreglarnos! Si estamos en pleno desarreglo. Con excepción de Eros y Pluto, que tienen el mismo aspecto de siempre, y de las viejas Parcas, que siguen hilando como si nada hubiera sucedido, ninguno de nosotros espera durar diez años más. Los sacrificios propiciatorios han menguado hasta desaparecer. Zeus abatió su águila.

Hera se comió sus pavos reales. Ya no se escucha la lira de Apolo porque sin duda fue empeñada. Baco bebe agua y Venus... bueno, te puedes imaginar cómo le va sin la cooperación de aquél y de Ceres. Y aquí estás tú, rechoncho y cómodo, sin que te preocupe en absoluto la suerte de tu familia. Pero te aconsejo que cambies de actitud porque te juro que se lo contaré a Zeus y veremos si estos cristianos te seguirán albergando cuando tu antesala se muestre atestada de dioses famélicos. ¡Te doy veinticuatro horas para que pienses en lo que te he dicho!

Y salió violentamente, sin advertir la presencia de Elenko. La pareja debatió largo y tendido los riesgos a que se veía amenazada; y al término de sus deliberaciones, Elenko fue en busca del obispo y brevemente le informó acerca del ultimátum que le había presentado la princesa Miriam.

—Para un hombre espiritual resulta penoso ser cómplice de un asesinato —respondió el prelado—. También repugna a sus sentimientos negarle a una sobrina bienamada aquello que su corazón desea. Para evitar un dilema tan doloroso, juzgo conveniente que ambos ascendáis al cielo sin más ceremonias.

Esa noche, el ascenso de Prometeo y Elenko fue atestiguado por varias personas fiables. Poco después se consagró la nueva iglesia. Se hallaba bien provista de reliquias provenientes del guardarropa de Prometeo y de los restos del águila. Las damiselas de la ciudad recuperaron a sus admiradores y la mayoría de las que se habían enamorado de Prometeo transfirieron sus afectos al obispo. Todos quedaron satisfechos con excepción de la princesa Miriam, quien nunca dejó de lamentar su indulgencia al proporcionar a Elenko la oportunidad de hablar con su tío en primer término.

—Si me hubiera adelantado cinco minutos a esa bribona... —solía decir.

IV

El cielo al cual se suponía que ascendieron Prometeo y Elenko estaba situado en un recoleto valle de Laconia. Una senda única plena de recodos conducía hasta la hondonada, en la que apenas vivían unos pocos cazadores y pastores, quienes aún se mantenían fieles a los ritos de la antigua fe; y a veces, sin otro propósito que mostrar bondad a un mortal, ofrecían descanso y refugio a una deidad desamparada. Salvo en su entrada, el valle estaba rodeado por abruptos acantilados, en su mayor parte cubiertos de árboles, si bien en algún que otro lugar se mostraba la roca desnuda. La comarca estaba atravesada por una corriente plateada cuyas aguas, en su serpenteo, circundaban la morada de Prometeo y Elenko, convertida casi en una isla. La choza, sepultada entre laureles y mirtos, tenía un huerto en el que higos y moras, uvas y almendras maduraban en sus respectivas temporadas. Unas pocas cabras pacían en la alta hierba y proporcionaban su leche a la pareja. Pan y vino, la carne cuando era requerida, se obtenían fácilmente entre los vecinos. Aparte de los muebles indispensables, la vivienda contenía poca cosa, salvo los preciosos rollos que Elenko obtuvo en Atenas y en la ciudad de Constantina, recién restaurada. En tales documentos, bajo la dirección de su amiga, Prometeo se iba enterando de asuntos que, mientras él había permanecido en el Olimpo, los dioses ni siquiera llegaron a imaginar.

Es un gran motivo de felicidad para los enamorados que cada uno posea tesoros enteramente suyos y pueda transmitirlos en plenitud al otro. Esos tesoros son de variadas especies: belleza, afecto, recuerdo, esperanza. Pero tesoros semejantes jamás fueron compartidos por los enamorados en la medida en que ello sucedía entre Prometeo y Elenko. Cada cual poseía un acopio ilimitado, hasta entonces inaccesible para su compañero. ¡Qué trivial parecía la leyenda mítica que Elenko había recogido como oficiante de Apolo, en comparación con la que ahora le proporcionaba Prometeo! El titán había visto todo y había participado en cuanto había visto. Se había sometido a la autoridad de Urano, había sido testigo de su caída y había observado el océano enrojecido con su sangre. Recordaba al canoso Saturno como una deidad activa y vivaz que se abría camino hacia el trono del cielo y que devoraba en un tris las piedras que ahora resisten a sus colmillos por milenios. Había escuchado los escudos de los coribantes que entrechocaban en torno del pequeño Zeus; describió a Elenko cómo, cierto día, el mar se cubrió de espuma y comenzó a bullir, y la desnuda Afrodita surgió de las aguas en presencia de los dioses, que contemplaban y aplaudían sentados en semicírculo sobre cojines de nubes. Podía describir el aspecto personal de Cibeles y trazar una caracterización de Encélado. Había educado a Zeus, así como Quirón educó a Aquiles; recordaba a Poseidón temeroso del agua y a Plutón amedrentado por las tinieblas. Evocó y explicó algunos oráculos que hasta entonces habían permanecido ininteligibles; inclusive se le había vaticinado —y él se había negado a creerlo— que los días más felices de su existencia serían aquellos en que se iba a sentir despojado de su inmortalidad. De los dioses más jóvenes y de sus actos sabía muy poco; preguntaba si Baco había regresado sano y salvo de su expedición a la India y si Proserpina tenía una prole de duendes divinos.

Sin embargo, Elenko tenía mucho más para enseñar a Prometeo que lo que ella pudo aprender de éste. ¡Qué insustancial resultaba la historia de los dioses en comparación con lo que era posible referir acerca de la historia de los hombres! ¿Eran éstos acaso los seres que había conocido como «hormigas en los sombríos recintos de las cavernas, instalados en profundos orificios de la tierra, ignorantes de los signos propios de las estaciones», a los que había dado el fuego y a quienes había enseñado a perpetuar la palabra y a utilizar el número, en beneficio de los que «unció el caballo al carro e inventó el vehículo del navegante, batido por las olas e impulsado con alas de lino»?[6]. Y ahora, ¡qué miserables resultaban los dioses en comparación con esa progenie que había sido tan indigente! ¿Qué deidad podía morir por el Olimpo, como Leónidas por Grecia? ¿Cuál de ellas, a semejanza de Ifigenia, podía permanecer durante años junto al melancólico mar, fiel en su corazón al hermano ausente? ¿Cuál de ellas podía elevar a sus congéneres tan cerca de la fuente de toda divinidad como Sócrates y Platón lo hicieron con los hombres? ¿Cuál de los dioses podía hacer un retrato de sí mismo comparable al que Fidias realizó de Atenea? ¿Hubieran podido las musas hablar por sí mismas el lenguaje que les confirió Safo? Prometeo se sentía muy complacido al observar

---

[6] Este pasaje reproduce citas del parlamento puesto en boca del protagonista en *Prometeo encadenado*, de Esquilo, versos 436-471. (*N. del T.*)

su propia superioridad moral con respecto a Zeus, tan elocuentemente subrayada por Esquilo, y le encantaba criticar los sentimientos que los otros poetas habían puesto en boca de los dioses. Homero, pensaba, debió visitar el Olimpo con frecuencia y Aristófanes no pocas veces. Cuando leía, en *El cíclope,* de Eurípides, «Extranjero, me burlo con desprecio de los rayos de Zeus», se ponía pensativo por un instante.

—¿Tal vez sea mi meta —se preguntaba— llegar al punto de donde partió Polifemo?

Pero cuando leía más adelante:

> *El único Júpiter del sabio es éste:*
> *Comer y beber durante su breve jornada*
> *Y no afligirse con cuidados...*

entonces decía:

—No, el Zeus que me encadenó a la roca es mejor que este Zeus. Pero lo que al hombre conviene es liberarse de ambos, a condición de que no ponga a otro en el sitio de aquéllos o de que, al desechar su idolatría, no se desprenda de su religiosidad. El cielo no ha desaparecido por el hecho de que Zeus se desvaneciera.

Al llegar aquí tomó su lira para cantar:

> *¡Qué raudales de profuso esplendor*
> *El elevado sol derrama!*
> *¿Qué más puede ofrecer el cielo?*
> *¿Qué más le cabe?*
> *El trayecto suyo, empero, será breve,*
> *Y tras su declinación*
> *Las alturas que exhibieron un sol único*
> *Con millares resplandecerán.*

V

No pasó mucho tiempo antes de que los dioses comenzaran a abrirse camino hacia el paraíso terrenal de Prometeo, y quien viene una vez ya no cesa de retornar. El primero que llegó fue Epimeteo, quien probablemente era el que menos había sufrido a causa del vuelco general de la situación, ya que desde su infortunada unión con Pandora en verdad poco tenía que perder. En realidad, había motivos para que se sintiese agradecido por el virtual divorcio de su esposa, que se había instalado en Caucasia e impartía lecciones de griego a la princesa Miriam. ¿Estaba Prometeo dispuesto a prestarle medio talento? ¿O un cuarto, un décimo, un centésimo? Gracias, gracias. Prometeo podía tener la certeza de que su lugar de residencia no sería divulgado en ninguna circunstancia. Pese a esta promesa, la morada fue visitada al día siguiente por once dioses y semidioses, en su mayoría titanes. Elenko se vio sometida a una verdadera prueba y realmente se sintió alarmada cuando las Furias, que habían transferido sus funciones al Diablo, salieron de paseo con el propósito de tomar el fresco y aparecieron inopinadamente para charlar un rato, acompañadas por Cerbero. Pero se comportaron notablemente bien y llevaron un mensaje de Elenko para Eurídice. Al poco tiempo, la muchacha se encontraba en íntimas relaciones con las divinidades destronadas, ya fuesen celestes, infernales o marinas.

El entusiasmo juvenil es hermoso y bienaventurado en la medida en que trasciende todas las cosas, pues busca algo que juzga o siente por encima de sí mismo. Hermosa como el sol otoñal es, igualmente, la madurez que contempla con gentileza el ideal que ha logrado sobrepasar y al que aún reverencia por sus viejos designios y asociaciones. La posibilidad de contemplar con sus propios ojos a una deidad habría estremecido a Elenko de arrobamiento en otros tiempos, de no haberla aplacado el temor engendrado por la presunción de su propia soberbia. A la muchacha jamás se le habría ocurrido la idea de que una deidad —que no fuera un transgresor en desgracia como Prometeo— pudiera ser objeto de su compasión. Y ahora se apiadaba con absoluta sinceridad de todo el panteón olímpico, no tanto por el hecho de que sus integrantes estaban en decadencia cuanto por la circunstancia de que merecían el infortunio que les acosaba. No podía ocultarse a sí misma la comprobación de que todos y cada uno se encontraban a la zaga de la época en que vivían. Era imposible hacerle entender a Zeus que un pensamiento podía rivalizar con cualquiera de sus rayos. Apolo hablaba bellamente de Homero, pero no cabía duda de que consideraba la *Ilíada* y la *Odisea* como piezas menores, en comparación con el himno que le había dedicado el mismo bardo ciego. Ceres admitía francamente su absoluta ignorancia con respecto a cuanto se refiriera a los misterios de Eleusis. La indumentaria de Afrodita era admirable para el verano, pero en invierno resultaba de un pertinaz conservadurismo; y no se comprendía para qué Palas cultivaba un aspecto de esperpento, cubierta con su casco de gorgona, cuando esto ya no asustaba a nadie. Elenko comprobó que apenas podía llegar a tolerar, a disculpar, a transigir aquello que habría adorado de buena gana. ¿Cuántas Elenkos siguen aún hoy día fomentando antiguos credos cuya principal virtud consiste en la virtud de quienes los profesan?

Una noche de otoño todos los dioses principales se reunieron en el domicilio de Prometeo, donde hicieron adecuada justicia a higos y moras y al vino enfriado con la nieve del Taigeto. Las visitas se mostraban más abatidas que de costumbre. Prometeo se hallaba caviloso y abstraído, como si se encontrara sumido en hondas reflexiones.

—Tiene el mismo aspecto que solía exhibir la pitonisa cuando estaba a punto de revelar un oráculo —le susurró Apolo a su vecino.

Y el oráculo fue revelado, inclusive en verso, para no transgredir ningún privilegio de Apolo:

> *Cuando sobre las torres de Constantina*
> *Una resplandeciente luna comience a brillar*
> *Sin declinar ni ponerse, y siga de día*
> *Reluciendo como en la noche al promediar,*
> *Entonces, aunque el templo se precipite*
> *En ruinas, el dios ha de encontrar,*
> *Erigido en el pensamiento humano mismo,*
> *Un santuario en que podrá habitar.*

—¿Y qué será de nosotros hasta que ese prodigioso resplandor lunar llegue a brillar? —reclamó Zeus, que se había vuelto el más escéptico de todos los dioses.

—Instalaos en el Elíseo —sugirió Prometeo.

—¡Es una idea! —exclamaron Zeus y Palas al unísono.

—¡Al Elíseo! ¡Al Elíseo! —gritaron los restantes dioses y se pusieron de pie tumultuosamente, con la sola excepción de dos de ellos.

—Yo no me voy —dijo Eros—, porque donde está el Amor allí se encuentra el Elíseo, y esa luna que asoma me anuncia que ha llegado mi hora.

Y salió volando.

—Tampoco me iré yo —declaró un dios anciano y ciego—, pues donde está Pluto no es posible hallar el Elíseo. Además, la humanidad me seguirá a donde vaya. Pero también debo despedirme. Ha resultado sorprendente que pudiese permanecer durante tanto tiempo bajo el techo de una pareja cuya virtud es intachable.

Y se fue avanzando a tientas.

Los restantes dioses, en cambio, comenzaron a alejarse iluminados por la luz de la luna y nunca más se los vio. Prometeo recogió las sandalias que Hermes había olvidado y las acomodó en sus propios pies; tomó a Elenko y ascendió en un vertiginoso vuelo hasta el cielo desnudo. Todo era silencio en estos espacios infinitos, vacíos por completo, salvo aquí o allá alguna centella rojiza o algún trozo desmigajado de ambrosía. Arriba, abajo, alrededor, más allá de la vista y del pensamiento se extendían las inmóviles profundidades del éter, iluminadas por innumerables mundos. Los ojos no podían dirigirse hacia ninguna dirección sin contemplar una estrella, ni era posible contemplar una estrella desde la cual la morada de los dioses, pese a su vastedad, llegase a ser vista. Elenko se reclinó sobre las almenas y observó las raudas estrellas fugaces. Prometeo permanecía a su lado y señaló a distancia inmensurable la ínfima partícula de polvo luminoso desde la cual habían volado.

—¿Aquí o allá? —preguntó.

Y Elenko respondió:

—¡Allá!

LA POCIÓN DE LAO-TSÉ

Y por espacio de centurias el cuerpo permaneció
Quieto, palpitante, cálido, sin deterioro,
Cual si fuera un durmiente en su recinto de oro
Con una dulcísima modorra que sus ojos veló.
Subsistía en sueños, más allá de vacilaciones
Entre vida y muerte, mientras a su lado
Vanas criaturas humanas huían al pasado
Como hojas marchitas de perimidas estaciones.

En tiempos de la dinastía Tang, la China estuvo por largo período sometida a la feliz conducción de un virtuoso emperador que se llamaba Sin-Wu, quien había aniquilado a los enemigos del país, había consolidado la amistad de los aliados, había acrecentado la riqueza de los opulentos y había mitigado las desdichas de los menesterosos. Pero, sobre todo, era respetado y amado por su persecución de la impía secta que integraban los adeptos de Lao-Tsé, a la que logró prácticamente aniquilar.

Por lo tanto, parecía muy razonable que tal emperador se congratulara de su propia generosidad y merecimiento. Sin embargo, como no hay bienaventuranza humana que sea perfecta, la aflicción no dejó de perturbar la tranquilidad espiritual de tan noble gobernante. A sus cortesanos solía decirles:

—Si tal como afirmáis, nunca hubo en el pasado un emperador cuyos méritos sobrepujaran a los míos, ni nunca surgirá en el futuro otro que sea comparable a mí, es muy doloroso considerar que mis súbditos deberán sufrir a mi muerte una pérdida irreparable.

A estas palabras respondían los cortesanos unánimemente:

—¡Ojalá vivas por siempre, magnánimo soberano!

—¡Feliz augurio! —exclamó el emperador—. Pero ¿de qué modo lograréis que se cumpla?

El Primer Ministro miró al Canciller; el Canciller miró al Tesorero; el Tesorero miró al Chambelán; el Chambelán miró al Bonzo Principal; el Bonzo Principal miró al Segundo Bonzo y comprobó, con gran sorpresa, que éste le devolvía la mirada.

—Cuando me toque el turno —murmuró el funcionario subalterno—, he de comunicaros algo.

—¡Habla! —ordenó el emperador.

—¡Oh, bienamado Tío de las Estrellas! —comenzó a decir el Bonzo—, en los dominios de Vuestra Majestad hay quienes poseen el don de prolongar la vida pues, en breves palabras, descubrieron el Elixir de la Inmortalidad[1].

—¡Que de inmediato se les traiga aquí! —dispuso el emperador.

—Desgraciadamente —prosiguió el Bonzo—, todas esas personas sin excepción pertenecen a la abominable secta de Lao-Tsé, a cuyos miembros hace mucho que Vuestra Majestad conminó a abandonar la existencia, augusta resolución que la mayoría de ellos ha cumplido. En mi propia diócesis, desde el feliz ascenso de Vuestra Majestad al trono, durante varios años tuvimos por costumbre empalar veinte mil por temporada, de modo que

---

[1] La creencia en este elixir estaba muy generalizada en China hacia el siglo VII de nuestra era, y muchos emperadores realizaron grandes esfuerzos para hallarlo. Tal situación constituye la base de la novela *Der Unsterblichkeitstrand,* de Leopold Schefer, que proporcionó la idea pero no los incidentes de este cuento. *(N. del A.)*

al presente es muy difícil hallar apenas veinte, por muy grande que sea la diligencia exhibida por los verdugos.

—En los últimos tiempos me ha parecido —reflexionó el emperador— que acaso haya mayores virtudes en esta secta de lo que me indujeron a suponer mis consejeros.

—Siempre pensé —observó el Primer Ministro— que eran gente más bien extraviada que deliberadamente perversa.

—Son una especie inofensiva de lunáticos —convino el Canciller—; creo que se les debería confiar la custodia de la Cancillería.

—Su dinero no parece diferente del que poseen los demás hombres —afirmó el Tesorero.

—Por mi parte —aseguró el Chambelán—, conocí a una anciana que había conocido a otra anciana, la cual pertenecía a esta secta y aseguraba que cuando era una niñita se había comportado con todo recato.

—Si tal como parece —señaló el emperador—, su gracia el Bonzo Principal nos ha recomendado medidas erróneas, será indispensable confiscar sus propiedades en beneficio del Tesoro Imperial y el Segundo Bonzo le reemplazará en sus funciones. Es necesario, empero, confirmar antes que nada si esta secta posee realmente el Elixir de la Inmortalidad, porque resulta obvio que de ello depende toda la cuestión de sus méritos. Como nuestro consejero, el Segundo Bonzo, es la persona más interesada en el asunto con excepción de mí, deseo que haga las indagaciones convenientes y que nos informe en la próxima reunión del consejo, ocasión para la que habré meditado la pena que le será impuesta en la eventualidad de que no haya tenido éxito.

Esa misma noche todos los miembros de la secta de

Lao-Tsé que habitaban las prisiones del Bonzo Principal fueron decapitados, y éste recostó su propia cabeza en la almohada con algún grado de serenidad anímica, en la certeza de que el conocimiento del Elixir de la Inmortalidad había perecido junto con sus víctimas.

Puesto que la meta que se proponía alcanzar era diferente, el Segundo Bonzo procedió de manera distinta. Hizo traer a sus cautivos y les habló sobre las malas artes de los cortesanos exentos de principios y sobre la facilidad con que inducen a error inclusive al príncipe mejor intencionado. Durante años, en su condición de Segundo Bonzo, había propiciado en la corte el respeto de la tolerancia, y finalmente había tenido éxito en su intención de esclarecer a Su Majestad en medida suficiente como para que existiese la mejor perspectiva de que, en breve plazo, se promulgara un edicto de benevolencia, con la sola condición de que previamente se tuviese acceso al Elixir de la Vida.

Los infortunados heréticos estaban dispuestos a perpetuar la existencia del emperador sin demora con tal de que no les perturbaran la propia, pero toda la información que pudieron ofrecer al Bonzo se limitaba a una vaga tradición de la secta. Ésta consistía en que el conocimiento del secreto que había poseído Lao-Tsé se hallaba reservado a unos pocos adeptos, la mayoría de los cuales se encontraban sumidos en un estado de trance tan profundo que cualquier comunicación con ellos resultaba imposible. Pues la administración de la droga milagrosa era acompañada, al parecer, por este inconveniente: quien tenía acceso a la poción se sumergía en un intenso sueño que duraba entre diez años y la eternidad, según el alcance de la medicación recibida. Mientras duraban sus efectos, quedaban suspendidas las actividades naturales habituales y la persona que había recibido el tratamiento despertaba en la misma condición física, juvenil o provecta, que tenía en el instante en que se había iniciado el letargo; y aunque todavía se hallaba expuesta a heridas o accidentes, continuaba disfrutando de salud y vigor plenos por un período igual a la duración del trance, al cabo del cual se recuperaba la condición mortal a menos que se ingiriera una nueva dosis. Todos los secuaces de Lao-Tsé que habían retornado a la vida en el magnánimo reinado de su actual Majestad emigraron de inmediato; por lo tanto, las únicas personas capaces de proporcionar información se hallaban sumidas en el sopor y, por supuesto, sólo se podría participar de su saber cuando despertaran. Casi todas ellas estaban ocultas en las profundidades de cavernas, generalmente habitadas por bestias feroces para mayor seguridad, ya que un oso o un tigre jamás dañaría a un integrante de la secta. En consecuencia, quienes fueron llamados a declarar aconsejaron al Bonzo que buscara los sitios en que se hallaban los tigres más sanguinarios de su diócesis y que personalmente los siguiera hasta sus guaridas, con la certeza de que lograría lo que deseaba.

Semejante proposición resultaba demasiado enojosa para el Bonzo, que se hallaba tan poco dispuesto a aventurarse en la cueva de una bestia salvaje como a ceder a otra persona la oportunidad de realizar el descubrimiento. Mientras vacilaba con indecible desconcierto, fue informado de que un viejo que se disponía a expirar a la edad de ciento veinte años deseaba hablar con él. En la sospecha de que tan venerable individuo posiblemente tuviese por lo menos un atisbo del gran secreto, el Bonzo se apresuró hacia su lecho.

—Nuestro maestro Lao-Tsé —empezó a decir el anciano— nos prohíbe dejar este mundo sin revelar aquello que pueda ser beneficioso para nuestro prójimo. Ignoro si consideras que el conocimiento de la poción de la inmortalidad te favorecerá, pero el asunto no viene al caso porque no poseo su fórmula. Escucha mi relato, pese a ello. Hace noventa años, cuando era cazador, quedé atrapado en las mandíbulas de un tigre enorme, que me condujo a su guarida. Allí me encontré en presencia de dos damas, una juvenil y de incomparables encantos, la otra demacrada y llena de arrugas. La más joven recriminó al tigre, que de inmediato me dejó en libertad. Mi gratitud ganó la confianza de las mujeres y pude enterarme de que eran secuaces de Lao-Tsé, refugiadas en esa caverna para compartir la bebida milagrosa, lo que se disponían a hacer. En apariencia, eran madre e hija, y recuerdo perfectamente que la composición del brebaje sólo era conocida por la hija. Esto me sorprendió, porque supuse que lo natural hubiese sido lo contrario. El tigre me escoltó de regreso a mi hogar. Abjuré de la caza y me convertí en discípulo de Lao-Tsé, lo que continué siendo en secreto hasta el día de hoy. Ahora procederé a indicarte el lugar en que se hallaba la caverna, si bien está más allá de mis posibilidades asegurarte que las damas aún permanecen allí.

Y expiró una vez que hubo señalado la dirección en que debía buscarse la caverna.

Era necesario, pues, poner manos a la obra. El Bonzo adoptó de la mejor manera que pudo los ropajes de adepto de Lao-Tsé, reunió un séquito de discípulos muy piadosos y acompañado por un reducido ejército de cazadores y guerreros marchó en busca de la cueva que habitaba el tigre. La encontraron al anochecer, y una vez que dejaron atado un niño cerca de la entrada, de modo que cuando fuera devorado sus gritos anunciaran que el tigre salía de su refugio o volvía a él, el Bonzo y sus esbirros se apostaron a un costado y aguardaron hasta la madrugada. Los lejanos aullidos de las fieras que vagaban en busca de sus presas privaron por entero de reposo al santo varón, pero nada más grave le sucedió; y cuando en la mañana se oyó al niño que, en lugar de proporcionar desayuno al tigre, comenzaba a llorar reclamando el suyo propio, los sitiadores se armaron de valor para introducirse en la guarida. El resplandor de las antorchas no reveló ningún tigre, pero, para inexpresable deleite del Bonzo, dos mujeres yacían en el suelo de la caverna, en estricta coincidencia con la descripción del anciano. Sus vestiduras correspondían al uso del siglo anterior. Una de las figuras se mostraba arrugada y canosa, en tanto que el inefable encanto de la otra, que podía tener a lo más diecisiete o dieciocho primaveras, suscitó un clamor generalizado de admiración, al que siguió un silencio de extasiado mutismo. Cálidas, flexibles, con frescos colores y la respiración normal del sueño, las durmientes reposaban una junto a la otra; el brazo de la más joven pasaba por debajo del cuello de la más anciana y su barbilla se refugiaba en el hombro de su compañera. Los semblantes de ambas parecían indicar sueños placenteros.

—¿Puede ser esto, por cierto, solamente un trance? —preguntaron al unísono varios seguidores del Bonzo.

—*Fiat experimentum in corpore vili!* —exclamó el Bonzo, y lanzó su larga jabalina de caza contra el pecho de la más anciana.

La sangre manó libremente, pero no se advirtió ningún cambio en la expresión del rostro. Ninguna agitación anunció la muerte; nada les permitió cerciorarse de que la mujer realmente había expirado, hasta que el cuerpo se enfrió y los miembros exhibieron rigidez.

—Transportad a la joven como si fuera porcelana —ordenó el Bonzo.

Y como si fuera porcelana, la exquisita y bella muchacha fue sacada de la caverna, mientras sonreía en su trance, inconsciente de los sucesos. Entre tanto, el cadáver de su anciana compañera fue abandonado a la voracidad de las hienas.

Los que transportaban a la joven tantas veces se detuvieron para contemplar su belleza que fue necesario cubrir por completo sus facciones hasta que llegaron a la silla de manos cerrada en la que, vigilada estrechamente por el Bonzo, se la condujo al palacio imperial. Allí fue llevada ante el emperador, quien en el acto dio muestras de veneración.

La durmiente fue instalada en un lecho de paño de oro, en los aposentos imperiales. Sorprendía observar el contraste entre su hermosura juvenil, tan apacible en el reposo, y el viejo emperador, enfervorizado con su apetencia de la belleza y con su pasión por la vida.

—¡Oh, serenísima Majestad! —dijo el más prudente de los consejeros—, ¿hay alguna secta en vuestros dominios que posea el secreto de la perpetua juventud?

El emperador ordenó publicar un bando, pero no pudo hallarse ninguna secta de tal naturaleza. El soberano se lamentó sobremanera e hizo quemar perfumes penetrantes en torno a la durmiente, a la vez que dispuso que en sus oídos se hicieran resonar cuernos y se repicaran panderos metálicos, en la esperanza de que se despertase antes de que él estuviera muerto o totalmente decrépito. Pero la joven ni se agitó. Entonces, el poderoso gobernante se encerró en compañía de ella y ocupó su tiempo en orar a Fo para que la hiciera despertar.

Pero un día la puerta de esa cámara fue abierta violentamente y la anciana esposa del emperador penetró enardecida, con el propósito de reprenderle.

—¡Sin-Wu —gritó la mujer—, no tienes el corazón de un hombre! ¡Serás inmortal y permitirás que yo muera! ¡Me entregarán al sepulcro y tú reinarás en otra compañía! ¿Para qué te fui fiel, si nuestras cenizas finalmente no se mezclarán? ¡Viejo libidinoso!

—Su-Ti —respondió el emperador con vehemencia—, me juzgas erróneamente. No soy un despiadado lascivo, ni tampoco una mariposa que sorbe en los labios mismos de la belleza. ¿Acaso mi alma no está obsesionada plenamente con esta divina criatura, a la que amo con afecto infinitamente mayor que el que he sentido jamás por ti? Y, además, ¿cómo sabes —añadió en un intento de aplacarla—, cómo sabes que no te daré para beber la poción milagrosa?

—¡Para conservar mis arrugas y mis cabellos grises por siempre jamás! No, Sin-Wu; no soy tan tonta como tú e, inclusive, si lo fuera, no estoy enamorada de ningún jovencito. Por lo demás, ¿acaso ignoro que aun si me mostrara dispuesta a aceptar la dádiva, nunca me la otorgarías?

Salió intempestivamente, enfurecida, y se ahorcó con su imperial ceñidor. En vista de lo cual, las restantes esposas y concubinas del emperador imitaron el ejemplo, según lo prescribían la costumbre y la razón. El palacio entero se pobló de lamentos y funerales. Pero el emperador no expresó ningún lamento; ni siquiera apartó su mirada de la durmiente, y ésta ni siquiera se despertó.

Entonces, el hijo del emperador vino a ver a su padre, exhibiendo una furia incontenible.

—Asesinaste a mi madre. Me privarás de la corona que es legítimamente mía. Yo, que nací para ser emperador, ¿moriré apenas como súbdito? ¡De ninguna manera! Te rescataré de ti mismo y atravesaré a tu manceba con la espada o la incineraré con fuego.

El emperador, temeroso de que las amenazas fueran cumplidas, ordenó matar a su hijo, así como a los hermanos y hermanas de éste. Y no prestó más atención a los negocios del estado, para lo cual delegó todas sus obligaciones en el Segundo Bonzo, que ahora era Bonzo Principal. Y cesó el cumplimiento de las leyes, y las rebeliones comenzaron a estallar en las provincias, y los enemigos invadieron el país, y el territorio se vio amenazado por el hambre.

Entonces, el emperador estaba casi diez años más cerca de los umbrales de la muerte que cuando la Bella Durmiente fue traída a la corte. El amor por la belleza estaba prácticamente extinguido en el soberano, pero sus anhelos de vida se hicieron más intensos. Se sintió encolerizado con la durmiente que no despertaba, y con las escasas fuerzas que le quedaban la castigó ferozmente en las mejillas. Pero ella no daba señales de despertarse. Vino a la memoria del soberano el hecho de que, si llegaba a obtener la poción de la inmortalidad, se sumiría en un trance; por lo tanto, adoptó cuantos recaudos eran necesarios para el interregno. Decretó que se le sentara erguido en su trono, con todos sus atributos imperiales, y dispuso que se aplicara pena de muerte a quienquiera que se tomase la libertad de retirar uno solo de ellos. Su figura adormilada presidiría todos los consejos, sería consultada acerca de todas las decisiones de estado y todos los ministros y funcionarios le rendirían homenaje diariamente. La Bella Durmiente resucitada tenía que compartir de nuevo la bebida, al mismo tiempo y de la misma manera que el soberano, para que pudiese salir de la modorra junto con él, quien así comprobaría que los encantos de la joven no habían menguado. Todos los ministros juraron solemnemente cumplir estas órdenes, inspirados en el firme propósito de incinerar al emperador tan pronto como se durmiera, para dispersar sus cenizas al viento. Luego, disputarían entre ellos el imperio; entre tanto, cada cual estaba ocupado preferentemente en la tarea de ganar a los rebeldes para su causa, de modo que la situación del pueblo se tornaba más mísera de día en día.

Y a medida que el anciano emperador se iba debilitando cada vez más, comenzó a tener visiones. Se le aparecían legiones de pequeños demonios que le rodeaban gritando:

—Somos tus pecados y seremos castigados... Si vives por siempre jamás, ¿nos privarás de recibir nuestro merecido?

Hermosas figuras femeninas se le acercaban veladas, con la cabeza gacha, y murmuraban:

—Somos tus virtudes y seremos recompensadas... ¿La intención tuya es defraudarnos?

Y había otros espectros, sombríos pero agradables, que susurraban:

—Somos tus amigos muertos que desde hace mucho aguardamos tu llegada... ¿Harás nuevas amistades y nos olvidarás?

Y también algunos decían:

—Somos tus recuerdos... ¿Piensas vivir hasta que nos hayamos desvanecido de tu corazón?

Y otros más agregaban:

—Somos tu fortaleza y tu belleza, tu memoria y tu ingenio... ¿Puedes seguir viviendo pese a saber que nunca más nos volverás a ver?

Por fin, llegaron dos guardias, enviados por el Rey de la Muerte, y uno de ellos reía. El otro le preguntó qué le causaba tanta gracia, y su compañero respondió:

—Me río del emperador, que pretende escapar de nuestro señor, ignorante de que el momento de su extinción ha sido registrado con punzón de acero en una roca adamantina hace un millón de millones de años, en el principio de este mundo.

—¿Y cuándo sucederá? —interrogó su camarada.

—Dentro de diez minutos —replicó el que estaba enterado.

Cuando el emperador oyó estas palabras enloqueció de terror y corrió hasta el lecho en que yacía la Bella Durmiente.

—¡Despiértate, por favor! —gritó—. ¡Despiértate y sálvame antes de que sea demasiado tarde!

Y, ¡oh maravilla!, la durmiente pareció animarse y abrió los ojos.

Si había sido hermosa durante el sueño, ¡cuánto más lo fue al despertar! Pero en el pecho del emperador la pasión por la vida se había sobrepuesto a la pasión por la belleza, y ya no vio ni los ojos semejantes a estrellas, ni la lozanía comparable a la del melocotón o el lirio, ni el semblante magnífico del amanecer. Sólo atinó a gritar:

—¡Concédeme la poción para que no muera! ¡Sólo concédeme la poción!

—Me resulta imposible —dijo la muchacha—. La única que conoce el secreto es mi hija.

—¿Quién es tu hija?

—La anciana canosa que reposaba a mi lado en la caverna.

—¡Que esa vieja arrugada era tu hija! ¿Hija tuya, que eres tan joven y fresca?

—Sin embargo —prosiguió ella—, nació cuando yo había alcanzado la edad de dieciséis años y permanecí amodorrada por espacio de setenta años. Cuando desperté, la encontré vieja y decrépita, en tanto que por mi parte conservaba la misma lozanía que cuando cerré los ojos. Ella conoce la fórmula secreta, de la que nunca llegué a enterarme.

—¡El Bonzo será crucificado! —vociferó el emperador.

—Es demasiado tarde —le advirtió su interlocutora—; ya lo han despedazado.

—¿Quién hizo eso?

—La muchedumbre que ahora se aproxima para hacer lo mismo contigo.

Y mientras la mujer hablaba se abrieron de golpe las puertas e irrumpió la gente, encabezada por el Bonzo más piadoso del imperio (después del difunto Bonzo Principal), quien hundió una espada en el pecho del emperador, al tiempo que exclamaba:

—Quien desprecia la vida que posee en beneficio de otra merece ser privado de la que ya tiene.

Estas palabras, según refiere el historiador Li, fueron consideradas dignas de ser escritas en letras de oro en la Cámara de Confucio.

La gente gritaba:

—¡Matad a la bruja!

Pero ella fijó su mirada en la turbamulta y ésta prorrumpió en un solo clamor:

—¡Sé nuestra emperatriz!

—Debo recordaros —respondió— que tendréis que soportarme por espacio de cien años.

—¡Ojalá lleguen a ser mil veces cien años! —contestaron.

Por consiguiente, tomó el cetro y reinó gloriosamente[2]. Entre sus acciones virtuosas se encuentra el hecho de tolerar a los prosélitos de Lao-Tsé. Desde entonces, si bien ya no fueron perseguidos por los hombres, se observó que las bestias salvajes cesaron de respetarlos como en épocas pasadas y los devoraron con el mismo apetito con que se comían a los miembros de otras sectas y confesiones.

[2] En el año 683 de nuestra era, al morir su marido, la emperatriz viuda Wu How procedió a desplazar a su hijo y gobernó prósperamente hasta el término de su vida, en 703. En la época actual hemos visto a China prácticamente gobernada por mujeres soberanas. *(N. del A.)*

ABDALÁ EL ADISTA

Un anciano ermitaño llamado Sergio vivía en el desierto de Arabia, consagrado por entero a la religión y a la alquimia. Acerca de sus creencias sólo cabe decir que eran tan superiores a las de sus vecinos como para que se le llegara a considerar adepto a la secta de los yesidis o adoradores del diablo[1]. Pero los mejor informados le sabían un monje nestoriano, que se había retirado a un paraje tan apartado por diferencias con sus hermanos, quienes habían tratado de envenenarlo.

La acusación de yesidismo lanzada contra Sergio fue motivo de que cierto joven inquisitivo acudiera a él, deseoso de obtener algún esclarecimiento acerca de la naturaleza de los demonios. Comprobó, empero, que Sergio no le podía ofrecer ninguna información al respecto, si bien por el contrario disertaba tan sabia y bellamente sobre cuestiones sagradas que el intelecto de su discípulo se iluminó y su entusiasmo se enardeció, al punto de que su mayor anhelo fue partir con el objeto de brindar instrucción a los pueblos ignorantes que lo circundaban: sarracenos, sabeos, zoroástricos, karmatia-

---

[1] Secta que habitó la Mesopotamia, el Cáucaso y Armenia; sus adictos profesaron creencias que reunían elementos cristianos, judíos y mahometanos; consideraban al Diablo como agente en el que había delegado su poder el Dios supremo. *(N. del T.)*

nos, bafometitas y paulicianos, estos últimos un residuo de los antiguos maniqueos.

—De ningún modo, mi buen muchacho —dijo Sergio—. He renunciado al envío de misioneros en razón de la difícil prueba que soporté con mi hijo espiritual, el profeta Abdalá.

—¿Cómo? —exclamó el joven—. ¿Abdalá el Adista fue discípulo tuyo?

—Tal como lo oyes —respondió Sergio—. Escucha su historia.

«Nunca tuve un seguidor que prometiera en tal medida como Abdalá, ni cuando primeramente lo tuve en calidad de discípulo juzgué que fuera otra cosa que un modelo de sencillez y de buenas intenciones juveniles. Siempre le consideré hijo mío, título que jamás volví a otorgar. Al igual que tú, se mostraba compasivo con quienes vivían en los alrededores sumidos en las tinieblas, y ansiaba que le autorizara para salir a disiparlas.

»—Hijo mío —le dije—, no te lo impediré, pues ya no eres un niño. Has oído mis palabras sobre el tema de las persecuciones y sabes que personalmente me fue administrado veneno como consecuencia de mi ineptitud para percibir la luz sobrenatural que irradiaba del ombligo del hermano Gregorio. Estás enterado de que te castigarán con varas y de que te pincharán con aguijadas, de que serás encadenado y hambreado en mazmorras, de que probablemente te saquen los ojos y de que muy posiblemente te quemen con fuego. ¿No es así?

»—Estoy preparado para sobrellevar todo —respondió Abdalá, y me abrazó para despedirse.

»Habían transcurrido varias lunas cuando regresó cubierto de cardenales y cicatrices, en tanto que sus huesos asomaban a través de la piel.

»—¿Cuál es la causa de estos cardenales y cicatrices —le pregunté—, y qué significa tanta flacura?

»—Los cardenales y cicatrices —me informó— proceden de los castigos que me fueron administrados por orden del califa; la flacura se debe a que sus funcionarios me privaron de comida y bebida en la mazmorra en la que fui encarcelado por voluntad suya.

»—¡Hijo mío! —exclamé—, a los ojos de la fe y de la justa razón estos cardenales son más hermosos que el mayor caudal de belleza, y tu delgadez es como la revelación de un secreto tesoro.

»Y Abdalá trató de mostrarse como si compartiera mis opiniones, en lo que no fracasó totalmente. En consecuencia, le acomodé conmigo, le alimenté, le curé, y por segunda vez le despaché para que se internara en el mundo.

»Al cabo de un tiempo regresó, cubierto, como la vez anterior, de heridas y magulladuras, pero garboso y un tanto lleno de carnes.

»—¿A qué se debe un aspecto personal tan próspero, hijo mío? —le interrogué.

»—A la caridad de las esposas del califa —contestó—. Me alimentaron en secreto, pues en premio a esta buena acción les prometí a cada una de ellas que en el otro mundo tendrán siete maridos.

»—¿Y tú cómo lo sabes, hijo mío? —inquirí.

»—Si he de confesar la verdad, padre —admitió—, no lo sabía; pero supuse que resultaba probable.

»—¡Hijo mío! ¡Por favor! —le recriminé—. Sigues un camino peligroso. ¡Cómo te atreves a seducir a las gentes débiles e ignorantes con promesas de lo que han de recibir en la vida futura, de la que sabes tan poco como ellas! ¿Acaso ignoras que las inestimables bendiciones de la fe son de una naturaleza íntima y espiritual? ¿Alguna vez me has oído prometer a un discípulo recompensas por su esclarecimiento o sus buenas obras, a excepción de azotes, hambre e incineración?

»—Nunca, padre —reconoció—; por lo mismo sólo has conseguido un seguidor de tus preceptos, y éste los ha transgredido.

»Se alejó de mí, tras una permanencia más breve que la anterior, y nuevamente partió a predicar. Después de mucho tiempo regresó en óptima salud física, pero con manifiestos indicios de que algo se agitaba en su mente.

»—Padre —me dijo—, tu hijo ha predicado con fidelidad y dedicación y logró que miles de personas volvieran a la senda justa. Pero un hechicero se interpuso diciendo: "¿Por qué habréis de seguir a Abdalá, si tal como podéis observar no exhala fuego por la boca ni por los orificios de la nariz?" Y la gente prestó oídos a las palabras que provenían de los labios de ese hombre cuando observó que de su nariz irrumpía una llamarada. A menos que me enseñes a hacer algo similar, con toda certeza pereceré.

»Le advertí a Abdalá que era mejor perecer en nombre de la verdad que prolongar la vida con ayuda de mentiras y engaños. Pero lloró y se lamentó de sus extremadas penurias, y por fin logró persuadirme, de modo que le enseñé a exhalar fuego y humo por medio de una nuez hueca que contenía material combustible. Y tomé cierta sustancia llamada jabón, casi desconocida en esta comarca, y con ella le ungí los pies. Y cuando se encontró con el hechicero, ambos exhalaron fuego, por lo cual la gente no sabía a quién seguir; pero Abdalá caminó sobre nueve rejas de arado al rojo vivo, en tanto que el hechicero no se animó a aproximarse ni a una sola, de modo que los presentes procedieron a despedazar la cabeza de éste y se declararon discípulos de Abdalá.

»Mucho tiempo transcurriría hasta que Abdalá viniese a verme otra vez, en esta ocasión con un aspecto jovial pero algo inquieto. Traía consigo una manta de pelo de camello que al desplegarse, ¡oh sorpresa!, exhibía una multitud de huesos.

»—¡Venerado padre! —declaró—, tengo que comunicarte felices noticias. Hemos encontrado los huesos del camello que perteneció al profeta Ad, sobre los que él grabó sus revelaciones.

»—Si es como tú dices —repliqué—, tienes a tu disposición las enseñanzas del profeta y ya no necesitas de las mías.

»—No te apresures, padre —me recomendó—. Si bien el mensaje fue inicialmente grabado por el profeta sin lugar a dudas en estos mismos huesos, en razón del deterioro que ocasiona el tiempo ha sucedido que ni una letra de su escritura puede ser distinguida. Por lo tanto, he venido para rogarte que vuelvas a escribir sus revelaciones.

»—¿Cómo? —exclamé—. ¿Me pides que fragüe los vaticinios del profeta Ad? ¡Sal de mi vista!

»—Bien sabes, padre —prosiguió—, que si tuviéramos aquí las palabras originales del profeta Ad, de nada nos servirían, pues a causa de su antigüedad nadie llegaría a entenderlas. En consecuencia, ya que no sé escribir, es conveniente que tú procedas a afirmar en su nombre aquello que habría deseado comunicar si hubiese estado hoy día en nuestra compañía. Pero si no te sientes dispuesto a ello, le rogaré al hermano Gregorio que lo haga.

»Cuando le oí decir que iba a recurrir a tal embustero

e impostor, mi espíritu se conturbó hasta lo más hondo y escribí con mi propia mano el Libro de Ad. Puse atención en registrar únicamente preceptos sanos y provechosos y de manera especial prohibí la poligamia, ya que había percibido en mi discípulo cierta inclinación en tal sentido.

»Al cabo de muchos días regresó nuevamente, esta vez en un manifiesto estado de terror y agitación. Además, observé que el pelo le faltaba en la parte inferior del rostro.

»—¡Oh, Abdalá! —requerí—, ¿dónde se halla tu barba?

»—En manos de mi novena esposa.

»—¡Apóstata! —le recriminé—, ¿has osado tomar más de una esposa? ¿Olvidaste lo que está escrito en el Libro de Ad?

»—¡Padre mío bienamado! —contestó—, puesto que la profecía de Ad es tan antigua, como tú bien lo sabes, necesariamente exigía un comentario. Esta labor estuvo a cargo de uno de mis discípulos, un joven sirio al que sospecho hijo natural de Gregorio. El muchacho no sólo sabe escribir sino que, además, registra al dictado cuanto le digo, destreza de la que tú careces, ¡oh, Sergio! En esta glosa se declara que, en virtud de que cada mujer tiene la novena parte del alma de un hombre, el profeta, al ordenar a los Adistas (como ahora nos llamamos) que tomen una sola esposa, nos autorizó en verdad a tomar nueve; pero reconozco que sería abominable contraer nupcias por décima vez. Por lo tanto, al haberme enamorado de la más encantadora y juvenil de las vírgenes, me veo en estos momentos en la necesidad de repudiar a una de las esposas que había tomado. En consecuencia, cada una de ellas piensa que su turno puede llegar pronto, si acaso no en la presente ocasión, y ninguna está dispuesta a consentir mi propósito en modo alguno. Este motivo las ha impelido a maltratarme, tal como puedes comprobar, al punto de que las guaridas en que se refugian las bestias salvajes son en la actualidad remansos de paz en comparación con mi serrallo. Peor aún es el hecho de que me amenazan con hacer pública una circunstancia de la que infortunadamente se han enterado, pues llegaron a saber que la revelación del bienaventurado Ad no está escrita en absoluto en la osamenta de un camello, sino en huesos de vaca. Si ello se difunde, el texto sagrado será por consiguiente calificado de espurio, por cuanto ninguna tradición registra que el profeta haya cabalgado en tal cuadrúpedo. Y puesto que tú, amantísimo padre, has grabado los caracteres, no puedo menos que acongojarme con el temor de que la furia de la gente llegue a alcanzarte y de que inclusive tu vida misma quede amenazada.

»Estos razonamientos de Abdalá tuvieron mucho peso en mi ánimo y con toda premura consentí a su petición, ya que en esta ocasión no requeriría de mí ninguna impostura, sino el mero restablecimiento de su paz doméstica. Le acompañé, pues, a ver a sus mujeres y discurrí con ellas, por lo que convinieron en aceptar mi dictamen. En el deseo de complacerle, aconsejé que se casara con la hermosa virgen y que se desprendiera de una de sus esposas, que era vieja, fea y dotada del humor de Shaitan[2].

»—¡Oh, padre! —exclamó Abdalá—. ¡Me has rescatado de la muerte y me has devuelto la vida! Y tú, Zarah —prosiguió—, no perderás nada, sino que saldrás

[2] Forma del nombre de Satanás, empleada por los musulmanes. (*N. del T.*)

notablemente beneficiada contrayendo nupcias con el sabio y virtuoso Sergio.

»—¡Casarme con Zarah! —grité—. ¡Yo, un monje!

»—Ciertamente, ¿piensas privarla de un marido —declaró mi discípulo—, sin que puedas ofrecerle otro en su lugar?

»—Si se atreve a hacer tal cosa, lo estrangulo —vociferó Zarah.

»Lloré con amargura y rogué encarecidamente. Se convino en que hubiera una postergación de cuarenta días, en cuyo transcurso, si alguien se mostraba dispuesto a casarse con Zarah, se me acordaría el derecho de librarme de ella. Prometí dar cuanto tenía a quienquiera que estuviese de acuerdo en reemplazarme, pero nadie aceptó el ofrecimiento. La mujer fue presentada a trece delincuentes condenados a la pena capital, pero todos eligieron la muerte. En definitiva, no tuve más remedio que casarme con ella. En verdad, ahora me consuela pensar que, si bien soy culpable por haber alentado los engaños de Abdalá o por cualquier otro motivo, mis pecados han sido purgados y nada puede imputarme la Justicia Eterna, pues decididamente estuve confinado en Gehena hasta que ella misma fue conducida a ese lugar. Con respecto a la manera en que esto sucedió, no hagas indagaciones demasiado minuciosas. Sin duda, el hecho de que las aguas en la fuente de Kefayat, llamada el Diamante del Desierto, se hubieran tornado en aquella ocasión impotables y perniciosas para los seres humanos y para las bestias parece una prueba de que el cielo se había encolerizado con las atrocidades cometidas por esta mujer.

»Mientras me hallaba en mi morada administrando los bienes de mi finada esposa, que en su mayoría consistían en vinos y licores fuertes, Abdalá vino a verme una vez más.

»—¿Te has acercado —comencé— para requerirme que me haga cómplice de alguna nueva impostura? Ten presente de manera definitiva que no lo consentiré.

»—Todo lo contrario —respondió—. He venido hasta aquí para tranquilizarte, demostrándote que ya no volveré a necesitar de tu auxilio. Acompáñame.

»Y lo acompañé hasta una gran llanura, donde había multitud de jinetes e infantes armados, en número mayor que el que pude contar. Y llevaban pendones en los que el nombre de Abdalá estaba bordado en letras de oro. Y en medio había un arca de oro, con los huesos del camello (o de la vaca) de Ad. Y junto a ésta había un enorme montón de cabezas de hombres, y los guerreros continuaban arrojando más y más en la pila, sin cesar.

»—¿Cuántas? —preguntó Abdalá.

»—Doce mil, bienaventurado Apóstol de Dios —le respondieron—; pero hay más que todavía deben llegar.

»—Eres un monstruo —reconvine a Abdalá.

»—De ningún modo, padre —me contestó—; en conjunto no superan las dieciséis mil, y todas ellas pertenecen a infieles. Además, hemos perdonado a aquellas mujeres que son bellas y jóvenes y las hemos tomado como nuestras concubinas, según lo dispone el undécimo suplemento del Libro de Ad, recién promulgado por autoridad mía. Pero ven conmigo, pues tengo otras cosas que mostrarte.

»Y me llevó hasta el sitio en el que una estaca se hundía en la tierra, y a ella estaba encadenado un hombre, mientras en torno de éste se amontonaba material combustible, y muchos aguardaban con antorchas encendidas en sus manos.

»—¡Oh, Abdalá! —exclamé—, ¿por qué una atrocidad semejante?

»—Este hombre —replicó— es un blasfemo, que ha dicho que el Libro de Ad está escrito en huesos de vaca.

»—¡Pero, en efecto, está escrito en huesos de vaca! —grité.

»—Aunque así sea —declaró—, ello hace que su herejía resulte más condenable y que su castigo tenga características más ejemplares. Si la profecía estuviese ciertamente escrita en huesos de camello, cada cual podría afirmar lo que le viniese en gana.

»Sacudí el polvo de mis pies y me apresuré a regresar a mi morada. Las restantes acciones de Abdalá las conoces, y cómo cayó en su contienda con los karmatianos. Y ahora te pregunto: ¿aún tienes la intención de partir en calidad de misionero de la verdad?»

—¡Bienaventurado Sergio! —dijo el joven—, advierto que las tentaciones son mayores de lo que suponía y que las dificultades exceden en mucho cuanto imaginé. No obstante, lo haré y confío en la gracia del cielo para que me ayude a no fracasar totalmente.

—¡Ve, entonces —respondió Sergio—, y que las bendiciones del cielo te acompañen! Retorna al cabo de diez años, si acaso todavía estoy vivo por entonces; y si puedes declarar que no has fraguado escrituras sagradas, y no has obrado milagros, y no has perseguido infieles, y no has adulado a potentados y no has sobornado a nadie con promesas de este mundo o del otro, en tal caso prometo que te daré en recompensa la piedra filosofal.

ANANDA, HACEDOR DE MILAGROS[1]

Eᴌ bienaventurado Buda, Sakiamuni, al despachar a los apóstoles para que proclamaran su religión a través de la península índica, no olvidó hacerles saludables recomendaciones que les sirvieran de norma. Les exhortó a la mansedumbre, a la compasión, a la abstinencia, al celo en la propagación de la doctrina, y agregó una orden que nunca fue impuesta antes o después por el fundador de una religión: que en ninguna circunstancia realizaran milagros.

Se cuenta, además, que si bien los apóstoles afrontaron considerables dificultades para dar cumplimiento a las otras instrucciones de su maestro y a veces inclusive las transgredieron, en cambio la prohibición de obrar milagros nunca fue violada ni una sola vez por los discípulos, con la única excepción del piadoso Ananda, la historia de cuyo primer año de apostolado ha sido registrada de la siguiente manera.

1 La afirmación de que Buda prohíbe obrar milagros se sustenta, por lo que respecta a los conocimientos del presente escritor, en la autoridad de las *Lectures on the Science of Religion,* del profesor Max Müller. Es innecesario subrayar que no hay ningún testimonio de que Ananda, «el San Juan de los seguidores de Buda», haya contravenido este o cualquier otro precepto de su maestro. *(N. del A.)*

Ananda se instaló en el reino de Magadha e instruyó diligentemente a los habitantes en la ley de Buda. Puesto que su doctrina era aceptable y sus palabras persuasivas, la gente le escuchó de buen grado y comenzó a abandonar a los brahmanes, a los que anteriormente habían venerado como guías espirituales. Al observar esto, Ananda sintió que su espíritu se alborozaba y un día exclamó:

—¡Cuán bienaventurado es el apóstol que propaga la verdad a través de la eficacia que poseen la razón y el ejemplo virtuoso, combinados con la elocuencia, mejor que el error a través de la impostura y del trato con los demonios, según es práctica de estos miserables brahmanes!

Al pronunciar este vanidoso discurso, la montaña de sus méritos disminuyó en dieciséis *yojanas*[2] y la virtud y eficacia se desvanecieron de él en tal medida que, cuando nuevamente habló a las multitudes, éstas primero se burlaron, luego le abuchearon y finalmente le tiraron piedras.

Cuando la situación llegó a tal punto, Ananda levantó los ojos y advirtió un conjunto de brahmanes de la casta más baja atareados en torno de un muchacho que yacía en el suelo aquejado de convulsiones. Durante largo rato le habían estado administrando exorcismos y otros métodos habituales con escaso éxito, cuando el más astuto de ellos sugirió:

—Convirtamos el cuerpo del enfermo en una incómoda morada para el demonio; quizá cese entonces de aposentarse allí.

---

[2] La *yojana* es una medida de longitud empleada en la India; según las diversas regiones del país, varía entre unas cuatro y unas diez millas. *(N. del T.)*

De conformidad con ello, se dedicaron a marcar al enfermo con hierros candentes, a llenar las ventanas de la nariz con humo y a someterlo a otros tratamientos cuyo objeto, según el consenso de quienes los aplicaban, era incomodar al demonio entrometido. La primera reflexión de Ananda fue: «El muchacho sufre un ataque». La segunda: «Sería tarea piadosa liberarlo de sus atormentadores». La tercera: «Si la manejo bien, esta situación acaso me redima del incómodo aprieto en que me hallo al presente y hasta puede redundar en beneficio de la gloria del muy bienaventurado Buda».

Cedió a esta tentación y avanzó a grandes zancadas; con aire de autoridad, ahuyentó a los brahmanes y alzó el rostro hacia el cielo mientras recitaba los nombres de siete diablos. Como ello no produjo efecto, pasó a otros siete y así continuó hasta que, extinguido el ataque por el curso normal que sigue la naturaleza, los paroxismos del enfermo cesaron, éste abrió los ojos y Ananda lo devolvió a sus allegados. La gente, sin embargo, comenzó a gritar estruendosamente «¡Milagro! ¡Milagro!», y cuando Ananda reinició su prédica, le prestaron atención y muchos abrazaron la religión de Buda. Después de lo sucedido, el apóstol se sintió exultante y se encomió a sí mismo por su destreza y su presencia de ánimo, a lo que agregó para sus adentros:

—Ciertamente, el fin santifica los medios.

En el instante en que formuló esta herejía, el nivel de sus méritos quedó reducido a las dimensiones de un montoncito de tierra y dejó de ser tomado en consideración por todos los santos, con la sola excepción de Buda, cuya misericordia es inagotable.

La fama de su acción fue, empero, difundida por toda la comarca y pronto llegó a los oídos del rey, quien mandó llamarlo y le preguntó si efectivamente había expulsado a un demonio.

La respuesta de Ananda fue afirmativa.

—Verdaderamente, me regocija oírte —contestó el rey—, pues ahora sin duda lograrás la curación de *mi* hijo, que ha permanecido postrado en un trance durante veintinueve días.

—¡Ay, venerable soberano! —modestamente replicó Ananda—, los méritos apenas suficientes para operar la cura de un miserable paria, ¿cómo podrían alcanzar para que sanara la prole de un elefante entre los reyes?

—¿A través de qué proceso se adquieren tales méritos? —demandó el monarca.

—A través del ejercicio de la penitencia —explicó Ananda—, en virtud de la cual el austero devoto aquieta los vientos, apacigua las aguas, discute persuasivamente con tigres, tiene pronta la luna en el bolsillo y además realiza todos los actos y prodigios adecuados a la condición de taumaturgo peripatético.

—Si esto es así —observó el rey—, tu incapacidad para curar a mi hijo evidentemente surge de una deficiencia de tus méritos; y la deficiencia de tus méritos, de una deficiencia en tus actos de penitencia. Por lo tanto, te pondré a disposición de mis brahmanes, para que puedan ayudarte a cubrir la medida que falta.

Vanamente trató Ananda de explicar que los actos de disciplina a los que se había referido eran de una índole por completo espiritual y contemplativa. Los brahmanes, encantados de tener un herético entre sus garras, inmediatamente se apoderaron de la presa y la condujeron a uno de sus templos. Procedieron a desnudar al prisionero y observaron con asombro que no había ni un verdugón o cicatriz en su cuerpo.

—¡Horror! —exclamaron—. ¡Aquí hay un hombre que espera llegar al cielo con su pellejo impoluto!

Para salvar esta transgresión de la etiqueta, le acostaron con la cara hacia abajo y lo flagelaron hasta que la odiosa salud de la cutícula fue totalmente eliminada. Luego se fueron, con la promesa de regresar al día siguiente y tratar de manera análoga la parte delantera del cuerpo; al cabo de lo cual, le aseguraron burlonamente, sus méritos no serían menores que los del venerado Bhagiratha o que los del regio Viswamitra en persona.

Ananda yacía medio muerto sobre el piso del templo, cuando el santuario fue iluminado por la aparición de un resplandeciente *gandharva*[3], que le habló así:

—Bien, discípulo reincidente, ¿no estás aún convencido de tu locura?

Ananda no sintió agrado ni por la imputación contra su ortodoxia ni por la que se hacía contra su sabiduría. No obstante, replicó con toda mansedumbre:

—El cielo no permita que me lamente de ningún tipo de martirio que sirva para la propagación de la fe en mi maestro.

—¿Estás dispuesto, entonces, a que primeramente se

---

[3] Richard Garnett emplea la palabra *Glendoveer,* que Robert Southey había introducido en su poema *The Curse of Kehama* (1810) como designación de una estirpe de espíritus benignos; por su parte, Southey extrajo y modificó esta palabra del *Voyage aux Indes,* de Pierre Sonnerat (1782), donde se utiliza la forma *Grandouver.* En definitiva, estos distintos vocablos no son más que alteraciones del sánscrito *Gandharva,* que denomina a los integrantes de una progenie sobrehumana cuyos miembros son músicos divinos y se caracterizan por el poder de fascinación que ejercen en las mujeres. En la presente traducción hemos optado por restituir el término original. *(N. del T.)*

te cure y a que sirvas, además, como instrumento destinado a convertir el reino íntegro de Magadha?

—¿Cómo podrá lograrse ese propósito? —inquirió Ananda.

—Por la perseverancia en la senda del engaño y la desobediencia —respondió el *gandharva.*

Ananda dio un respingo pero se mantuvo en silencio, a la espera de instrucciones más explícitas.

—Ten presente —prosiguió el espíritu— que el hijo del rey saldrá de su trance al expirar el trigésimo día; lo que tendrá lugar mañana al mediodía. Cuanto debes hacer es dirigirte en el momento oportuno al lecho en que ha sido instalado y poner tu mano sobre el corazón, para ordenarle que se levante de inmediato. Su recuperación será atribuida a tus poderes sobrenaturales y, a consecuencia de ello, se adoptará la religión de Buda. Antes de eso será necesario que proceda a una satisfactoria cura de tu espalda, lo cual se halla al alcance de mi capacidad. Sólo te recomiendo que tomes en cuenta que, en la presente ocasión, has de transgredir las enseñanzas de tu maestro con los ojos abiertos. Es asimismo conveniente enterarte de que tu temporal rescate de las dificultades actuales sólo servirá para introducirte en otras aún más amenazadoras.

«Un *gandharva* incorpóreo no es juez de los sentimientos de un apóstol desollado», pensó Ananda y dijo a su interlocutor:

—Cúrame, si puedes, y guárdate tus consejos para una mejor oportunidad.

—Así sea —repuso el *gandharva,* al tiempo que extendía una mano sobre Ananda, con lo cual quedaba restaurada la piel en la espalda de éste y el padecimiento que hasta entonces había sufrido desaparecía simultáneamente. En ese mismo instante se desvaneció el *gand-harva,* mientras decía:

—Cuando necesites de mí, te bastará pronunciar las palabras *Gnooh Imdap Inam Mua*[4], y el encantamiento hará que esté a tu lado sin dilación.

Es posible imaginar la furia y asombro de los brahmanes cuando, al regresar con nuevos instrumentos de tortura, comprobaron el saludable estado de su víctima. La flagelación probablemente se habría convertido en ahorcamiento, si los atormentadores no hubieran tenido en su compañía a un funcionario real que tomó bajo su protección al mártir victorioso y lo condujo al palacio. Rápidamente lo guiaron hasta el lecho del príncipe, donde le aguardaba una nutrida muchedumbre. Todavía no había llegado el mediodía, por lo que Ananda discretamente trató de llenar el tiempo con un oportuno discurso sobre la imposibilidad de los milagros, con la sola excepción de los realizados por los creyentes en la fe de Buda. Luego descendió de su púlpito y precisamente cuando el sol alcanzaba el cenit puso una mano sobre el pecho del joven príncipe, quien revivió de manera instantánea y completó un juicio acerca del juego de dados que había quedado interrumpido por la catalepsia.

El pueblo lanzó gritos, los cortesanos cayeron en éxtasis, los rostros de los brahmanes adquirieron un aspecto sumamente medroso. Hasta el rey parecía impresionado e imploraba recibir más detallada instrucción sobre la ley de Buda. Ananda, que había realizado maravillosos progresos en la sabiduría mundana durante las últimas veinticuatro horas, consideró innecesario demorarse en las doctrinas cardinales del maestro: la

---

[4] La fórmula mística de los budistas, enunciada al revés. *(N. del A.)*

miseria de la existencia, la necesidad de redención, la senda de la felicidad, la prohibición de derramar sangre. Simplemente declaró que los sacerdotes de Buda estaban sujetos a una pobreza perpetua y que, de conformidad con la nueva doctrina, todas las propiedades eclesiásticas debían pasar a poder de las autoridades temporales.

—¡Por la vaca sagrada! —exclamó el monarca—. ¡Ésta sí que es una religión!

Antes de que las palabras hubieran terminado de salir de los labios reales, ya todos los cortesanos se proclamaban conversos. La multitud siguió este ejemplo. La iglesia brahmánica prontamente dejó de gozar del reconocimiento oficial y sus bienes fueron confiscados. Más injusticias se cometieron en un día en nombre de la nueva y purificada religión que las ocasionadas por la vieja y corrompida en el curso de un siglo.

Ananda tuvo la satisfacción de sentirse capaz de perdonar a sus adversarios y de valorarse a sí mismo de conformidad con ello. Para completar su felicidad, fue recibido en el palacio y se le confió la educación del hijo del rey, al que trató de orientar de manera apropiada en las enseñanzas de Buda. Ésta era una tarea delicada, pues entrañaba una interferencia en la diversión predilecta del principesco joven, que hasta entonces había consistido en maltratar pequeños reptiles.

Al cabo de un breve intervalo, Ananda fue llamado nuevamente ante el rey. Encontró a Su Majestad acompañado de dos feroces rufianes, uno de los cuales tenía una enorme hacha y el otro un tremendo par de tenazas.

—Mi verdugo principal y mi torturador principal —los presentó el rey.

Ananda declaró su satisfacción por trabar conocimiento con funcionarios tan eminentes.

—Debes saber, hombre muy venerable —declaró el rey—, que nuevamente ha surgido la necesidad de que ejercites la fortaleza y el espíritu de sacrificio. Un poderoso enemigo invadió mis dominios e impíamente supuso que iba a derrotar a mis tropas. ¡Bien podría sentirme desalentado si no fuera por los consuelos de la religión; pero en ti deposito mi confianza, oh mi padre espiritual! Es indispensable que acumules la mayor cantidad de mérito con la menor demora posible. Para llevar a cabo tal propósito no puedo apelar a la colaboración de tus viejos amigos, los brahmanes, que como sabes han caído en desgracia; en su reemplazo he convocado a estos consejeros fieles y experimentados en su especialidad. He comprobado que no están totalmente de acuerdo. Mi torturador principal, hombre de temperamento apacible y de criterios muy humanos, considera que al principio bastaría con emplear medidas benignas como, por ejemplo, colgarte cabeza abajo en el humo de una fogata y llenarte las ventanas de la nariz con pimentón. Mi verdugo principal, acaso por un excesivo celo profesional en el examen de la cuestión, considera que es mejor recurrir de inmediato a la crucifixión o el empalamiento. Me complacería enormemente conocer tus opiniones sobre el asunto.

Ananda declaró, en la medida en que el terror se lo permitía, que desaprobaba por entero los procedimientos recomendados por los asesores reales.

—Bien —dijo el rey con un gesto de resignación—, si no podemos llegar a un acuerdo sobre cuál de las dos es la vía más apropiada, resulta evidente que deberemos probar ambas. Para ello nos reuniremos mañana por la mañana a la hora segunda. ¡Que la paz os acompañe!

La paz no acompañaba, precisamente, a Ananda cuando abandonó la reunión. Sus temores casi lo habrían privado del sentido si no hubiese recordado la promesa que le había hecho su previo liberador. Al llegar a un sitio recoleto pronunció la fórmula mágica e inmediatamente tuvo conciencia de que estaba presente no un *gandharva* radiante, sino un asceta cuya cabeza estaba cubierta de cenizas y cuyo cuerpo había sido untado con estiércol de vaca.

—Tu situación no admite demora —dijo el faquir—. Debes acompañarme inmediatamente y adoptar los atavíos de un *yoghi*.

Ananda sintió que en el fondo de su corazón se rebelaba absolutamente, pues había recibido del manso y sabio Buda un decoroso menosprecio por tales fanáticos grotescos y cadavéricos. La situación, empero, no le dejaba ninguna alternativa y acompañó a su guía hasta un osario que éste había escogido como domicilio. Allí, entre lamentaciones acerca de la tersura de su pelo y de la escasa longitud de sus uñas, el *yoghi* espolvoreó y embadurnó a Ananda a su gusto y trazó con creta y ocre rayas sobre su cuerpo, hasta que el apacible apóstol del credo más dócil se asemejó a un tigre de Bengala. A continuación, colgó en su cuello una guirnalda de cráneos infantiles, le puso en una de las manos el cráneo de un malhechor y en la otra el fémur de un nigromante, y al anochecer le condujo al cementerio contiguo donde, una vez que le depositó sobre las cenizas de una pira funeraria reciente, le ordenó repicar con el fémur sobre el cráneo y repetir con él un ensalmo que el *yoghi* empezaba a vociferar hacia la parte occidental de la bóveda celeste. Estos sortilegios parecieron dotados de singular eficacia, pues apenas fueron iniciados se desencadenó una horrenda tormenta, la lluvia se precipitó en torrentes, los relámpagos atravesaron fosforescentes el cielo, las hienas y lobos se lanzaron aullando en tropel hacia sus guaridas y duendes gigantescos surgieron de la tierra con los brazos extendidos hacia Ananda, en un esfuerzo por arrancarlo del sitio en que estaba instalado. Estimulado por un terror frenético y por el ejemplo y la exhortación de su compañero, batió, redobló y vociferó casi hasta llegar al agotamiento; cuando la tempestad cesó casi por hechizo, se desvanecieron los espectros, y gritos alegres juntamente con ráfagas musicales anunciaron que algo auspicioso había ocurrido en la cercana ciudad.

—El rey hostil ha muerto —dijo el *yoghi*— y su ejército se ha dispersado. Esto será atribuido a tus encantamientos. En este momento ya vienen en tu busca. Que te vaya bien hasta que vuelvas a necesitar de mí.

El *yoghi* desapareció, el ruido de pisadas de una procesión se tornó perceptible y pronto las antorchas resplandecieron débilmente a través del amanecer húmedo y sombrío. El monarca descendió de su elefante de gala y, a la vez que se postraba ante Ananda, exclamó:

—¡Hombre incomparable! ¿Por qué no revelaste que eras un *yoghi?* En tanto permanezcas como habitante de este cementerio, no volveré a sentir la más mínima inquietud con respecto a mis enemigos.

Una familia de chacales fue expulsada sin cumplidos de un sepulcro abandonado, que se destinó a ser la futura morada de Ananda. El rey no permitió ninguna alteración en su aspecto y tomó las precauciones indispensables para que la comida que le fuera proporcionada no contribuyese a perjudicar su santidad, que rápidamente mostró indicios de alcanzar un elevado nivel: cuando recibió la visita de otro mensajero real, su pelo ya se había vuelto tan enmarañado y sus uñas eran tan largas como pudo haber deseado el *yoghi*. Según declaraba la misiva, el rajá había sido atacado imprevista y misteriosamente por una grave enfermedad, si bien contaba de antemano con la ayuda que le prestarían los méritos y encantamientos de Ananda.

El destinatario de tal comunicación rescató el fémur y el cráneo y comenzó tristemente a aporrear el uno contra el otro, a la melancólica espera de lo que pudiese suceder. Pero el conjunto apareció desprovisto de eficacia. No se produjo ninguna aparición más extraterrena que la de un murciélago y Ananda comenzó a sospechar que le convenía desistir, cuando sus reflexiones fueron interrumpidas por la aparición de un personaje serio y espigado que vestía ropajes de color mortecino y llevaba una larga vara; apareció a su lado de manera tan súbita como si acabara de surgir de la tierra.

—El caldero está preparado —dijo el desconocido.

—¿Qué caldero? —preguntó Ananda.

—Aquel en que estás a punto de ser sumergido.

—¡Sumergido en un caldero! ¿Por qué?

—Tus encantamientos no han proporcionado hasta el momento ningún alivio a Su Majestad —replicó el interlocutor—; y como su experiencia de la eficacia que demostraron en una ocasión anterior le impide suponer que fracasen, se muestra naturalmente dispuesto a sospechar que el pernicioso influjo de tus prácticas ha precipitado el agravamiento de la desdichada dolencia que viene soportando desde hace algún tiempo. Le he confirmado en esta sospecha pues estimo que, en beneficio de la ciencia, la ira regia debe caer más sobre un desfachatado impostor como tú que sobre un médico prudente y erudito como yo. En consecuencia, el rey ha ordenado que el principal caldero hierva toda la noche, con el propósito de sumergirte en él cuando amanezca, a menos que en el ínterin obtenga algún alivio generado por tus conjuros.

—¡Cielos! —clamó Ananda—. ¿Hacia dónde huiré?

—Hacia ningún sitio que esté fuera de los límites de este cementerio —replicó el médico—, en razón de que se halla enteramente cercado por las fuerzas del rey.

—Entonces —atinó a preguntar el aterrado apóstol—, ¿en dónde hallaré la senda que me conduzca a la salvación?

—En esta redoma —indicó el médico—. Contiene un sutil veneno. Ordena que te conduzcan ante el monarca. Anúnciale que has recibido una medicina suprema, proporcionada por los espíritus benignos. La beberá y perecerá, y serás generosamente recompensado por quien le suceda en el trono.

—¡Fuera, tentador! —vociferó Ananda y con indignación arrojó lejos la redoma—. ¡Te desafío! ¡Apelaré a mi viejo salvador...! *Gnooh Imdap Inam Mua.*

Pero el hechizo no surtió efecto. Ninguna figura se hizo visible ante la mirada de Ananda, salvo la del médico que parecía observarlo con expresión de lástima, mientras alzaba sus ropas y parecía disolverse, más que deslizarse, en la oscuridad circundante.

Ananda se quedó luchando consigo mismo. Innúmeras veces estuvo a punto de llamar al médico para que regresara con una pócima de idénticas propiedades a la que había rechazado, pero siempre parecía alzarse en su garganta algo que le impedía expresarse, hasta que agotado por el desasosiego se quedó profundamente dormido y soñó este sueño:

Creyó estar en la vasta y penumbrosa entrada del Patala[5]. El lúgubre sitio exhibía aspecto festivo; todo tendía a sugerir una celebración infernal. Enjambres de demonios de todas las formas y tamaños rodeaban el portal y contemplaban los preparativos destinados presuntamente a una iluminación extraordinaria. Hileras de lámparas de colores estaban siendo dispuestas en guirnaldas y festones por legiones de traviesos geniecillos que conversaban, reían y se balanceaban con sus colas a semejanza de tantas especies de monos. La operación era dirigida desde abajo por diablos superiores de aspecto muy serio y respetable. Estos exhibían bastones de mando guarnecidos en su extremo con llamas amarillas, que aproximaban a las colas de los geniecillos cuando tal medida disciplinaria les parecía indispensable. Ananda no pudo resistir la tentación de preguntar cuál era el motivo de los aprestos conmemorativos.

—Son en homenaje al piadoso Ananda, uno de los apóstoles del bienaventurado Buda —respondió el demonio consultado—. Se espera su llegada a nuestra residencia de un momento a otro. Se le aguarda con gran entusiasmo y satisfacción.

El horrorizado Ananda con gran dificultad reunió el valor necesario para indagar cuál era la causa de que el mencionado apóstol se viera obligado a instalarse en las regiones infernales.

—Por haber cometido un envenenamiento —respondió lacónicamente el diablo.

Ananda se disponía a pedir ulteriores explicaciones

5 El pandemonio hindú. *(N. del A.)*

cuando su atención fue atraída por un violento altercado entre dos de los demonios supervisores.

—Evidentemente, Kammuragha —graznó uno.

—Por supuesto, Damburanana —gruñó el otro.

—¿Me sería permitido preguntar el significado de Kammuragha y de Damburanana? —preguntó Ananda al diablo al que antes había dirigido la palabra.

—Son dos infiernos —replicó el demonio—. En Kammuragha los ocupantes son sumergidos en brea derretida y les alimentan con plomo fundido. En Damburanana se les sumerge en plomo fundido y se les alimenta con brea derretida. Mis colegas están discutiendo cuál es el más apropiado a los desmerecimientos de nuestro huésped Ananda.

Antes de que Ananda tuviera tiempo de asimilar el anuncio, un geniecillo juvenil descendió de las alturas con agilidad y, después de hacer una profunda reverencia, se personó ante quienes disputaban.

—Venerables demonios —interrumpió—, ¿podría mi insignificancia autorizarme a sugerir que ningún honor tributado a nuestro visitante Ananda resultará excesivo, en vista de que es el único apóstol de Buda de cuya compañía probablemente lleguemos a disfrutar? Por lo tanto, sugiero que ni Kammuragha ni Damburanana le sean asignados como residencia, sino que se combinen las amenidades de los doscientos cuarenta y cuatro mil infiernos en uno nuevo, especialmente construido para recibir al ilustre visitante.

Una vez que el geniecillo hubo hablado, los demonios mayores se mostraron sorprendidos de su precocidad y realizaron una *pradakshina*[6], exclamando:

---

[6] Práctica del culto budista relacionada con la veneración de los objetos sagrados. *(N. del T.)*

—¡Verdaderamente eres un diablo joven muy superior!

Luego se alejaron para preparar el nuevo aposento infernal de acuerdo con lo aconsejado.

Ananda despertó temblando de miedo.

—¿Por qué —exclamó—, por qué hube de llegar a ser un apóstol? ¡Buda! ¡Buda! ¡Cuán dura es la senda de la santidad! ¡Qué proclives al error son los bienintencionados! ¡Qué enorme es el disparate del orgullo espiritual!

—¿Así lo has comprobado, hijo mío? —dijo una voz afable en las cercanías.

Se volvió y pudo contemplar al bienaventurado Buda, que irradiaba una luz apacible y benevolente. Pareció que una nube era apartada de su visión y pudo reconocer en su maestro al *gandharva,* al *yoghi* y al médico.

—¡Oh santo maestro! —gritó en el colmo de la desesperación—, ¿hacia dónde me volveré? Mi pecado me prohíbe acudir a ti.

—No pesa tal prohibición sobre ti a causa de tu pecado, hijo mío —contestó Buda—, sino a causa de la ridícula y desagradable condición en que te precipitó tu bellaquería y desobediencia. Ahora he aparecido para recordarte que en este día todos mis apóstoles se reúnen en el monte Vindhya con el propósito de informar sobre su misión; además, deseo saber si he de exponer tu rendición de cuentas en tu ausencia o si estás dispuesto a formularla por ti mismo.

—La revelaré con mis propios labios —declaró Ananda resueltamente—. Es oportuno que soporte la humillación de reconocer mi locura.

—Has dicho bien, hijo mío —respondió Buda—; y en recompensa permitiré que te quites los atavíos de *yoghi,* si así se les puede llamar, y que te presentes en nuestra asamblea con la vestidura amarilla que corresponde a mis discípulos. Por añadidura, hasta infringiré mi propia norma en beneficio tuyo y obraré un milagro nada minúsculo, que consistirá en transportarte de inmediato a la cumbre del monde Vindhya donde los fieles empiezan a reunirse. De otro modo, te arriesgarías a que te despedace la turbamulta que, tal como puedes inferirlo del griterío cada vez más cercano, está comenzando a extirpar mi religión. La instiga el nuevo rey, tu prometedor alumno; el viejo rey ha muerto, envenenado por los brahmanes.

—¡Oh maestro, maestro! —clamó Ananda llorando con amargura—, ¿y toda la obra quedará deshecha exclusivamente por mi culpa y estupidez?

—Lo que se construye sobre fraude e impostura no puede durar —señaló Buda—, así se trate de la verdad misma que se origina en el cielo. Consuélate: predicarás mi doctrina con mejores resultados en otras tierras. Esta vez debes presentar un lamentable informe de tu labor, pero tienes derecho a declarar sinceramente que obedeciste mi precepto en la letra si acaso no en el espíritu, ya que nadie puede sostener que jamás hayas obrado algún milagro.

LA CIUDAD DE LOS FILÓSOFOS

I

La Naturaleza es múltiple, no infinita, si bien el caudal de recursos de que puede disponer casi le permite simular esta condición. Sus naipes son tan abundantes que las coincidencias se producen en épocas tan separadas entre sí como para que sus semejanzas pasen inadvertidas. Pero a veces su traviesa hija, la Fortuna, se las ingenia para situar estas repeticiones en sitios tan conspicuos que su parecido tiene que tornarse necesariamente manifiesto y la Naturaleza es descubierta en el momento en que se plagia a sí misma. De tal modo, se la consigue sorprender en circunstancias en que por segunda vez juega un rey —o una sota— en la persona de un monarca que ya se había desprendido del mazo como emperador. Brillantes, despiadados, egoístas, pero benévolos *vauriens,* el emperador romano Galieno y nuestro Carlos II sobresalieron en todas las artes salvo en la de gobernar y habrían sobresalido también en ésta si se hubieran tomado el trabajo indispensable[1]. Las con-

[1] Publio Lucinio Galieno compartió el gobierno imperial de Roma con su padre Valeriano a partir de 254, pero éste fue capturado por Sapor, rey de Persia, quien lo utilizaba como banqueta para montar a caballo; por último, en 260 el monarca persa hizo desollar a Valeria-

diciones en que transcurrieron sus reinados fueron en muchos aspectos tan similares como lo eran sus temperamentos. Ambos fueron hijos de padres serios y estrictos, cada uno de los cuales tuvo que afrontar terribles infortunios: uno fue privado de la libertad por sus enemigos, el otro fue privado de la cabeza por sus propios súbditos. Cada uno de los hijos soportó duras penurias que le infligieron los sublevados, si bien las dificultades de Carlos prácticamente habían terminado donde las de Galieno comenzaron. Uno y otro contemplaron sus dominios diezmados por la peste de una manera que no admitía comparación con las experiencias anteriores. Los godos destruyeron el templo de la Diana Efesia y los holandeses quemaron la flota inglesa en Chatham. Carlos clausuró la tesorería, en tanto que Galieno devaluó la moneda. Carlos aceptó una pensión de Luis XIV y Galieno traspasó la carga de sus provincias orientales a un emir sirio. Sus gustos y proyectos fueron tan análogos como sus biografías. Carlos se destacó como crítico y hombre de ingenio. Galieno, como poeta y gastrónomo. Carlos se mostró interesado en la química y fundó la Real Sociedad. En el siglo III la noción de un estudio sistemático de la naturaleza no existía. Por lo tanto, Galieno no pudo patrocinar la investigación científica; y la gran luminaria de las letras contemporáneas, Longino, brillaba en la corte de Palmira. Pero el empe-

no, y su piel, curtida y teñida de rojo, fue rellenada de paja para exhibirla en un templo. Galieno prosiguió en el ejercicio del imperio hasta 268, cuando fue asesinado a la edad de cincuenta años. A su vez, Carlos I, padre de Carlos II de Inglaterra, fue ejecutado por los revolucionarios en 1649. Por cierto, la historia no ha considerado oportuno prodigar elogios a Galieno y a Carlos II por las dudosas aptitudes que uno y otro exhibieron en la administración del poder. *(N. del T.)*

rador otorgó su protección a Plotino, el principal filósofo de la época, quien trataba de reunir en sí las características de Platón y de Pitágoras, del sabio y del vidente. A semejanza del juicio que habría de formular Schelling en el futuro, Plotino sostenía que era necesario un órgano especial para la captación filosófica, sin advertir que de esa forma decretaba la bancarrota de la filosofía y se situaba entre los hierofantes orientales, con cuya charlatanería sublime el modesto pensador no podía tener esperanzas de competir. Su humildad era tan extremada que no pretendió haberse unido conscientemente a la divinidad en más de cuatro ocasiones a lo largo de su vida; sin reprobar la magia y la taumaturgia, dejó la práctica de éstas a espíritus más atrevidos y se conformó con las visitas que de vez en cuando le hacía un demonio familiar en forma de serpiente. Tuvo, empero, frecuentes experiencias de trance y de éxtasis que en determinadas circunstancias se prolongaron por un largo período; y acaso haya sido en uno de tales momentos cuando se sintió inspirado por la idea de solicitar al emperador que le cediera una ruinosa ciudad de Campania, para fundar en ella una comunidad filosófica tan fiel al modelo de la República platónica como la corrupción de la época se lo permitiera [2].

Cuando se le hubo explicado el proyecto, Galieno dijo:

—En principio no puedo formular objeciones contra nada que sea tan festivo y jocoso. Vivimos en un mundo que se halla cabeza abajo, cuyos comediantes son la-

[2] La petición fue efectivamente presentada y habría hallado favorable acogida de no mediar la desordenada situación del imperio. Galieno no era hombre adecuado para rescatar un estado que naufragaba, pero poseía cualidades que hubieran engalanado una época de paz y de cultura. *(N. del A.)*

mentables y cuyos sabios son absurdos. Me temo que, además, la gente actual esté harta de terremotos, hambrunas, pestes e invasiones bárbaras con los que ha sido exclusivamente deleitada por tanto tiempo, por lo que tiene que anhelar algo reconfortante de la especie de lo que tú me propones. Pero, cuando llegamos a la consideración de las vías y medios, tengo graves dudas de que mi entrevista con el tesorero imperial resulte estimulante. Ya escuché demasiadas homilías sobre mi prodigalidad, lo cual significa que se me imputa gastar los tesoros en lo que me gusta en vez de conservarlos para uso de mi sucesor, quien probablemente llegue a obtener el título imperial degollándome.

—Sé —declaró Plotino— que los gastos de administración de un imperio necesariamente han de resultar inmensos. Me doy cuenta de que la obediencia de los principales jefes militares sólo se mantiene con enormes sobornos. Comprendo que la emperatriz debe exhibir perlas y que el populacho romano debe tener panteras y que, a causa de la sublevación egipcia, el valor del hipopótamo se ha elevado a su peso en oro. Además, tengo presente que la colosal estatua de Su Majestad realizada en ese mismo metal, incluida una escalinata y con espacio en la cabeza para contener a un niño como otra Palas en el cerebro de Zeus, tiene que suponer por sí sola un desembolso considerable. Pero me siento alentado por la medida prudente y diplomática que ha tomado Su Majestad al devaluar la moneda pues, al quitar valor al dinero, no existen dificultades para destinar cualquier suma al proyecto trazado, sea la que fuere.

—Plotino —respondió Galieno—, en esta época el diablo se está llevando lo último que queda, que somos nosotros. Hoy circulan noticias de un nuevo terremoto en Bitinia y de tres días de tinieblas; también se habla de brotes de peste e incursiones de bárbaros; tantas y tan desagradables son las informaciones que es preferible no enumerarlas. En este instante alguna legión sublevada probablemente esté imponiendo los atributos del imperio a algún general reacio a aceptarlos; y el rey de Persia, que es un gran jinete, sin duda cabalga su corcel después de haber empleado la espalda de mi padre como banqueta. Si yo hubiera sido un romano de la vieja época, en este instante ya habría vengado a mi padre; pero pertenezco a los tiempos que corren. Toma el dinero para tu ciudad y trata de que por lo menos me proporcione alguna diversión. Doy por supuesto, naturalmente, que ejercerás una severa economía y que la dieta de tus filósofos consistirá en raíces y agua de fuentes. Me despido de ti; voy a las Galias para encontrarme con Póstumo. De buena gana le dejaría que hiciese allí lo que quisiera, con tal de que me dejase en paz en Italia; pero pienso que si no le ataco en su territorio, vendrá a atacarme aquí. ¡Como si el imperio no fuese bastante extenso para todos nosotros! ¡Qué asno debe ser ese individuo!

Así, Galieno cambió la seda por el acero y partió a su campaña en las Galias, donde se comportó con más firmeza que la barruntada por quienes le juzgaron de acuerdo con sus negligentes palabras. Plotino, provisto de una orden imperial, emprendió la organización de su comunidad filosófica en Campania, donde una corta experiencia de arquitectos y sofistas lo sumió en un éxtasis —que no era de alegría— cuya duración fue inusitadamente prolongada.

II

Al despertar de su largo trance, la primera sensación de Plotino fue de hambre física; la segunda, un apetito aún más intenso de noticias acerca de su república filosófica. En ambos sentidos constituyó una promesa favorable advertir que la habitación era compartida por su más eminente discípulo, Porfirio, si bien era menos alentador observar que este erudito no estaba atareado en los escritos de los sabios sino en un enorme rollo de cuentas, que al parecer le suscitaban bastante desconcierto.

—¡Porfirio! —gritó el maestro, y su fiel discípulo estuvo de inmediato junto a su lecho.

No nos detendremos en las manifestaciones de mutuo regocijo, en los saludos, en el suministro de reconstituyentes y otros procedimientos vivificadores; tampoco nos demoraremos en las preguntas ansiosas que formuló Porfirio sobre las cosas que su maestro había visto y oído durante el trance, que resultaron inexpresables.

—Ahora —agregó Plotino, que pese a su misticismo era tan hábil en cuestiones prácticas como para que, según nos informan sus biógrafos, fuese muy requerido para desempeñar funciones administrativas—, ahora pasemos a la consideración de este rollo tuyo. ¿Es posible que la contabilidad vinculada a la instalación de unos pocos amantes de la sabiduría que son propensos a la abstinencia haya alcanzado un tamaño tan desmesurado? Aunque, ¿por qué digo unos pocos? Quizá todos los filósofos de la tierra se han congregado en mi ciudad.

—Por cierto —señaló Porfirio evasivamente—, resultó necesario incurrir en ciertos gastos que no estaban previstos al principio.

—¿Una biblioteca, tal vez? —indagó Plotino—. Recuerdo que justo antes del éxtasis estuve pensando en los rollos del divino Platón, muchos de ellos autógrafos, los cuales quizás hayan exigido una instalación adecuada.

—Me regocija informar —replicó Porfirio— que no son esos volúmenes la causa de que nos veamos envueltos en las dificultades actuales con el superintendente del tesoro imperial, ni pueden llegar a serlo en vista de que este funcionario los ha recibido en una gestión pignoraticia.

—¡Los manuscritos de Platón, empeñados! —exclamó Plotino, en el colmo del horror—. ¿Por qué motivo?

—Como garantía parcial subsidiaria por gastos realizados a cuenta de objetos que la mayoría de los filósofos consideró de más importancia.

—¿Por ejemplo?

—Reparar los baños y completar el anfiteatro.

—¡Los baños! ¡El anfiteatro! —dijo Plotino con voz entrecortada.

—Mi querido maestro —protestó Porfirio—, ¿no se te habrá ocurrido suponer que los filósofos podían ser persuadidos a instalarse en un lugar desprovisto de estas comodidades? Ni uno solo habría permanecido en caso de denegárseles lo que pedían, lo que con respecto a los baños entrañaba el agregado de *exedrae* y de un *sphaeristerium*².

—¿Y se puede saber para qué querían un anfiteatro? —graznó Plotino.

—*Ellos* aseguran que resulta indispensable para dictar clases y conferencias —explicó Porfirio—. ¡Por mi

---

³ Ambas palabras pasaron del griego al latín: las *exedrae* eran salas de reunión; el *sphaeristerium* era el lugar en que se jugaba a la pelota. *(N. del T.)*

parte, no creo que sea cierto el rumor de que el jefe de los estoicos es propietario de las tres cuartas partes de un león extraordinariamente feroz!

—Tan pronto me halle en condiciones, tendré que examinar el asunto —afirmó Plotino señalando la contabilidad—. ¿Qué es esto? «¡Por cama y parihuelas del jefe de la escuela peripatética!»

—Que es tan inmensamente gordo —exclamó Porfirio— como para que estos enseres le resulten en la práctica indispensables. La escuela peripatética se halla manifiestamente estancada.

—No me sorprende —comentó Plotino—; su maestro Aristóteles era, en el mejor de los casos, un racionalista que no advertía lo suprasensorio. ¿Qué es esto? «Para Máximo, con destino a la invocación de demonios».

—Ésos —aclaró Porfirio— son nuestros propios trapos sucios del platonismo, que yo preferiría lavar en otro sitio. Debes saber, querido maestro, que durante tu trance el movimiento teúrgico alcanzó un desarrollo considerable y que eres mirado con desdén por tus jóvenes discípulos, quienes te juzgan pasado de moda e ignorante de la magia superior y te consideran incapaz de presentar otra muestra del favor divino que la ocasional compañía de una serpiente.

—Lejos de mí el propósito de afirmar que la teúrgia no pueda ser admitida legítimamente —reflexionó Plotino—, siempre que sus adeptos hayan procedido a purificarse mediante un ayuno de cuarenta meses.

—Acaso sea por haber omitido esta precaución que nuestro Máximo halle tanto más fácil evocar las sombras de Cómodo y de Caracalla que las de Sócrates y Marco Aurelio —puntualizó Porfirio—; e inclusive cuando estos buenos espíritus se le aparecen, no tienen otra información más profunda que declarar que el vicio difiere de la virtud y que la abuela de cada cual es un adecuado motivo de veneración.

—Me temo que esto exponga las verdades platónicas a las burlas de los socarrones epicúreos —reflexionó Plotino.

—¡Querido maestro, no hables de los epicúreos y aún menos de los estoicos! Aguarda hasta que hayas recuperado toda la fuerza y toma en cuenta la advertencia de cierto oráculo.

—¿A qué te refieres? —clamó Plotino—. Quiero que me des una explicación inmediata.

Porfirio se vio a salvo de responder por el ingreso precipitado de un ruidoso y corpulento individuo de voz atronadora y maneras arrogantes, en quien Plotino reconoció a Teocles, jefe de los estoicos.

—Me alegro, Plotino —comenzó—, de que hayas salido por fin de ese estado de aletargamiento, tan indigno de un filósofo que sin duda me atrevería a llamarlo charlatanismo, si no fuera por mi firme determinación de no pronunciar una sola palabra que pueda ofender a alguien. Ahora estarás en condiciones de reprobar la malignidad o la estupidez de tu lugarteniente y de hacerme justicia en la disputa que mantengo con estos perros bastardos.

—¿A quiénes te refieres? —preguntó Plotino.

—¿No basta con lo que dije para que reconozcas a los secuaces de Epicuro? —requirió el estoico.

—Mi querido maestro —explicó Porfirio—, al distribuir y acondicionar los aposentos asignados a las respectivas sectas filosóficas presté atención, como era natural, a lo que mi entendimiento me sugirió que eran los principios de cada una. A los epicúreos, como amantes del placer y de la molicie, les asigné el sector más cómodo, los equipé con blandos almohadones y costosas colgaduras y les proporcioné abundante comida. Me hubiera parecido insultante ofrecer cualquiera de estas cosas a los seguidores del frugal Zenón; y nada puede sorprenderme en medida comparable a la actitud del austero Teocles, que no me ha dejado en paz un momento reclamando vinos y comidas escogidos, aposentos majestuosos y lechos mullidos.

—Escúchame, Plotino —interrumpió Teocles—, y permíteme que ante ti fundamente con claridad mi conducta. En primera instancia, el honor de mi escuela es responsabilidad mía. ¿Qué pensará la gente vulgar cuando vea la pocilga de Epicuro suntuosamente ataviada y el pórtico de Zenón andrajoso y desnudo? ¿No van a extraer la conclusión de que los epicúreos merecen gran respeto y de que los estoicos son dignos de escasa consideración? Además, mis discípulos y yo, ¿cómo podemos manifestar nuestro desprecio por el oro, las exquisiteces, el vino, la ropa blanca de calidad y los restantes vehículos de lujo, a menos que dispongamos de ellos para desdeñarlos? ¿Dejaremos la misma impresión que la zorra, que menosprecia las uvas inaccesibles? De ninguna manera; que me sean ofrecidas cosas primorosas para que pueda rechazarlas, vinos para que pueda volcarlos en la alcantarilla, púrpura de Tiro para que pueda pisotearla, oro para que pueda arrojarlo lejos de mí; si llega a romper la cabeza de un epicúreo, tanto mejor.

—Plotino —dijo Hermón, jefe de los epicúreos, que en el ínterin había entrado en el aposento—, otórgale a este hipócrita lo que pide y que se vaya. Mis seguidores y yo estamos absolutamente decididos a trasladarnos de inmediato a los alojamientos inferiores y a dejar los nuestros con todo su mobiliario para que los ocupe este individuo; también hemos resuelto desechar nuestra carta de comidas. Debes saber que las imputaciones de la gente vulgar contra nuestra secta constituyen la mayor de las calumnias. Los epicúreos juzgan que la felicidad consiste en el goce apacible, no en el lujo y los placeres sensuales. No hay cosa que yo posea que no esté plenamente dispuesto a abandonar, con la sola excepción de mi discípulo de sexo femenino.

—¡Un discípulo de sexo femenino! —exclamó Plotino—. ¡Eres peor que el estoico!

—Plotino —dijo el epicúreo—, según el procedimiento de los platónicos, reflexiona bien antes de comprometerte en un juicio de índole manifiestamente tonta. Deseas reunir toda especie de filósofos en torno a ti, pero ¿con qué objeto, si se ven coartados en la manifestación de sus principios característicos? Sería lo mismo que trataras de ilustrar el comportamiento de los animales a través de la instalación de un zoológico en que las panteras se viesen obligadas a comer hierba y los antílopes tuvieran que alimentarse de conejos. Un epicúreo sin una hembra que le sirva de compañera, a menos que lo decida por propia voluntad, es tan poco epicúreo como un cínico puede ser cínico si se le priva de sus harapos y de su insolencia. ¿Me has de quitar mi Panaquis, un objeto placentero para la mirada, y dejarás al individuo aquel sus andrajos y sus piojos?

El aposento gradualmente se había ido poblando de filósofos, y Hermón estaba señalando a un secuaz de Diógenes cuya vestidura era tan expresiva de la fidelidad a los preceptos de su maestro que la piel parecía, por contraste, casi limpia.

—Ten en cuenta, además —prosiguió el epicúreo—, que tú mismo no te hallas libre de escándalo.

—¿A qué se refiere este hombre? —interrogó Plotino, que se había vuelto hacia Porfirio.

—Haz que se vayan —susurró el discípulo— y te lo explicaré.

Plotino admitió precipitadamente la solicitud formulada a propósito de Panaquis y los filósofos se fueron para proceder al cambio de habitaciones. Tan pronto el aposento quedó vacío, repitió:

—¿A *qué* se refiere?

—Supongo que se refiere a Lena —dijo Porfirio.

—¿El personaje más notorio de Roma que, al descubrir que sus encantos físicos se estaban desvaneciendo, se ha volcado recientemente hacia la filosofía?

—Exacto.

—¿Qué pasa con ella?

—Te ha seguido hasta aquí. Trata de mostrar la mayor devoción por ti. Jura que nada ha de moverla hasta que te recuperes del éxtasis y la hayas admitido entre tus discípulos. Rechazó múltiples avances del filósofo Teocles; a causa de ti, según dice. Viene tres veces por día para enterarse de tu estado y me temo que deba reconocerse que una o dos veces logró introducirse en tu habitación.

—¡Oh, dioses inmortales! —graznó Plotino.

—¡Aquí está! —exclamó Porfirio, al tiempo que una mujer de estatura y porte masculinos, con indicios de una pasada belleza hábilmente remendada, forzaba su ingreso en el aposento.

—Plotino —exclamó—, contempla a la más apasionada de tus discípulos. Celebremos las nupcias místicas de la Sabiduría y la Belleza. Que los derechos de mi sexo a las honras filosóficas sean reivindicados en mi persona.

—El problema suscitado por la admisión de mujeres para participar en los estudios y actividades masculinos —replicó Plotino— no está en absoluto desprovisto de dificultades.

—¿Cómo es eso? Se me ocurrió que había quedado resuelto hace mucho tiempo a propósito de Aspasia[4].

—Aspasia —señaló Plotino— fue una mujer muy extraordinaria.

—¿Y yo no?

—Así lo espero... quiero decir, supongo que sí —dijo Plotino—. Pero se puede ser una mujer extraordinaria, sin por ello parecerse a Aspasia.

—¿A qué te refieres? ¿Soy menos bonita de lo que era Aspasia?

—Confío en que no —observó Plotino, sin comprometerse.

—¿O acaso soy menos atractiva por la irregularidad de mi conducta?

—Pienso que no —respondió Plotino con más firmeza.

—Entonces, ¿por qué el Platón de nuestra época vacila en dar la bienvenida a su Diótima?[5].

—Porque ni tú eres Diótima ni yo soy Platón —contestó Plotino.

—Estoy segura de que soy tan parecida a Diótima como tú a Platón —acotó mordazmente la dama—. Pero volvamos al presente. ¿Acaso no me he enterado de que esa criatura llamada Panaquis obtuvo su admisión en la

---

[4] Originaria de Mileto, Aspasia llegó a Atenas, donde enseñó elocuencia; Sócrates se enorgullecía de contarla entre sus relaciones. Pericles se enamoró de sus cualidades físicas e intelectuales y fue su amante. *(N. del T.)*

[5] Diótima dio cursos de filosofía en Atenas a los que asistió Sócrates; recibe extensa mención en el *Banquete,* de Platón. *(N. del T.)*

Ciudad de los Filósofos y que se le concedió el derecho a estudiar aquí?

—Recibe lecciones privadas de Hermón, que es responsable de ella.

—¡Es lo mismo! —clamó Lena con acento triunfal—. Tomo lecciones contigo y te haces responsable de mí. ¡Venus!, ¿qué es eso?

La exclamación fue provocada por la súbita aparición de una enorme serpiente que asomó de una grieta en la pared y se escurrió rápidamente hacia el lecho de Plotino. Éste se adelantó a darle la bienvenida y prorrumpió en un grito de júbilo.

—¡Mi guardiana, mi demonio tutelar! —vociferó—. ¡Manifestación visible de Esculapio! Esto me prueba que los dioses inmortales no me han abandonado.

—¡Saca de aquí a ese monstruo —gritó Lena, presa de gran agitación—, esa cosa repulsiva! Plotino, ¿cómo es posible? ¡Oh, me desmayo! ¡Me voy a morir! Debes elegir entre ella y yo.

—Entonces, señora —afirmó Plotino cortés pero firmemente—, la elijo a *ella*.

Cuando Lena se desvaneció del aposento, el filósofo agregó:

—Gracias a Esculapio nos hemos librado de esa mujer.

—Ojalá no te equivoques —acotó Porfirio.

Y efectivamente, no había transcurrido mucho tiempo cuando llegó una nota de Teocles, quien declaraba tener la certeza de que Plotino no le negaría el privilegio de instruir a un discípulo de sexo femenino, lo cual ya había sido otorgado a su colega Hermón con tan manifiesto provecho para la investigación filosófica. Ninguna objeción razonable podía formularse, en especial porque Plotino no preveía la legión de doncellas, pajes, cocineros, perfumeros, camareras y asistentes de baño que iba a ser requerida antes de que Lena pudiese sentirse moderadamente cómoda. ¡Qué diferente de la modesta Panaquis! A ésta le bastaba con media cama, cuyo colchón podía no estar relleno con pelusa de liebre o con plumas de perdiz, sin las cuales el sueño rehusaba descender sobre los párpados de Lena.

Resultaba natural que Plotino apelara a Galieno, ahora que había regresado de las Galias; pero no le fue posible obtener más que misteriosas noticias de que el emperador había fijado su mirada en los filósofos y de que éstos podían esperar que en el momento menos pensado apareciera entre ellos. El ánimo de Plotino se desmoronó, y Porfirio casi llegó a alegrarse cuando su maestro recayó en un éxtasis.

III

Cuando por último los ojos de Plotino volvieron a abrirse, esta vez no contemplaron junto al lecho la presencia del fiel Porfirio, sino que hallaron a dos juveniles seguidores de Platón que distraían el aburrimiento de la vigilia jugando a los dados, lo cual les impidió advertir la finalización del trance. Al cabo de un instante de vacilación, Plotino resolvió permanecer quieto, a la espera de poder escuchar algo que le indicara qué factores gravitaban en la marcha de la república filosófica. No tuvo que aguardar mucho.

—A la larga los dados resultan fastidiosos —dijo uno de los jóvenes dejándose caer de espaldas indolentemente, mientras su cubilete se deslizaba hacia el piso—. ¡Pensar qué bien podríamos aprovechar el tiempo, en vez de estar velando a este viejo idiota! Tengo ganas de llamar a un esclavo para que me reemplace.

—Puedes estar seguro de que todos los esclavos se han ido a ver la función, a menos que algunos de ellos sean cristianos. Además, Porfirio te oiría porque duerme con un ojo abierto —replicó su compañero.

—Qué quieres que te diga, me parece vergonzoso. A esta hora, todo el mundo está ya instalado en el teatro.

—¿Cuántos gladiadores dijiste que intervendrían?

—Cuarenta parejas. El mejor espectáculo que se haya visto en Campania desde época inmemorial.

—¿Y cómo llegó a suceder?

—Bueno, se recibieron noticias de la muerte de Póstumo, asesinado por sus propios soldados, lo cual pasa por una gran victoria a falta de otra mejor. «Es necesario decretar un día de acción de gracias», dijo Teocles. «¡Magnífico! Me muero por una exhibición de gladiadores», agregó Lena. Teocles vaciló al principio, pensando dónde podría obtener dinero; pero Lena le empezó a tironear la barba y no hubo más remedio que ceder. Justo en ese preciso momento, el individuo adecuado para el asunto surgió nadie sabe de dónde: un preparador de gladiadores con pelo que parece una siempreviva de flores doradas con ricitos, según la expresión de Teócrito, al cual acompañaba un pequeño ejército de luchadores. El preparador se ofreció a realizar una demostración gratuita en virtud de la devoción que tiene al emperador. ¿Quién puede sentirse tan satisfecho como Teocles en la presente circunstancia? Ocupa el sitial del arconte acompañado de Lena, y hacia allí se encamina la ciudad íntegra, con excepción de Panaquis, que no soporta ver sangre, de Porfirio, que es un furioso humanitarista, y de nosotros dos, pobres infelices encargados de este vejete dormilón.

—¿No podemos dejar que se cuide a sí mismo? Es improbable que se despierte precisamente ahora.

—Prueba con el pasador de tu capa.

El estudiante se quitó el mencionado instrumento, cuyo tamaño era casi similar al de un pequeño estilete. Como Plotino no estaba muy seguro acerca de qué parte de su persona iba a soportar la prueba, juzgó aconsejable poner de manifiesto en forma inequívoca que había despertado.

—¡Querido maestro, qué alegría! —gritaron los dos estudiantes al unísono—. ¡Porfirio, Porfirio!

El leal erudito apareció de inmediato y, con la argucia de que iban a buscar comida, los dos neófitos escaparon hacia el anfiteatro.

—¿Qué significa esto, Porfirio? —reclamó Plotino severamente—. ¡La Ciudad de los Filósofos contaminada con el derramamiento de sangre humana! ¡Los amantes de la sabiduría mezclados promiscuamente con las heces del populacho!

La versión de Porfirio, que Plotino sólo pudo extraer a cambio de alimentarse mientras su discípulo hablaba, correspondía en todos sus aspectos fundamentales a lo expuesto en la conversación de los dos muchachos.

—Y creo que nada podemos hacer en este asunto —agregó Porfirio—. Se supone que el acto abominable ha sido organizado como un homenaje a las victorias del emperador. Si nos entrometemos, nos ejecutarán por rebeldes, en el caso de que no nos descuarticen previamente como perturbadores del orden público.

—Porfirio —contestó Plotino—, juzgaría que esta desgracia para la filosofía también lo es para mí, si no fuera por la circunstancia de que estoy dispuesto a hacer cuanto se halle a mi alcance para impedirla. Permanece tú aquí y lleva a cabo mis ritos funerarios, si resulta necesario.

Pero de ningún modo Porfirio estaba dispuesto a consentir esto, de modo que ambos filósofos marcharon juntos hacia el anfiteatro. Estaba tan atestado que no había lugar para que se sentara una sola persona más. Teocles se hallaba entronizado en el sitial de honor, con una barba que ponía en evidencia signos manifiestos de las depilaciones ordenadas por Lena, quien no obstante permanecía a su lado, con su voluptuoso rostro radiante ante la perspectiva de asistir a un festín de crueldad. El sector filosófico de los espectadores se distribuía en torno de estas dos figuras y las restantes localidades habían sido ocupadas por un público misceláneo. El jefe de los gladiadores, hombre de aspecto distinguido cuyos rizos amarillos le conferían el aspecto de un príncipe bárbaro, permanecía de pie en el ruedo, circundado por sus mirmidones. El ingreso de Plotino y Porfirio atrajo la atención de este personaje, quien hizo una seña a sus seguidores y en un instante los filósofos fueron prendidos, amarrados y amordazados, sin que la multitud excitada advirtiera en absoluto la presencia de los recién llegados.

Dos hombres salieron al ruedo, ambos de figura gallarda y atractiva. Los miembros atléticos, la tez blanca y el rizado pelo rubio de uno de ellos proclamaban que era godo; en su mano derecha blandía con ligereza una espada enorme y daba la impresión de que su solo brazo bastaba para poner en fuga a la muchedumbre de espectadores afeminados. La belleza del otro pertenecía a una especie distinta: joven, delgado, pensativo, espiritual, parecía cualquier cosa menos un gladiador y sostenía su espada dirigida hacia abajo, con actitud negligente.

—¡En guardia! —gritó el godo al adoptar la posición de ataque.

—No derramo sangre de un semejante —respondió el otro, y arrojó la espada lejos de sí.

—¡Cobarde! —aullaron casi todas las voces del anfiteatro.

—No —replicó el muchacho con una sonrisa digna—, cristiano.

Su escudo y su casco siguieron a la espada y permaneció completamente indefenso ante su adversario.

—Arrójenlo a mi león —gritó Teocles.

—O a tu leona —sugirió Hermón.

La alusión a Lena provocó un estallido de risa. De pronto el godo amagó un poderoso golpe a la cabeza del hombre desarmado. Un rizo cortado cayó al suelo y la consumada destreza del espadachín impidió cualquier otro contacto entre la hoja de su instrumento y el cristiano, quien permaneció erguido y sonriente, sin que se le advirtiera ni un parpadeo ni el movimiento de un músculo.

—Señor —dijo el godo al preparador de gladiadores—, preferiría pelear con diez hombres armados a enfrentarme a éste desarmado.

—Bien —replicó su empleador con un gesto de aprobación—. Retiraos los dos.

Un rugido de desaprobación estalló en la concurrencia, que pareció no suscitar ni el menor efecto en el preparador.

—¡Que ingrese la pareja siguiente! —clamaron.

—Me niego a ello —contestó el jefe de los gladiadores.

—¿Por qué?

—Porque no me da la gana.

—¡Ladrón! ¡Estafador! ¡Tramposo! ¡Metedle en la cárcel! ¡Arrojadle al león! —tales epítetos y recomendaciones se precipitaron en torrente desde los asientos de los espectadores, acompañados de una lluvia de proyectiles más sustanciales. En un instante el pelo amarillo y el ropaje común yacían en el suelo, y quienes no estaban familiarizados con la cara del personaje pudieron, al menos, reconocer los atributos regios del emperador Galieno. Con idéntica rapidez, sus seguidores —exceptuados godos y cristianos— se desembarazaron de sus vestiduras exteriores y se mostraron en su condición de soldados romanos.

—Amigos —gritó Galieno en dirección a la multitud plebeya—, no es mi propósito despojaros de vuestro legítimo entretenimiento.

En respuesta a una señal del emperador, sus legionarios ascendieron por las graderías destinadas al sector del público que constituían los filósofos y en la persona de éstos un torrente de sabiduría, incluida la de Lena, voló por los aires como disparado por una catapulta y descendió a tierra de manera abrupta y violenta. Al instante, el resto de la soldadesca les capturó, les obligó a erguirse y, en medio de los más tempestuosos estallidos de regocijo y aplauso que provenían del público gozoso, se les puso espadas en las manos, se les organizó en hileras opuestas y se les dio orden de que comenzaran a pelear para demostrar si eran hombres. Resultaba tan ridículo como lamentable contemplar a los individuos calvos y en su mayoría barbicanos, con sus ropajes destrozados por la expulsión y sus cuerpos magullados en la caída, que se enfrentaban entre sí con miembros vacilantes, que blandían desvalidamente sus armas o que débilmente reclamaban a sus adversarios para que salieran a pelear, mientras los soldados les aguijoneaban desde atrás con lanzas y les instaban a la lucha cuerpo a cuerpo que los integrantes de la comunidad filósofica con tanta angustia trataban de evitar. Impedido por las ligaduras y la mordaza, Plotino contemplaba el espectáculo con impotente horror. Galieno a menudo era cruel, pero ¿podía haber proyectado tan repugnante masacre? Detrás de esto tenía que haber algo.

El honor de revelar cuál era el propósito del emperador le estaba reservado a Teocles, quien en todo momento desde que comprobó que debía pelear, con admirable presencia de ánimo se había dedicado a elegir los antagonistas más débiles. Después de dudar si acometía al torpe jefe de los peripatéticos o a la femenina Lena, optó por ésta, en parte instigado, tal vez, por la esperanza de vengar su barba. Con un grito marcial acometió a su rival y esgrimió su arma para dar un golpe violento. Pero su propósito había sido calculado con aciago desatino. Lena sabía casi tanto acerca de los combates de Marte cuanto sobre las lides de Venus, pues efectivamente se había iniciado como cortesana en las huestes del emperador Gordiano. Por lo tanto, su rival recibió un tremendo golpe en la mano y su espada cayó a tierra, pero ¿por qué no la siguieron los dedos? Lena resolvió el misterio asestando un golpe aún más iracundo en la cara del adversario, de la que, por cierto, fluyeron torrentes de sangre, pero únicamente de la nariz de Teocles. La espada no penetró porque carecía de filo y de punta[6]. Alentados por este oportuno descubrimiento,

---

[6] Galieno era muy propenso a estas bromas pesadas. El historiador Trebelio, en su vida de Galieno, capítulo XII, refiere que cuando la esposa del gobernante fue estafada por un joyero, el emperador ordenó que el culpable fuese arrojado al circo, donde se preveía que habría

los filósofos se acometieron con espíritu y valor incontenibles. Enfurecidos por los golpes que daban y recibían, por los empujones y pinchazos de los soldados y por el bullicioso escarnio del público, desecharon las inútiles espadas y apelaron a las armas naturales: se patearon, se abofetearon, se rasguñaron, se arrancaron en pedazos las vestiduras que colgaban de los hombros, mientras echaban espuma y rodaban boqueando por la arena del ruedo. A una señal del emperador las puertas del anfiteatro fueron abiertas de par en par y toda la masa de la filosofía, arañada y abofeteada, fue arrojada ignominiosamente a la calle.

En ese momento Galieno se hallaba presidiendo su tribunal y Plotino, libre de ataduras, se encontraba de pie a su lado.

—¡Oh, emperador! —murmuró profundamente avergonzado—, ¿qué puedo alegar? ¡Seguramente ordenarás demoler mi ciudad!

—No, Plotino —replicó Galieno señalando al godo y al cristiano—; ésos son los que se encargarán de destruir la Ciudad de los Filósofos. ¡Y ojalá sea lo único que destruyan!

de quedar a merced de los leones. Mientras el infortunado individuo aguardaba su aterrador fin, se soltó en el ruedo un capón, de modo que el engañador recibió como único castigo un engaño. *(N. del A.)*

EL DEMONIO PAPA

—¡DE modo que no estás dispuesto a venderme el alma? —preguntó el Diablo.

—Se lo agradezco mucho —respondió el estudiante—, pero prefiero conservarla para mí, si por su parte no tiene inconvenientes.

—Pues tengo inconvenientes por mi parte. La deseo muy especialmente. Veamos, estoy dispuesto a mostrarme generoso. Te ofrezco veinte años. Puedes obtener inclusive treinta.

El estudiante meneó la cabeza.

—¡Cuarenta!

Nueva negativa.

—¡Cincuenta!

Otra vez lo mismo.

—Bueno —declaró el Diablo—, sé que estoy a punto de cometer una tontería, pero me resulta insoportable contemplar a un joven inteligente y fogoso, desperdiciado por su propia voluntad. Te haré otro tipo de oferta. No haremos ningún trato por ahora, pero te promoveré en el mundo durante los próximos cuarenta años. En la misma fecha de hoy, dentro de cuarenta años, volveré para pedirte una merced; no se tratará de tu alma, tenlo presente, ni de nada que no se halle plenamente a tu alcance otorgar. Si me lo das, estaremos en paz; en caso contrario, te llevaré a ti. ¿Qué te parece?

El estudiante reflexionó unos instantes y finalmente dijo:

—De acuerdo.

Apenas había desaparecido el Diablo, lo que hizo instantáneamente, un mensajero refrenó su humeante corcel ante la entrada de la Universidad de Córdoba (pues el juicioso lector ya habrá advertido que Lucifer jamás pudo haber sido admitido en una sede académica cristiana) y, tras hacer averiguaciones sobre el estudiante Gerbert, le hizo entrega del nombramiento que enviaba el emperador Otón, quien le designaba abad de Bobbio en consideración —agregaba el documento— a su virtud y erudición, poco menos que milagrosas en alguien tan joven. Tales mensajeros fueron asiduos visitantes de Gerbert a lo largo de su próspera carrera. Abad, obispo, arzobispo, cardenal, por último fue entronizado papa el 2 de abril de 999 y adoptó el nombre de Silvestre II. Era creencia generalizada que el mundo acabaría al año siguiente, catástrofe que a muchos parecía más inminente por la elección de un jefe religioso cuya celebridad como teólogo, aunque nada desdeñable, no tenía parangón con su fama como nigromante.

No obstante, el mundo siguió girando indemne a través del temible período y a comienzos del primer año que correspondía al siglo XI Gerbert se hallaba apaciblemente instalado en su estudio examinando un libro de magia. Volúmenes de álgebra, astrología, alquimia, filosofía aristotélica y otros temas ligeros ocupaban los anaqueles; sobre una mesa, un reloj perfeccionado según sus propias invenciones reposaba junto a su introducción de los números arábigos, principal legado que hizo a la posteridad. De improviso se oyó un batir de alas y Lucifer se instaló a su lado.

—Ha transcurrido mucho tiempo desde que tuve el placer de conversar contigo —dijo el Maligno—. Ahora he venido a verte para recordarte ese asuntito que pactamos hoy hace cuarenta años.

—Recuerda —respondió Silvestre— que no has de pedirme nada que exceda mi capacidad de otorgártelo.

—Lejos de mí semejante propósito —observó Lucifer—. Por el contrario, es mi intención solicitar un favor que sólo tú puedes concederme. Puesto que eres papa, deseo que me nombres cardenal.

—Presumo que con la ilusión de que te elijan papa al producirse la próxima vacante —replicó Gerbert.

—Ilusión que puedo acariciar con las mejores razones —acotó Lucifer—, si se tiene en cuenta mi enorme fortuna, mi habilidad como intrigante y la actual composición del Sacro Colegio.

—Sin duda, pretendes subvertir los fundamentos de la fe —señaló Gerbert—, y a través de la licencia y de una conducta disoluta te propones que la Santa Sede resulte odiosa y despreciable.

—Todo lo contrario —aseguró el demonio—: extirparé la herejía y toda la erudición y conocimiento que inevitablemente conducen a ella. No admitiré que ningún hombre sepa leer, salvo los sacerdotes, y limitaré las lecturas de éstos al breviario. Quemaré tus libros junto con tus huesos en la primera oportunidad que se presente. Mantendré un austero rigor en la conducta y me cuidaré muy bien de no aflojar un solo remache en el yugo tremendo que estuve forjando para someter las mentes y conciencias de la humanidad.

—En tal caso —dijo Gerbert—, ¡pongámonos en marcha hacia tu reino!

—¿Cómo? —exclamó Lucifer—. ¿Prefieres acompañarme a las regiones infernales?

—Con toda certeza; antes he de condenarme que convertirme en causa accesoria de que se queme a Platón y Aristóteles y de que se promueva el oscurantismo contra el que luché toda mi vida.

—Gerbert —declaró el demonio—, esto es una manifiesta trivialidad. ¿Acaso ignoras que ningún hombre bueno puede ingresar en mis dominios? Si fuese posible una cosa semejante, mi infierno se volvería intolerable para mí y me vería obligado a abdicar.

—Lo sé —manifestó Gerbert—; por ello he podido recibir tu visita con aplomo.

—Gerbert —le reconvino el Diablo, con lágrimas en los ojos—, te pregunto: ¿es esto justo, es juego limpio? Me comprometí a promover tus intereses en el mundo; cumplí lo pactado hasta el exceso. Gracias a mi intervención alcanzaste un prestigio al que jamás hubieras podido aspirar de otro modo. A menudo he participado en la elección de papa, pero nunca antes contribuí a que se otorgara la tiara a alguien que se ha destacado por la virtud y la erudición. Te has beneficiado plenamente con mi ayuda, y ahora te aprovechas de una circunstancia fortuita para privarme de la recompensa que merezco con justicia. Mi constante experiencia me demuestra que la gente buena es mucho más escurridiza que los pecadores y complica enormemente los pactos.

—Lucifer —replicó Gerbert—, siempre procuré tratarte como a un caballero, confiado en que recíprocamente demostrarías comportarte de ese modo. No pretendo averiguar si respondía plenamente a esta suposición el hecho de que pretendieras intimidarme para que consintiese a tus exigencias, con la amenaza de imponerme un castigo que según bien sabías no estaba en tu potestad aplicar. No prestaré atención a esta pequeña irregularidad y te concederé aún más de lo que solicitaste. Pediste ser cardenal; pues te haré papa...

—¡Ah! —exclamó Lucifer, y el ardor íntimo tiñó su fuliginoso pellejo, a semejanza del resplandor que un rescoldo a punto de apagarse vuelve a adquirir cuando se lo sopla.

—... por doce horas —prosiguió Gerbert—. Al expirar el plazo, consideraremos nuevamente el asunto, y si tal como preveo te revelas más deseoso de abandonar la dignidad papal de lo que estuviste por llegar a asumirla, te prometo que, dentro de mis posibilidades de otorgártela, te daré la recompensa que pidas, siempre que no se oponga manifiestamente a la religión y a la moral.

—¡Convenido! —gritó el demonio.

Gerbert pronunció algunas palabras cabalísticas y al instante, en el recinto, la presencia del papa Silvestre se duplicó; eran enteramente iguales, con excepción de sus atavíos y de que uno de ellos cojeaba ligeramente de su pierna izquierda.

—Hallarás los ropajes pontificios en este armario —indicó Gerbert y, al tiempo que se llevaba el libro de magia, se deslizó por una puerta disimulada que lo condujo a un aposento secreto. Al cerrar la puerta detrás de sí, estalló en una risita ahogada y murmuró para su coleto—: ¡Pobre viejo Lucifer! ¡Otra vez engañado!

Si Lucifer había sido engañado, no parecía saberlo. Se aproximó a una gran hoja de plata que servía como espejo y contempló su aspecto personal con algún desagrado.

—Para decir la verdad, sin los cuernos no quedo ni

117

la mitad de bien —monologó—, y estoy seguro de que lamentaré con gran pesar la falta de mi cola.

Una tiara y la cola del ropaje sirvieron, empero, como sustitutos de los apéndices ausentes y Lucifer adquirió en cada pulgada de su persona el aspecto del papa. Estaba a punto de llamar al maestro de ceremonias y de convocar un consistorio cuando la puerta se abrió violentamente y siete cardenales que esgrimían puñales irrumpieron en la habitación.

—¡Abajo el hechicero! —gritaban a la vez que se apoderaban de él y le amordazaban.

—¡Muerte al sarraceno!

—¡Practica álgebra y otras artes diabólicas!

—¡Sabe griego!

—¡Lee hebreo!

—¡A quemarlo!

—¡Ahorquémosle!

—Que le deponga un concilio general —añadió un cardenal joven e inexperto.

—¡Dios no lo permita! —dijo *sotto voce* otro purpurado que era viejo y cauteloso.

Lucifer batalló frenéticamente, pero el débil cuerpo que se hallaba condenado a habitar durante las próximas once horas muy pronto quedó exhausto. Atado e indefenso, se desmayó.

—Hermanos —dijo uno de los cardenales de mayor edad—, los exorcistas declaran que un hechicero o cualquier otro individuo que haya pactado con el demonio habitualmente tiene en su cuerpo algún signo visible de sus tratos infernales. Propongo que, en consecuencia, procedamos a la búsqueda de estigmas, cuyo descubrimiento pueda contribuir a justificar nuestra acción ante los ojos del mundo.

—Apruebo sin reservas la proposición de nuestro hermano Anno —anunció otro de los presentes—, tanto más porque resultaría prácticamente imposible que no halláramos alguna marca de tal especie, si en realidad estamos decididos a encontrarla.

Se dispuso, por consiguiente, la búsqueda y antes de que transcurriese mucho tiempo un alarido simultáneo de los siete cardenales indicó que su investigación había puesto al descubierto más de lo que se habían atrevido a sospechar.

¡El Padre Santo tenía un pie hendido!

Durante los cinco minutos siguientes los cardenales permanecieron absolutamente aturdidos, mudos e inmóviles de asombro. A medida que recuperaban sus facultades, a un observador atento le hubiera resultado manifiesto que el papa había prosperado considerablemente en la opinión de sus captores.

—Éste es un asunto que requiere una deliberación muy madura —dijo uno de ellos.

—Siempre temí que estuviésemos obrando con demasiado apresuramiento —dijo otro.

—Está escrito: «Los diablos creen» —dijo un tercero—. Por lo tanto, el Padre Santo no es en absoluto herético.

—Hermanos —agregó Anno—, este asunto, tal como señaló nuestro hermano Benno, requiere indispensablemente una deliberación muy madura. En consecuencia, propongo que, en lugar de ahogar a Su Santidad con almohadones según lo previsto inicialmente, por el momento le encerremos en el calabozo contiguo a este sitio y, después de pasar la noche en meditación y plegaria, volvamos a considerar la cuestión mañana por la mañana.

—A los funcionarios del palacio se les debe informar —aconsejó Benno— de que Su Santidad se ha retirado para orar y que no desea ser perturbado por ningún motivo.

—Piadoso fraude —observó Anno— que ninguno de los padres ni por un instante tendría escrúpulos en cometer.

De conformidad con ello, los cardenales levantaron al Diablo todavía desmayado y cuidadosamente —casi con cariño— lo transportaron a los aposentos destinados a su detención. Todos se hubieran demorado de buena gana aguardando la recuperación del prisionero, pero cada uno sentía que los ojos de sus seis hermanos se fijaban en él, de modo que se retiraron simultáneamente, cada cual con una llave de la celda.

Casi inmediatamente después Lucifer recuperó la conciencia. Tenía una idea muy confusa de las circunstancias que lo habían precipitado a las dificultades presentes y sólo podía reflexionar que, si éstas eran las peripecias habitualmente concomitantes con la dignidad pontificia, no resultaban de su gusto y hubiera preferido haberse enterado con anticipación. El calabozo no sólo se hallaba en completa oscuridad, sino que resultaba horriblemente frío, y el pobre Diablo no disponía en su forma actual de la provisión latente de calor infernal que pudiera aliviarlo. Sus dientes castañeteaban, cada uno de sus miembros se estremecía, y se hallaba devorado por el hambre y la sed. A juicio de algunos de sus biógrafos, muy probablemente en esta ocasión inventó los licores espirituosos, pero si así sucedió, el mero deseo de un vaso de aguardiente apenas pudo haber acrecentado sus padecimientos. De tal modo iba transcurriendo la interminable noche invernal y Lucifer parecía a punto de morir de inanición, cuando una llave giró en la cerradura y el cardenal Anno se deslizó al interior cautelosamente, provisto de una lámpara, una hogaza de pan, medio chivito asado frío y una botella de vino.

—Confío —dijo con una cortés reverencia— en que se me pueda excusar cualquier ligera transgresión de la etiqueta en que llegue a incurrir, a causa de las dificultades en que me hallo para determinar si el trato más adecuado que debo emplear es «Su Santidad» o «Su Majestad Infernal».

—Bu... buuu... buu —fue cuanto pudo responder Lucifer, que todavía tenía puesta la mordaza.

—¡Cielos! —exclamó el cardenal—. Ruego a Su Santidad Infernal que me dispense. ¡Qué descuido imperdonable!

Le quitó a Lucifer la mordaza y las ligaduras y le ofreció el refrigerio, sobre el cual el demonio se arrojó vorazmente.

—Si me es lícito expresarme así —prosiguió Anno—, ¿por qué diablos Su Santidad no nos informó que *era* el Diablo? En tal caso, ni una mano se hubiera levantado contra usted. Durante toda mi vida estuve tratando de obtener la audiencia que ahora felizmente me es concedida. ¿A qué se debe esta desconfianza con el fiel Anno, que lo ha servido con lealtad y celo por espacio de tantos años?

Lucifer señaló significativamente la mordaza y las ligaduras.

—Nunca podré perdonarme —protestó el cardenal— por la parte que me cupo en este desgraciado asunto. Aparte de proveer a las necesidades corporales de Su Majestad, nada me preocupa tanto como expresar mi contrición. Pero ruego a Su Majestad que tenga presente que mi comportamiento creía responder a los intereses de Su Majestad, en la deposición de un mago que tenía por costumbre imponer a Su Majestad tareas subalternas y que en cualquier momento podía encerrarlo en un recipiente y arrojarlo al mar. Resulta deplorable que los servidores más devotos de Su Majestad hayan sido despistados de tal modo.

—Razones de estado —sugirió Lucifer.

—Espero que no sigan vigentes —dijo el cardenal—. De todas maneras, el Sacro Colegio al presente tiene pleno conocimiento de todo el asunto; por lo tanto, es innecesario seguir prolongando este aspecto de la cuestión. Ahora rogaría humildemente autorización para conversar con Su Majestad o, más bien, con Su Santidad, pues deseo referirme a problemas espirituales, relacionados con la importante y delicada situación que se origina en torno del sucesor de Su Santidad. Ignoro por cuánto tiempo Su Santidad se propone ocupar la cátedra apostólica pero, por supuesto, usted comprende que la opinión pública no admitiría que una misma persona la retuviese por un período mayor que el pontificado de Pedro. De ello se desprende que, algún día, tendrá que producirse la vacante del trono; y modestamente deseo señalarle que ningún sucesor con excepción de mí podría obtenerse que resultase más afín al presente titular o en quien éste podría confiar en todo sentido la realización de sus propósitos y objetivos.

Y el cardenal procedió a referir varios episodios de su vida pasada que efectivamente parecían corroborar su afirmación. Sin embargo, no había avanzado mucho antes de que lo interrumpiera el chirrido de otra llave en la cerradura, y apenas tuvo tiempo de sumergirse bajo una mesa después de haber susurrado con acento inquietante:

—¡Cuidado con Benno!

También Benno traía consigo una lámpara, vino y viandas frías. La otra lámpara y los restos del refrigerio servido a Lucifer le advirtieron de que uno de sus colegas había estado allí anteriormente; y puesto que desconocía cuántos más podrían hallarse en la competencia, sin demora abordó la cuestión relativa al papado y exaltó sus propias aspiraciones de manera muy similar a la de Anno. Mientras advertía con vehemencia a Lucifer contra este cardenal, cuyos manejos podían engañar al mismo Diablo, otra llave giró en la cerradura y Benno se refugió bajo la mesa, donde Anno inmediatamente le metió un dedo en el ojo derecho. El breve chillido que siguió a este episodio Lucifer lo disimuló convenientemente con un acceso de tos.

El cardenal número 3, un francés, traía un jamón de Bayona y exhibió el mismo disgusto que Benno al comprobar que otros se le habían anticipado. Hasta donde lograron manifestarse, sus peticiones eran moderadas; pero nadie sabe hasta dónde habría llegado si no lo hubiera amedrentado el ingreso del cardenal número 4. Hasta ese momento sólo había solicitado una bolsa inagotable, poder para evocar al Diablo *ad libitum* y un anillo que lo hiciera invisible para permitirle el acceso a su querida, que infortunadamente era una mujer casada.

Fundamentalmente, el cardenal número 4 deseaba que se le facilitara la manera de envenenar al cardenal número 5, en tanto que éste formuló la misma petición con respecto al cardenal número 4.

El cardenal número 6, que era inglés, solicitó el derecho de sucesión a los arzobispados de Canterbury y York, con la facultad de ocuparlos simultáneamente y de ser eximido sin límite de las obligaciones acerca de la residencia en tales sedes. En el curso de su arenga utilizó el giro *non obstantibus,* del que Lucifer inmediatamente tomó nota[1].

Se ignora qué hubiera solicitado el cardenal número 7, pues apenas había abierto la boca cuando expiró la duodécima hora y Lucifer, que recuperó el vigor juntamente con su figura, lanzó al príncipe de la Iglesia girando como un trompo hasta el extremo opuesto del recinto y partió la mesa con un solo golpe de cola. Los seis cardenales, agazapados y apiñados, se contemplaron entre sí, agachados, y al mismo tiempo pudieron disfrutar del espectáculo de Su Santidad que atravesaba el techo de piedra, el cual cedió a su paso como si fuera una telilla y volvió a cerrarse como si nada hubiera sucedido. Después de la primera sensación de espanto, todos corrieron hacia la puerta, pero la hallaron cerrada desde fuera. No había otra salida y no existía ningún medio para pedir socorro. En esta emergencia la conducta de los cardenales italianos sirvió de luminoso ejemplo a sus colegas extranjeros; se encogieron de hombros y dijeron:

—*Bisogna pazienzia.*

Nada pudo superar la recíproca cortesía de los cardenales Anno y Benno, salvo la que exhibieron entre sí quienes habían pretendido envenenarse mutuamente. Al francés se le consideró gravemente menoscabado en las buenas maneras por haber aludido a esta circunstancia, que llegó a sus oídos cuando se encontraba debajo de la

---

[1] El Diablo, que presuntamente tiene un buen conocimiento de latín clásico, advierte el empleo de construcciones que indican la descomposición de la lengua. *(N. del T.)*

mesa; y el inglés profirió blasfemias tan ofensivas al comprobar en qué aprieto se hallaba, que los italianos, sin dilación, convinieron en silencio un pacto por el que nadie de esa nacionalidad jamás sería elegido papa, precepto que, con una sola excepción, ha sido respetado hasta la fecha.

Mientras tanto, Lucifer buscó refugio donde se hallaba Silvestre, al que encontró ataviado con todas las insignias de su dignidad, de las cuales —éste puntualizó— suponía que su visitante con toda seguridad ya estaba harto.

—Me siento dispuesto a compartir tal opinión —replicó Lucifer—. Pero al mismo tiempo me siento plenamente compensado de cuanto debí soportar, en virtud de las protestas de lealtad que mis amigos y admiradores formularon y de la convicción que he adquirido de que me resulta innecesario consagrar al ámbito eclesiástico un grado considerable de atención personal. Reclamo ahora la recompensa prometida, cuyo otorgamiento de ningún modo resultará incompatible con tus funciones, en vista de que es una obra de caridad. Te solicito que los cardenales sean liberados y que la conspiración que tramaron contra ti, de la que sólo yo fui víctima, quede relegada al olvido.

—Confiaba en que te los llevarías contigo —dijo Gerbert con expresión de contrariedad.

—No, gracias —respondió el Diablo—. Conviene más a mis intereses que permanezcan donde están.

Por lo tanto, la puerta del calabozo fue abierta y los cardenales salieron, abatidos y temerosos. Si, pese a todo, causaron menores perjuicios que lo previsto por Lucifer, el motivo consistió en el absoluto desconcierto que les produjo lo acontecido y la absoluta incapacidad que mostraron para perturbar los planes de Gerbert, quien desde entonces se dedicó a las buenas obras inclusive con ostentación. Nunca pudieron estar enteramente seguros acerca de si habían hablado con el papa o con el Diablo, y cuando se hallaban dominados por esta última impresión por lo general formulaban propuestas que Gerbert justamente condenaba como inconsultas, temerarias y escandalosas. Le importunaron con alusiones a ciertos asuntos mencionados en las entrevistas con Lucifer, ya que de manera comprensible pero errónea suponían que el auténtico papa había sido el interlocutor de tales conversaciones y, mientras echaban miradas a sus extremidades inferiores, le acosaron con insistentes gestos y risitas de complicidad. Para acabar con estas molestias y, a la vez, para acallar ciertos rumores desagradables que de algún modo habían comenzado a circular en el extranjero, Gerbert concibió la ceremonia de besar los pies del pontífice, que subsiste hoy día en forma penosamente mutilada. El estupor de los cardenales al comprobar que el Padre Santo ya no tenía pezuñas sobrepasó cualquier descripción, y descendieron a sus tumbas sin haber alcanzado ni la más remota explicación del misterio.

EL ESCANCIADOR

Para regocijo de Constantinopla, se había producido la caída del ministro Fotinio, quien buscó asilo en el inmenso monasterio lindero con la Puerta de Oro, en el duodécimo distrito de la ciudad. Este monasterio había sido fundado por el patricio Estudio en el año 463, con destino a un millar de religiosos. Allí el palaciego expulsado se entretenía en la preparación de venenos, recurso al que suelen apelar los estadistas depuestos. Cuando un ministro cae en desgracia en nuestros días, se dedica a envenenar la opinión pública, para lo cual incita a los sectores populares contra las clases privilegiadas y alienta cada rescoldo latente de sedición que puede hallar, en la certeza de que la conflagración así estimulada no dejará de freír sus vituallas, aunque consuma el edificio íntegro del estado. Las ideas que Fotinio tenía para sembrar cizaña eran menos refinadas: perfeccionaba su conocimiento toxicológico en el laboratorio médico del monasterio y aguardaba ansiosamente la oportunidad de emplearlo; las circunstancias ya determinarían si el experimento se habría de realizar en la persona del emperador, del ministro que lo había sucedido o de algún otro dignatario.

La santidad del convento que había fundado Estudio y el poderío de su guarnición monástica convertían el lugar en seguro refugio de los cortesanos despedidos, y durante este trigésimo año en el reinado del emperador Basilio II (contado desde su ascenso nominal al trono) albergaba una legión de ex primeros ministros, patriarcas, arzobispos, secretarios principales, cónsules, procónsules, consejeros privados, prefectos y hasta postulantes. Este pequeño ejército no era nada en comparación con la multitud de los que —mutilados, cegados, tonsurados o las tres cosas a la vez— sobrevivían precariamente en monasterios, en mazmorras o en islotes rocosos; y éstos, a su vez, eran muy pocos en proporción al número de espectros de traidores o traicionados que noche a noche clamaban en medio de las llanuras y cipreses frecuentados por los difuntos, o que vagaban por los aposentos palatinos de pórfido y serpentina. Pero entre quienes se hallaban en relativa libertad, si bien era una libertad circunscrita al sacro recinto de Estudio, no había un alma que no estuviese conspirando. Y en la corrompida corte bizantina, en la que se desconocía la amistad desde las desavenencias ocurridas entre Teodora y Antonina[1], tal vez nunca había existido una intimidad tan estrecha como en este refugio de villanos. Una especie de masonería llegó a prevalecer en el santuario: cada cual deseaba saber cómo marchaba la maquinación de su vecino, y a cambio de la información obtenida no escatimaba esfuerzos en descubrir un rinconcito de la suya propia. Puesto que de este modo la comunicación se hizo fluida, los diálogos que se enta-

---

[1] El episodio lo refiere Gibbon, en el capítulo XLI de su *Decline and Fall of the Roman Empire*. Teodora estaba casada con el emperador Justiniano, en tanto que Antonina era la bella esposa de Belisario, comandante de los ejércitos bizantinos; ambas mujeres tenían un pasado borrascoso. *(N. del T.)*

blaban entre los asilados solían remontarse al pasado y, mientras los veteranos de la intriga tornaban a librar sus batallas, los más experimentados se enteraban de sucesos que les hacían abrir los ojos de asombro.

—¡Ah! —solía escucharse—, es allí donde te equivocaste. Habías sobornado a Eromeno, pero también lo había hecho yo, y el viejo Nicéforo ofreció más que nosotros dos juntos.

—Considerabas que la danzarina Antusa era una carta segura e ignorabas que te traicionaba a escondidas, según me informó su doncella.

—¿Realmente no sabías nada de esa puerta secreta? ¿Y no te habías enterado de que cuanto se dice en la cámara azul puede escucharse en la cámara verde?

—Sí, supuse lo mismo y gasté una fortuna antes de comprobar que el perro que ese desvergonzado impostor de Panurgiades me pretendía vender no estaba más rabioso que su mismo dueño.

Al cabo de semejantes ensayos destinados a futuras conversaciones en las riberas de la Estigia, podía advertirse que los estadistas dispuestos se mostraban extremadamente desilusionados, pero tal estímulo se había vuelto necesario a su existencia. No había otros que chismorrearan tan libremente ni pusieran al descubierto tantas cosas como Fotinio y su predecesor Eustacio, a quien él mismo había suplantado. Ello probablemente sucedía porque Eustacio, que con excepción del oro descreía de cuanto había en el cielo y en la tierra y que se hallaba desprovisto por completo del noble metal, era considerado por todos (inclusive por él mismo) como un volcán apagado.

—Bueno —observó cierto día, mientras hablaba con Fotinio en un tono insólitamente confidencial—, me considero en libertad para declarar que, por lo que a mí concierne, no creo demasiado en el veneno. Sin duda, tiene sus ventajas; pero a mi juicio, las desventajas son aún más conspicuas.

—¿Cuáles, por ejemplo? —interrogó Fotinio, que tenía las mejores razones para confiar en la eficacia de un tóxico administrado con discreción y habilidad.

—Por lo menos, dos personas tienen que estar al tanto del asunto, si acaso no tres —replicó Eustacio—; y los cocineros, por regla general, pertenecen a una especie de individuos que es completamente inadecuada para intervenir en los negocios del estado.

—Siempre queda el médico de la corte —sugirió Fotinio.

—Sólo es posible contar con su colaboración cuando Su Majestad le hace llamar, lo que es muy improbable —respondió Eustacio—. Y cuando se reclama su presencia, ¡alabado sea el Señor!, el veneno resulta totalmente innecesario y enteramente superfluo.

—Mi querido amigo —dijo Fotinio, aprovechando momento tan favorable para formular una pregunta que se moría de ganas de hacer desde que había ingresado en el convento—, ¿está usted dispuesto a revelarme confidencialmente si alguna vez administró una poción de naturaleza tóxica a su Sagrada Majestad?

—¡Nunca! —protestó Eustacio con fervor—. A decir verdad, alguna vez lo intenté, pero sin resultados.

—¿Cuál fue el inconveniente?

—La perversa oposición del escanciador. De nada servirá intentar algo de tal especie, mientras esta muchacha permanezca fiel al emperador.

—¡*Muchacha!* —exclamó Fotinio.

—¡Cómo! ¿No lo sabía? —contestó Eustacio con un

aire y un gesto que decían bien a las claras: «Para admitir el hecho como cierto, ¡qué poco enterado estabas!» Pese a la humillación y al bochorno, Fotinio sabiamente se avino a reconocer su ignorancia y halagó a su rival por su perspicacia superior, con lo cual le indujo a divulgar el secreto de estado que consistía en que el bello escanciador Eladio no era más que el disfraz de la hermosa Eladia, objeto de los más tiernos sentimientos que abrigaba Basilio y cuyo romántico apego a la persona del emperador ya había frustrado mayor número de conjuras del que podía recordar el anciano conspirador. Esta noticia dejó a Fotinio pensativo por algún tiempo. No había considerado la posibilidad de que Basilio tuviese inclinaciones amatorias. Por fin, hizo llamar a su hija, la bella y virtuosa Euprepia, que de vez en cuando le visitaba en el monasterio.

—Hija mía —le dijo—, me parece que ha llegado el momento de que presentes con toda propiedad una petición al emperador en favor de tu infortunado padre. Éste es el documento. Me puedo vanagloriar de que ha sido redactado con elegancia nada común, si bien no te ocultaré que cifro mis esperanzas más en la belleza de tu persona que en la belleza de mi estilo. Suelta tu pelo y déjalo caer, ¡así! El efecto será excelente. Recuerda desgarrarte un poco las vestiduras a causa de la magnitud de tu pesar y no olvides perder una sandalia. Por supuesto, siempre tienes a tu disposición el empleo de lágrimas y sollozos, pero no permitas que el frenesí del dolor te deje totalmente descompuesta. Aquí tienes un escueto memorándum de cuanto es apropiado que expreses; las instrucciones de tu nodriza harán el resto. Enciende una vela a San Sergio y permanece alerta para aprovechar cualquier coyuntura favorable.

Euprepia era íntegra, sincera y leal, pero hasta la mejor de las mujeres tiene una pizca de actriz en su naturaleza, y el talento histriónico de la muchacha se vio estimulado por su amor filial. Basilio prácticamente quedó arrebatado por un instante ante la excepcional destreza de la representación y el genuino acento de los ruegos. Pero cuando terminó de examinar el memorial latoso y mendaz de su ex ministro, ya había recuperado el dominio de sí mismo.

—¿Qué clase de mujer era tu madre? —preguntó amablemente.

Euprepia se mostró elocuente en el elogio de las virtudes espirituales y físicas de su difunta progenitora.

—Entonces puedo creer que eres la hija de Fotinio, lo que de otro modo me hubiera resultado dudoso —replicó Basilio—. Por lo que respecta a tu padre, sólo puedo decir que, si se considera inocente, debe abandonar el santuario y someterse a la justicia ordinaria. Pero a ti he de encomendarte funciones en la corte.

Esto era cuanto Fotinio esperaba conseguir y consintió alborozado en que su hija ingresara en la corte imperial, sumamente feliz de haber introducido el extremo más penetrante de la cuña. Euprepia fue destinada al servicio personal de la cuñada del emperador, ya que el «Aniquilador de Búlgaros» era, por su parte, el más obstinado célibe[2].

Transcurrió el tiempo. Las oportunidades que tuvo la muchacha de visitar a su padre fueron menos frecuentes que en época anterior. Por fin fue a verlo, exhibien-

---

[2] Basilio II (976-1025) recibió el nombre de Bulgaróctonos («Aniquilador de Búlgaros») por las campañas sangrientas y triunfales que llevó a cabo para sojuzgar a este pueblo. *(N. del T.)*

do un aspecto por entero miserable, distraído y atribulado.

—¿Qué te sucede, niña mía? —requirió ansiosamente Fotinio.

—¡Ay, padre mío, en qué difícil situación me encuentro!

—Cuéntame —le respondió— y podrás confiar en mi consejo.

—Cuando ingresé en la corte —prosiguió la muchacha—, desde el principio hallé una sola criatura a la que pude amar y en la que pude confiar. Este hombre, llamémosle así, parecía compensar los defectos de todos los demás. Era Eladio, el escanciador.

—Tengo la esperanza de ser todavía amigo tuyo —interrumpió Fotinio—. La buena disposición de un escanciador imperial siempre es importante y me hubiera tratado de congraciar con Eladio al costo de una mirada de besantes[3].

—Ése no es el procedimiento adecuado para obtener su favor —le advirtió la joven—. El más puro desinterés, la más noble integridad, la más generosa devoción constituyen las cualidades de mi amigo. ¡Y qué te diré de su belleza! No puedo ni debo ocultarte que mi corazón fue muy pronto enteramente suyo. Pero, según entonces me pareció sumamente raro, resultó imposible durante bastante tiempo determinar si Eladio correspondía o no a mi pasión. Entre nosotros había la más perfecta simpatía, parecíamos compartir el alma y el corazón; y, sin embargo... sin embargo, Eladio jamás me comunicaba ni el más leve indicio de los sentimientos que podrían esperarse en un hombre joven con respec-

---

[3] Antigua moneda bizantina de oro o plata. *(N. del T.)*

133

to a una muchacha. Vanamente intenté todas las inocentes astucias que una doncella virtuosa se halla autorizada a permitirse; del modo más constante se mostró como un amigo, jamás como un enamorado. Al fin, después de consumirme largamente entre el afecto desesperado y el orgullo herido, me alejé para prestar oídos a quien no me dejó la menor duda de la sinceridad que alentaba en su afecto.

—¿Quién?

—¡El emperador! Y para abreviar la historia de mi vergüenza, me convertí en su querida.

—¡Alabado sea el cielo! —gritó Fotinio—. ¡Eres una hija incomparable!

—¡Padre! —reclamó Euprepia con ardor e indignación—, por favor no me interrumpas en la prosecución de este infortunado relato. A medida que el apego del emperador se hacía más profundo, Eladio, hasta ese instante tan alegre y sereno, comenzó a mostrarse presa de visible abatimiento. Supuse que alguna hermosa esquiva le estaba infligiendo las mismas torturas que previamente me había impuesto a mí y, curada de mi infortunado cariño, a la vez que consagrada por entero a mi amante imperial, hice cuanto pude por confortarlo. Recibió mi consuelo con gratitud, sin que ello pareciera estimular de su parte, como temí que pudiera suceder, ni el más mínimo sentimiento amatorio hacia mi persona.

«—Euprepia —me dijo hace apenas un par de días—, jamás hallé en la corte alguien como tú. Eres la personificación viva del honor y la generosidad. Puedo confiarte sin peligro un secreto que mi corazón dolorido ya no soporta mantener oculto, pero que temo susurrar aun en mis propios oídos. Entérate de que no soy lo que simulo... ¡soy una mujer!

»Y abrió sus vestiduras...»

—Todo eso ya lo sabemos —interrumpió Fotinio—. ¡Continúa!

—Si ya lo sabes, padre —puntualizó la asombrada Euprepia—, me puedes ahorrar el sufrimiento de seguir internándome en los pormenores del afecto que Eladia siente por Basilio. Me basta con decirte que es un sentimiento apasionado más allá de toda descripción y que rivaliza con cuanto han registrado al respecto la historia y la ficción. Con sus vestiduras masculinas, acompañó al «Aniquilador de Búlgaros» en sus campañas y peleó en sus batallas; un gigantesco enemigo que estaba a punto de herirlo por la espalda fue derribado por la certera flecha que disparó la muchacha; protegió los labios de su amado de la bebida envenenada, y su corazón de la daga asesina; ha rechazado enormes riquezas que le fueron ofrecidas como recompensa de la traición, y ha vivido exclusivamente para el emperador.

»—Y ahora —se lamentó—, su amor por mí se ha helado y me abandona por alguna otra persona. No he podido averiguar quién me ha suplantado, pero si llego a saberlo mi venganza se descargará sobre ella, no sobre él. ¡Queridísima Euprepia, te aseguro que arrancaré los ojos a esa mujer, aunque sean tan bellos como los tuyos! De cualquier modo, he de vengarme: Basilio deberá morir. Expirará dentro de tres días por obra mía, envenenado por la bebida que soy la única autorizada a ofrecerle, en el curso del convite imperial en el que estarás presente. Contemplarás sus penurias y mi triunfo, y te regocijarás al ver que tu amiga ha sabido cómo vengarse.

»Puedes comprender ahora, padre mío, en qué espantosas dificultades me hallo. Han sido inútiles todos mis ruegos y reconvenciones; Eladia no hace más que reírse de mis amenazas. Amo a Basilio con toda mi alma. ¿Seré una mera espectadora y dejaré que muera? O acaso, después de inferir inadvertidamente a mi amiga la más grave ofensa, ¿llegaré todavía más lejos, denunciándola para que padezca una muerte cruel? Puedo adelantarme a su bárbaro propósito matándola, pero no tengo ni fuerzas ni valor para ello. Muchas veces me he sentido tentada a revelarle todo y a ofrecerme como víctima suya, pero también me falta coraje para esto. Puedo poner sobreaviso a Basilio, pero el deseo de venganza que alienta en Eladia es inagotable y nada salvará al emperador, a menos que una de nosotras muera. ¡Oh, padre, padre mío!, ¿qué debo hacer?»

—Confío en que no sea nada romántico o sentimental, querida niña —repuso Fotinio.

—No me tortures, padre. Vine a pedirte un consejo.

—Y te lo daré, pero debe ser el resultado de una madura consideración. ¡Puedes advertir —prosiguió con el aire de un hombre virtuoso que se sobrepone a la adversidad— cuán debil y mísera es la condición humana aun en el día de su mayor bienaventuranza, cuán duro es para los ofuscados mortales discernir el camino justo, especialmente cuando su decisión debe elegir entre dos opciones seductoras que se presentan simultáneamente! El curso más evidente y natural, el que por mi parte habría escogido sin vacilaciones hace apenas media hora, hubiera sido dejar a Eladia que obre como mejor le parezca. Si llega a tener éxito, ¡y ojalá el cielo impida lo contrario!, el nudo quedará desatado de la manera más simple: Basilio morirá...

—¡Padre!

—Soy favorito de su cuñada —agregó Fotinio, por entero indiferente al horror y a la agitación de su hija—, la que gobernará en nombre de su débil marido, y además te hallas a su servicio. Me reincorporará a la corte y todo resultará paz y alegría. Pero quizás Eladia, de todos modos, fracase. En tal caso, cuando haya sido ejecutada...

—¡Padre, por favor!

—Todo seguirá igual que antes, con excepción del ascendiente que has logrado sobre el emperador, el que sin duda es inapreciable. No puedo menos que juzgar cuán bondadoso fue el cielo, si se considera que pudiste desperdiciar tu acción tan fácilmente, dirigiéndola contra un cortesano. Ahora es posible aventurarse en un juego mucho más atrevido que, con fe en la ayuda de la providencia divina, me siento a medias dispuesto a intentar. Puedes traicionar a Eladia.

—¡Entregar a mi amiga a manos de los torturadores!

—En tales circunstancias —añadió Fotinio sin escuchar a su hija—, el derecho que tendrás a la gratitud del emperador será ilimitado; y si posee el más mínimo sentido de la corrección (y su comportamiento se caracteriza por aquello que suele llamarse caballerosidad), te hará su legítima consorte. ¡Te imaginas! ¡Me convertiré en suegro del emperador! Siento vértigo de sólo pensarlo. Debo conservar la calma. No puedo permitirme obrar con ofuscación o precipitación. Consideremos el asunto. Al actuar de este modo, arriesgas todo en el azar de la jugada. Pues si Eladia llegara a negar la historia íntegra, como sin duda lo hará, y el emperador sintiera descabellados escrúpulos en aplicarle tormento, la muchacha terminará persuadiéndole de su inocencia; en tales circunstancias, ¿cuál sería tu situación? Con toda seguridad, valdría la pena anticiparse y envenenar a la misma Eladia, pero me temo que ya no quede tiempo. Supongo que tu única evidencia son las amenazas que formuló, ¿verdad? ¿No la sorprendiste en posesión de venenos? Por supuesto, de nada serviría acudir a un testimonio escrito. Estoy seguro de hallar algún procedimiento, con sólo disponer de un poco de tiempo. ¿Podrías falsificar la firma de Eladia?

Pero mucho antes de llegar a este punto, Euprepia, deshecha en lágrimas y con el pecho desgarrado por convulsivos sollozos, había cesado de prestar atención a las palabras de su progenitor, así como él lo había hecho con respecto a las interjecciones de su hija. Finalmente, Fotinio advirtió el desasosiego de la muchacha, pero no era en modo alguno un padre desalmado.

—Mi pobre niña —comentó—, tus nervios están destrozados, lo cual no me sorprende. El riesgo que hay que correr es excesivo. Aunque no dijeras nada y Eladia, por efecto del tormento, te acusara de haber conocido su proyecto, ello podría dejar una pésima impresión en la mente del emperador. Si también te sometiera a torturas... ¡pero no!, es imposible. Me siento abatido y mareado, mi querida niña; soy incapaz de tomar una decisión sobre asunto tan importante. Ven a verme mañana al amanecer.

Pero Euprepia no regresó y Fotinio pasó el día dominado por las angustias de la incertidumbre, temeroso de que la muchacha hubiera cometido una imprudencia que la comprometiese. Dirigió sus ojos hacia el sol poniente con irrefrenable impaciencia, en la certidumbre de que brillaría sobre el convite imperial en que tantas cosas habrían de suceder. Por cierto, en esos mismos instantes Basilio se hallaba sentado en medio de una brillante reunión. A su lado se hallaba un conjunto de músicos que incluía a Euprepia. Pronto fue reclamado el escanciador y Eladia, en vestiduras masculinas, se adelantó lanzando una mirada de siniestro triunfo a su amiga. Silenciosamente, de manera casi inadvertida para la mayoría de los invitados, Euprepia se deslizó hacia adelante y siseó mejor que susurró en el oído de Eladia, antes de que ésta pudiera apartarse del emperador:

—¿Acaso no me dijiste que si pudieras descubrir a la que te agravió, infligirías en ella tu venganza y dejarías en paz a Basilio?

—Así fue y ése era mi propósito.

—Trata de ser fiel a tu palabra. ¡Yo soy la que buscas! —y arrebató la copa de la mesa, bebiendo su contenido hasta la última gota sin hacer pausas. Al instante, expiró en medio de convulsiones.

Omitimos los detalles de la consternación que cundió entre los invitados, del apresamiento y confesión de Eladia, del asombro general que produjo la revelación de su sexo, de las frenéticas demostraciones de pesar que hizo el emperador.

El dolor de Basilio era sincero y perdurable. En una de sus primeras apariciones públicas después del suceso habló ante los cortesanos en estos términos:

—Me resulta imposible determinar cuál de estas dos mujeres me amaba más: aquella que dio su vida por mí o aquella que estaba dispuesta a privarme de la mía. Una hizo el mayor de los sacrificios; la otra se mostró decidida a inferir el mayor de los ultrajes a sus propios sentimientos. ¿Cuál es vuestra opinión?

Los cortesanos dudaron, convencidos de que eran jueces poco competentes en un problema de tal naturaleza. Por último, el más joven de los presentes exclamó:

—¡Excelso emperador!, ¿cómo os podemos brindar

nuestra opinión, a menos que sepamos cuál es vuestro propio juicio?

—¿Cómo? —exclamó Basilio—. ¡Un hombre honesto en la corte de Bizancio! ¡Que su boca sea colmada de oro sin demora!

Una vez que fue cumplida esta orden y que el metal precioso se distribuyó en gratificaciones entre los funcionarios correspondientes, Basilio se dirigió al destinatario de su privanza.

—Manuel, desde ahora tu nombre será Crisóstomo[4], en recuerdo de lo que acaba de suceder. En prueba adicional del reconocimiento que me ha merecido tu honestidad, te otorgo la mano de Eladia, la única otra persona digna de respeto en esta corte. ¡Recíbela, hijo mío, y engendra una estirpe de héroes! Tu prometida será generosamente dotada con lo que resta de las propiedades de Fotinio.

—Mi estimado Genadio —susurró un cortesano cínico a su vecino—, confío en que admires la magnanimidad de nuestro soberano, quien considera haber realizado la más generosa de las acciones al obsequiar a Manuel su amante desechada, que trató de envenenarlo y con la que no sabía qué hacer, al tiempo que dota a la desposada con bienes ajenos.

El reproche era justo, pero también había que reconocer que Basilio, como príncipe nacido en cuna imperial, no tenía ni la más mínima idea de que se estaba prestando voluntariamente a tales críticas. En realidad, sentía el viril ardor de la aprobación a sí mismo que acompaña la realización de una buena obra, sentimiento que ninguno de los presentes, con la sola excepción

---

[4] En griego, «pico de oro». *(N. del A.)*

de Crisóstomo, estaba en condiciones de concebir. Cabe señalar, además, que el viejo cortesano que se burló de Crisóstomo se sentía devorado por la envidia de la buena fortuna que había favorecido a aquél y hubiese sacrificado su ojo derecho por ocupar el sitio del beneficiado.

—Crisóstomo —prosiguió Basilio—, debemos pensar en el infortunado Fotinio. Este desventurado padre sin duda se halla en la agonía del dolor, que lo torna indiferente a la confiscación de sus bienes. Tú, que lo sucedes en la posesión de ellos, puedes ser considerado en cierto modo su yerno. Por lo tanto, ve a consolarlo e infórmame acerca de su estado anímico.

Crisóstomo se trasladó, en consecuencia, al monasterio donde le comunicaron que Fotinio se había retirado en compañía de su asesor espiritual y que no se le podía molestar por ningún motivo.

—Es mi obligación disponer el cumplimiento de las órdenes emanadas del emperador —replicó Crisóstomo e hizo forzar la puerta.

El desconsolado progenitor se hallaba muy atareado clavando alfileres en una efigie de cera que representaba a Basilio, bajo la dirección de Panurgiades, quien ya fue honrosamente mencionado en este relato.

—¡Diablo de viejo —exclamó Crisóstomo—, así manifiestas el dolor por la muerte de tu hija!

—Mi dolor es grande —contestó Fotinio—, pero el tiempo que me queda es pequeño. Si no aprovecho hasta el más mínimo instante, jamás volveré a ser primer ministro. Pero ahora se acabó todo. Por supuesto, me denunciarás. Te daré un consejo: di que llegaste en el preciso momento en que nos disponíamos a someter la efigie de Basilio al fuego lento, para derretirla en un caldero de hirviente veneno.

—Informaré de lo que vi —replicó Cristóstomo—, ni más ni menos. Pero creo que puedo darte la plena seguridad de que nadie sufrirá las consecuencias de esta mojiganga, con excepción de Panurgiades, y que inclusive él a lo más será azotado.

—Crisóstomo —declaró Basilio al recibir el informe—, el afán de poder, apenas una fiebre en la juventud, es una lepra en la vejez. El canoso estadista desplazado venderá a su hija, a su patria, a su alma, para recuperar su ascendiente. No tengas la menor duda: se desprenderá de su pellejo y de sus sentidos si al privarse de ellos logra retener su cargo. Siento conmiseración por Fotinio, cuyas facultades se hallan en manifiesta decadencia; hubo una época en que no habría dilapidado su tiempo clavando alfileres en imágenes de cera. Le conferiré una apariencia de autoridad para que lo consuele en sus últimos días y lo mantenga alejado de travesuras. El abad Cantangión acaba de morir. Fotinio le sucederá.

De tal forma, Fotinio recibió la tonsura y la dignidad, y resultó un abad bastante tolerable. Inclusive se recuerda en su honor que dispensó un hermoso funeral a su viejo enemigo Eustacio.

Eladia fue una excelente esposa de Crisóstomo, a juicio de algunos comentaristas demasiado remilgada. Cuando unos dos siglos más tarde se constituyeron las Cortes de Amor en Provenza, la cuestión suscitada entre Euprepia y su amiga fue sometida a esos tribunales, que hallaron dificultosa una decisión, de modo que aplazaron el veredicto por setecientos años. Puesto que al presente el plazo ha expirado, ponemos el asunto a consideración del público actual.

EL ORÁCULO MUDO[1]

Muchos se muestran dispuestos a remedar al dios,
Pero pocos son aquellos que reciben el fuego divino.

I

En tiempos del rey Átalo, antes de que los oráculos hubieran perdido su autoridad, en la ciudad de Dorileo, en Frigia, existió uno que disfrutaba de peculiar reputación, inspirado por Apolo, según se creía. Contrariamente al uso, sus revelaciones eran comunicadas por intermedio de un sacerdote masculino. En muy escasas ocasiones los devotos consultantes no formaban una compacta multitud cuyas preguntas eran resueltas por escrito, de conformidad con el método que el piadoso Luciano proponía en su tratado *Acerca de la falsa profecía*[2]. A veces, en circunstancias excepcionales, se escuchaba una voz que manifiestamente pertenecía a la deidad, la cual anunciaba la contestación desde las más recónditas estancias del edificio sagrado. El recinto que contenía el tesoro del santuario estaba abarrotado de trípodes y copas, en general labrados en metales preciosos; sus cofres se hallaban colmados de monedas y lingotes; los sacrificios de los suplicantes acaudalados y las copiosas ofrendas en especie de los campesinos proveían en exceso las necesidades cotidianas de quienes servían al

1 La leyenda en que este relato se basa, un mito medieval trasladado aquí al período clásico, también sirvió de inspiración a Robert Browning en su balada «The Boy and the Angel». *(N. del A.)*

2 *Pseudomantis*, capítulos XIX a XXI. *(N. del A.)*

templo, en tanto que una pingüe asignación territorial mantenía la dignidad de sus guardianes y del muy reverendo oficiante que allí ejercía. El sacerdote más reciente era admirable tanto por la prudencia cuanto por la piedad, en virtud de lo cual los dioses le recompensaron con una obesidad extremada. Al cabo murió, aunque los biógrafos no han llegado a ponerse de acuerdo sobre si la causa fue el exceso de comida o de bebida.

Los guardianes del templo se reunieron para escoger un sucesor y, deseosos en forma muy natural de que la santidad del oráculo no sufriera perjuicios, eligieron a un joven sacerdote de hermosa presencia y de vida ascética: la personalidad más humilde, pura, fervorosa y sincera que jamás produjo la especie humana. Bien podía esperarse que una elección tan insólita fuese acompañada por alguna manifestación extraordinaria y, en efecto, sucedió un prodigio que colmó de desaliento a las autoridades religiosas. Las respuestas del oráculo cesaron imprevista y totalmente. Ninguna revelación era otorgada al principal oficiante mientras dormitaba; ningún acceso de frenesí profético atronaba desde el santuario, y las epístolas de los suplicantes se amontonaban sin respuesta sobre el altar mayor hasta constituir un desesperanzado estorbo. Como consecuencia inevitable, estas misivas rápidamente dejaron de llegar, y con ellas se interrumpió el flujo de ofrendas que ingresaba en el tesoro; los atrios permanecían vacíos por ausencia de feligreses y las únicas víctimas propiciatorias cuya carne humeaba en las cercanías del templo eran las que había sacrificado el mismo sacerdote, con la intención de aplacar la cólera de Apolo. El modesto hierofante cargó sobre sus espaldas toda la responsabilidad; no tenía dudas de que había provocado las iras de la deidad a causa de alguna impureza misteriosa pero atroz, y este veredicto suyo fue confirmado por la opinión unánime de cuantos consultó.

Un día se hallaba sentado en el templo, absorto en penosas meditaciones; mientras cavilaba la mejor forma de obtener su relevo de las funciones sagradas, se sintió sobresaltado por un ruido de pisadas, que ahora resultaba inusitado, y al levantar la cabeza columbró la presencia de una anciana. Su aspecto era más venerable que simpático. La reconoció como una de las oficiantes menores del templo.

—Reverenda madre —le dijo—, sin duda te acercas para que tus súplicas a la deidad se sumen a las mías, con el propósito de que se muestre dispuesta a indicar el motivo de su ira y la forma de aplacarla.

—No, hijo mío —respondió el venerable personaje—, no es mi intención suscitar innecesarias molestias a Apolo o a cualquier otra divinidad. Tengo en mis manos el poder de restaurar los esplendores de este santuario abandonado y, en la medida en que te muestres equitativo, estoy dispuesta a comunicarte el procedimiento. —Y como el atónito sacerdote no formuló ninguna respuesta, prosiguió—: Mi tarifa asciende a cien monedas de oro.

—¡Miserable! —exclamó el sacerdote, indignado—. Tus requerimientos mercenarios no hacen más que demostrar la vanidad de tus pretensiones como iniciada en los secretos de los dioses. ¡Fuera de mi vista de inmediato!

La anciana se retiró sin pronunciar una sola sílaba de protesta y el incidente pronto fue olvidado por el abatido sacerdote. Pero al día siguiente, a la misma hora, la anciana se presentó de nuevo ante él y dijo:

—Mi precio es *doscientas* monedas de oro.

Por segunda vez recibió orden de abandonar el lugar, a lo que por segunda vez obedeció sin quejarse. Pero el episodio ahora precipitó al sacerdote en muy serias reflexiones. Para su fantasía desosegada, la calmosa persistencia del vejestorio comenzaba a adquirir un matiz de índole sobrenatural. Consideró que los procedimientos de los dioses no son análogos a los nuestros y que en la conducta de ellos es más bien una regla que una excepción el empleo de caminos indirectos y de instrumentos inverosímiles para la realización de sus intenciones. Meditó además en la historia de la Sibila y de sus libros[3] y se estremeció al pensar que, a la larga, una obstinación inoportuna podía costarle al templo la pérdida de todos sus ingresos. Como resultado de sus reflexiones tomó la decisión de recibir a la anciana de una manera distinta, si llegaba a presentarse al día siguiente.

Con absoluta puntualidad, la mujer hizo su aparición y graznó:

—Mi precio es *trescientas* monedas de oro.

—Venerable embajadora del cielo —dijo el sacerdote—, te es concedido lo que reclamas. Libera mi pecho de su angustia tan pronto como puedas.

La anciana respondió con gesto rápido y expresivo: extendió la palma abierta y vacía de su mano, en la que

---

[3] Se cuenta que una de las sibilas ofreció a Tarquino II nueve volúmenes proféticos, por los que pedía un elevado precio. Rechazada la oferta, la sibila regresó al poco tiempo para vender al mismo precio seis volúmenes, ya que los tres restantes habían sido quemados. Tarquino volvió a desechar la proposición, y como era previsible poco después retornó la sibila con sólo tres volúmenes subsistentes, que fueron adquiridos al mismo precio y depositados en el templo capitolino. *(N. del T.)*

el sacerdote contó las trescientas monedas con toda la prontitud que le permitían las frecuentes interrupciones, requeridas por el vejestorio para depositar los sucesivos puñados en una bolsita de cuero y para examinar, con actitud entre desconfiada y afectuosa, cada una de las piezas de oro recibidas.

—Y ahora —observó el sacerdote cuando por fin completaron la operación—, cumple la parte que te corresponde en este convenio.

—La causa de que el oráculo permanezca en silencio —contestó la anciana— es la indignidad del oficiante.

—¡Qué desgracia! ¡Es lo que me temía! —suspiró el sacerdote—. Revélame ahora en qué consiste mi culpa.

—Consiste en lo siguiente —prosiguió la mujer—: en que las barbas de tu entendimiento todavía no han crecido, en que el cascarón de tu inexperiencia aún se adhiere a la simplicidad de tus aptitudes, en que tus sesos no guardan proporción con el cráneo que los recubre; en suma, para no distraerme excesivamente en la multiplicación de metáforas o en el abuso de epítetos superfluos, ocurre que eres un reverendo bobo.

Y mientras el desconcertado sacerdote permanecía en silencio, su interlocutora agregó:

—¿Puede existir algo más vergonzoso en un dignatario religioso que su ignorancia acerca de la naturaleza misma de la religión? ¿No sabes que el término, traducido al lenguaje de la verdad, significa el engaño que los pocos sabios ejercen sobre los muchos ignorantes, para beneficio de unos y otros pero más particularmente de los primeros? ¡Eres tan estúpido como las muchedumbres que hasta hace poco venían aquí para traer sus necedades, pero que ahora las llevan a otro sitio en provecho de hombres más sabios que tú! ¡Grandísimo imbécil que supones que Apolo mismo dicta los oráculos! ¿Cómo es posible semejante cosa, si no existe tal persona? ¿Se necesita, por casualidad, un milagro más grande que una aguja al rojo para la interpretación de estas epístolas?[4] En cuanto a la voz sobrenatural, en realidad procede de un receptáculo y, en cierto modo, de un funcionario sagrado, pues soy yo en persona quien pronuncia las palabras, mientras permanezco oculta en un nicho que me preparó tu lamentado predecesor, cuya amante fui en la juventud y cuya coadjutora llegué a ser en la vejez. Al presente, estoy dispuesta a servirte en la última de las tareas mencionadas. Deja que te guíe; reemplaza tu abyecta superstición por el sentido común, tu simplicidad infantil por una conducta prudente, tu inapropiada templanza por una majestuosa dignidad, tu presente situación ridícula e incómoda por la fama de santidad y la veneración de los hombres. Admitirás que el precio de trescientas monedas es insignificante.

El joven sacerdote prestaba atención al discurso del vejestorio con una expresión en la que se reflejaba la más aguda pesadumbre. Cuando la mujer terminó de hablar, el oficiante se puso de pie y, sin tomar en cuenta los esfuerzos de su fastidiosa compañera que trataba de retenerlo, salió apresuradamente del templo.

II

Tan pronto pudo hallarse en condiciones de elaborar un proyecto, la intención del joven sacerdote fue poner la mayor distancia posible entre su persona y la ciudad

[4] Opinión formulada por Luciano. *(N. del A.)*

de Dorileo. La predilección por deambular se fue adueñando de él imperceptiblemente y, antes de mucho tiempo, sus activas piernas lo trasladaron a través de una considerable porción del Asia. Sus necesidades sencillas eran satisfechas fácilmente con los frutos silvestres de las distintas comarcas, suplementados, cuando resultaba indispensable, con los productos obtenidos en el ejercicio de algún trabajo manual liviano. Gradualmente, el menosprecio de sí mismo, que al principio lo precipitó en la desesperación, fue tomando la forma de una irónica compasión por la estupidez de la humanidad, y el desasosiego que al comienzo lo empujó a buscar alivio en un cambio de escenario fue cediendo su lugar a un ánimo inquisitivo y observador. Aprendió a frecuentar el trato de los hombres pertenecientes a los más diversos sectores, con excepción de una sola clase, y se alegró al comprobar que el sórdido misticismo proveniente de su anterior educación poco a poco iba menguando a través de su contacto con el ancho mundo. De quienes pertenecían a una determinada esfera de la actividad humana realmente nada aprendió; se trataba de los sacerdotes, cuyo contacto rehuyó con escrupuloso cuidado, así como jamás entró en los templos de los dioses. A los adivinos, a los augures y a cuantos se arrogaban cualquier autoridad de índole sobrenatural los juzgaba con absoluto desprecio; y su regreso final a la tierra nativa se atribuye al hecho de que no pudo seguir adelante en el camino que transitaba sin afrontar el peligro de encontrarse con agoreros caldeos, magos persas y gimnosofistas indios [5].

[5] Gimnosofistas es el nombre conferido por los griegos a los miembros de una antigua secta filosófica de la India que llevaban una vida de contemplación y de extremo ascetismo y que fueron conocidos a

No abrigaba, empero, intención alguna de regresar a Frigia, y todavía se hallaba a considerable distancia de esa comarca cuando una noche, mientras permanecía sentado en la taberna de una pequeña localidad rural, sus oídos recogieron algunas palabras que suscitaron su interés.

—Tan cierto como el oráculo de Dorileo —decía un aldeano que parecía haber aseverado algo que sus contertulios juzgaban bastante dudoso.

El respingo súbito y el grito ahogado del ex sacerdote atrajeron hacia él todas las miradas, y se sintió obligado a preguntar, con el aspecto más indiferente que le fue posible asumir:

—¿Tanto renombre posee el oráculo de Dorileo por su veracidad?

—¿De dónde has salido, que ignoras algo tan sabido? —le interrogó el aldeano con cierto desdén—. ¿Jamás oíste hablar del sacerdote Eubúlides?

—¡Eubúlides! —exclamó el joven viajero—. ¡Es mi propio nombre!

—Puedes alegrarte de ello —apuntó otro de los presentes—: llevas el nombre de una persona pura y santa, de alguien que ha sido favorecido por los dioses propicios de manera notable. Además, tan hermoso y digno, según puedo asegurártelo porque le he visto desempeñar su sagrado ministerio. Y ahora que te observo desde más cerca, para decir la verdad, es sorprendente en qué medida te pareces a él. La diferencia consiste en que tu tocayo posee cierto aire divino, que en ti no resulta conspicuo de igual modo.

través de la información proporcionada por quienes acompañaron a Alejandro Magno en la expedición a Oriente *(N. del T.)*

—¡Divino! —profirió otro—. ¡Ésa es la palabra! Si Febo en persona oficiara en su propio santuario, no mostraría una figura más imponente que la de Eubúlides.

—Ni sería capaz de predecir el futuro con más exactitud —añadió un sacerdote.

—Ni formularía sus oráculos en versos más exquisitos —acotó un poeta.

—Sin embargo, ¿no resulta sumamente extraño —puntualizó otro de los contertulios— que, durante un prolongado período después de su designación, el buen Eubúlides no pudiera formular un solo oráculo?

—Así es; y también que el primero que llegó a formular predecía la muerte de una vieja que era oficiante del templo.

—¿Cómo? —gritó Eubúlides—. ¿Qué sucedió?

—El sacerdote pronosticó que la mujer iba a morir al día siguiente, lo cual sucedió tal como lo había anunciado. Se atragantó con una moneda de oro que no le pertenecía legítimamente y que estaba tratando de ocultar debajo de la lengua.

—¡Alabados sean los dioses por esta acción! —exclamó Eubúlides en voz baja—. Pero, ¡bah! ¿Quién puede admitir que los dioses existan? Porque si existieran, ¿cómo podrían tolerar una burla tan ruin? Proseguir con el engaño... bueno, admito que no hay más remedio; pero, ¡apropiarse de mi nombre! ¡Imitar mis rasgos! Por todos los dioses que no existen, tengo que denunciar el engaño o perecer en la empresa.

La mañana siguiente se levantó temprano y prosiguió su camino hacia la ciudad de Dorileo. Cuanto más avanzaba en esa dirección, más estridente se tornaba la fama del oráculo de Apolo y más enfáticos eran los testimonios acerca de la piedad, las dotes proféticas y los atractivos personales del sacerdote Eubúlides, cuyo parecido con el viajero era motivo reiterado de comentarios. Al acercarse a la ciudad comprobó que los caminos se hallaban hormigueantes de muchedumbres que se apresuraban en llegar al templo, con el propósito de asistir a una solemne ceremonia religiosa que estaba por realizarse. La seriedad del culto se confudía deliciosamente con el júbilo festivo, y Eubúlides, que al principio observó la aglomeración humana con profundo desprecio, comprobó que el disgusto imperceptiblemente iba cediendo ante la fascinación poética del espectáculo. Se vio obligado a admitir que la impostura que ansiaba desenmascarar era, por lo menos, el manantial de mucha felicidad inocente; casi deseaba que la importancia de la religión, considerada como un dinamismo de la conducta, hubiese sido propuesta a su apreciación desde este punto de vista, en vez del sórdido y repulsivo enfoque con que se lo había presentado la anciana oficiante.

En este ambiguo estado de ánimo, Eubúlides ingresó en el templo. Ante el altar mayor se hallaba el sacerdote que oficiaba, un joven que era y no era su propia imagen. Tomados los rasgos separados de uno y otro, el parecido era exacto; pero en el conjunto de la figura que presentaba el desconocido se ponía en evidencia una difusa impresión de majestad, de absoluto aplomo, de infinita superioridad, que excluía cualquier suposición y que sobrecogió a tal punto al joven sacerdote que su intención de precipitarse para denunciar al impostor y para arrojarle fuera del santuario quedó involuntariamente desechada de inmediato. Mientras permanecía confundido e indeciso, la voz melodiosa del hierofante resonó en el templo:

—Que el sacerdote Eubúlides se aproxime.

Esta llamada, naturalmente, suscitó la mayor sorpresa en todos los presentes con excepción de Eubúlides, quien emergió de la agitada y rumorosa multitud con toda premura y se enfrentó a su tocayo ante el altar. Un grito de asombro estalló en el gentío que contemplaba a uno y otro, cuya diferencia más notoria a juicio de la mayoría radicaba en la prestancia. Pero mientras los presentes seguían contemplando el encuentro, el sacerdote oficiante asumió proporciones colosales; una aureola de rayos luminosos, que oscurecía la luz solar, se revelaba en torno de su cabeza; rizos de jacinto se apiñaban sobre sus hombros, en tanto que sus ojos relucían con brillo sobrenatural; un carcaj colgaba sobre su espalda; una mano sostenía un arco sin tender; la grandeza y benignidad de su presencia parecían por igual haberse multiplicado diez veces. Eubúlides y la muchedumbre cayeron de rodillas simultáneamente, pues todos reconocieron a Apolo.

Por algunos momentos reinó un silencio absoluto, que finalmente quebró Febo:

—Bien, Eubúlides —interrogó, con la suave actitud burlona que es propia de un inmortal—, ¿te diste cuenta a la larga de que he permanecido demasiado tiempo ausente del Parnaso, ocupando tu lugar aquí, mientras tú te distraías con heréticos y bárbaros?

El avergonzado Eubúlides no respondió.

La deidad siguió diciendo:

—No pienses que has suscitado el disgusto de los dioses. Al abandonar sus altares para defender la Verdad, les tributaste el más grato de los sacrificios, acaso el único que pueda merecerles pleno agradecimiento. Pero ten presente, Eubúlides, en qué medida vuelves a experimentar la indignidad de los hombres para sobreponerte a los instintos de tu propia naturaleza. Tus sentimientos más sagrados no debieron quedar a merced de una bribona. Si el oráculo de Dorileo era una impostura, ¿no tenías un oráculo en tu propio pecho? Si la voz de la religión ya no seguía resonando desde el santuario, ¿acaso los vientos y las aguas también permanecían mudos o, por algún motivo, se habían apagado las estrellas sempiternas? Si no había un poder que ofreciera desde fuera los preceptos del oráculo, ¿no te fue posible advertir la existencia de un poder íntimo? Si no tenías nada que revelar a los hombres, ¿no podías haber hallado algo para sugerirles? Ten en cuenta lo siguiente: nunca experimentaste una emoción religiosa más auténtica que aquella que te indujo a abandonar mi templo, al que consideraste morada del fraude y de la superstición.

—Pero ahora, Febo —se atrevió a replicar Eubúlides—, ¿no he de retornar al santuario, purificado por tu presencia, para ser nuevamente ser tu indigno oficiante?

—No, Eubúlides —respondió Febo con una sonrisa—; la plata es buena pero no sirve para rejas de arado. Tu extraña experiencia, tu largo deambular, tus meditaciones solitarias, tu variada frecuentación de la especie humana, han estropeado las aptitudes del sacerdote, al tiempo que de buena gana confío en que te hayan capacitado como sabio. Fácilmente podrá encontrarse una persona digna que se haga cargo de este templo; y con ayuda de la inspiración que de vez en cuando me parezca adecuado proporcionarle, estará en condiciones de manejar los asuntos del santuario bastante bien. Tú, Eubúlides, consagra tu capacidad a realizar una tarea más importante que el servicio de Apolo, a emprender una labor que perdure cuando *su* culto ya no sea recordado ni en Delfos ni en Delos.

—¿En qué consiste esa labor, Febo? —preguntó Eubúlides.

—En servir a la humanidad, hijo mío —respondió Apolo.

EL DUQUE VIRGILIO[1]

I

Los ciudadanos de Mantua estaban hartos de revoluciones. Habían reconocido la autoridad del emperador Federico y la desecharon. Habían nombrado su propio *podestà* y lo depusieron. Habían expulsado al legado pontificio, por lo que incurrieron en excomunión. Habían probado la eficacia de dictadores, cónsules, pretores, concejos de diez y de otros números pares o nones, y antes de promediar el siglo XIII disfrutaban de los placeres originados en una perfecta anarquía.

Una asamblea se reunía a diario para buscar remedio a la situación, pero sus miembros tenían prohibido sugerir algo viejo y eran incapaces de inventar algo nuevo.

—¿Por qué no consultamos a Manto, la hija del alquimista, que es nuestra profetisa, nuestra Sibila? —preguntó finalmente el joven Benedetto.

—¿Por qué no? —repitió Eustachio, un hombre ya anciano.

---

[1] La anécdota de este relato procede de la novela de Leopold Schefer, *Die Sibylle von Mantua,* si bien hay escasa analogía de incidentes. Schefer cita a Friedrich von Quandt como autoridad acerca del hecho de que los mantuanos hayan efectivamente elegido a Virgilio como su gobernante en el siglo XIII; pero tal suposición parece fundarse en la mera interpretación de las leyendas que exhibían una imagen medieval del poeta. *(N. del A.)*

—Ciertamente, ¿por qué no? —interrogó Leonardo, un hombre de edad madura.

Todos los que hablaban eran nobles. Benedetto era el amante de Manto; Eustachio era amigo del padre de la vidente; Leonardo era acreedor del alquimista. El criterio que éstos sustentaban se impuso y fue elegida una delegación de tres miembros, que tendría a su cargo visitar a la profetisa. Antes de cumplir con su misión, los tres enviados consiguieron realizar entrevistas privadas: los dos de mayor edad, con el padre de Manto; el muchacho, con Manto en persona. El acreedor prometió que si era designado duque por el influjo que el alquimista hubiese ejercido en su hija, condonaría la deuda; el amigo llegó más lejos y prometió pagarla. El anciano aseguró a ambos su intercesión favorable, pero cuando se dirigió a conversar sobre el asunto con su hija comprobó que ésta se había encerrado a solas con Benedetto y regresó sin haber satisfecho el encargo. El joven, que se había arrodillado, acababa de ponerse de pie suplicante y trazaba rosadas imágenes de la felicidad que compartirían cuando se le designase duque y ella fuera duquesa.

Manto respondió:

—Benedetto, en toda Mantua no hay un solo hombre que sea apto para gobernar a los otros. Designar a cualquier persona viviente significaría imponerle un tirano a la ciudad en que nací. Apelaré a las sombras y buscaré un gobernante entre los muertos.

—¿Y por qué no habría de tener Mantua un tirano? —reclamó Benedetto—. La emancipación del obrero es la esclavitud del noble, quien no valora la libertad salvo en la medida en que impone a las clases bajas el cumplimiento de sus órdenes. Para un hombre refinado es un infierno advertir que su sastre le contradice. Si pudiera tener la certeza de que los granujas deberán someterse a mis deseos, poco me importaría aceptar la autoridad del emperador.

—Lo sé demasiado bien, Benedetto —dijo Manto—, y por ello me cuidaré muy bien de recomendar a Mantua que te elija. No; el duque que le otorgaré no tendrá pasiones que gratificar u ofensas que vengar, y ya estará investido con una corona que ha de convertir el birrete ducal en una nadería para sus ojos, si acaso llega a tener ojos.

Benedetto se marchó muy disgustado y el alquimista entró para anunciar que los enviados aguardaban.

—Mis trabajos de trasmutación —susurró— sólo requieren una pieza de oro más para alcanzar el éxito, y Eustachio ofrece treinta. ¡Otórgale, hija mía, la ciudad de Mantua a cambio de incontables riquezas!

—¡Y pensar que te llaman filósofo y a mí profetisa! —observó Manto acariciándole la mejilla.

Una vez expuesta la misión de los enviados, la vidente no vaciló un instante en replicar:

—¡Que Virgilio sea vuestro duque!

Los delegados respetuosamente señalaron que, si bien había sido fuera de toda duda el más eminente ciudadano de Mantua, Virgilio afrontaba el grave impedimento de que había muerto más de mil doscientos años antes. Sin embargo, nada más pudo extraérsele a la profetisa, y los embajadores se vieron obligados a marcharse.

Por supuesto, la tarea de interpretar el oráculo de Manto suscitó grandes diferencias de opinión en el concejo.

—Manifiestamente —declaró un poeta—, la profetisa desea que confiramos la dignidad ducal al bardo contemporáneo que más se aproxime a las cualidades del divino Marón; y a mi juicio, es posible hallarlo en medio de los presentes.

—El poeta Virgilio —opinó el sacerdote, que durante mucho tiempo se había visto expuesto a la sospecha de prácticas ocultas— no fue más que un estúpido en comparación con el hechicero Virgilio. La pitonisa propone a alguien capaz de meter el demonio en un agujero, operación que he tratado de cumplir a lo largo de toda mi vida[2].

—¿Eres capaz de poner nuestra ciudad en equilibrio sobre un huevo? —preguntó Eustachio[3].

—Mejor sobre un huevo que sobre un mero charlatán —replicó el sacerdote.

Pero ésa no era la opinión del mismo Eustachio, quien conferenció privadamente con Leonardo. Eustachio tenía carácter pero no talento; Leonardo poseía talento, pero estaba desprovisto de carácter.

—No comprendo por qué estos estúpidos habrían de burlarse del oráculo que nos proporcionó la vidente —dijo este último—. Su propósito era inculcarnos que un gobernante muerto es en variados aspectos preferible a uno vivo.

---

[2] En el *Romance of Virgilius* se lee: «Entonces dijo Virgilio: "¿Eres capaz de introducirte en el agujero del que saliste?". "Sí, con toda seguridad", respondió el diablo. "Apuesto lo que quieras a que no podrás hacerlo." "Bien —contestó el diablo—, acepto el desafío." Y el diablo se esforzó en penetrar otra vez por el agujerito hasta que logró introducirse. Virgilio volvió a clausurar la entrada, y así el diablo fue engañado, de modo que no pudo salir nuevamente y aún permanece aprisionado en tal sitio». *(N. del A.)*

[3] También se lee en el *Romance of Virgilius:* «Entonces se le ocurrió instalar sobre el mar una hermosa ciudad con grandes tierras que la circundaban; con su habilidad, así lo hizo y la llamó Nápoles. Su cimiento consistía en huevos». *(N. del A.)*

—Sin duda —convino Eustachio—, siempre que el súbdito sea un hombre de carácter ejemplar, dispuesto a no aprovecharse del alejamiento de su señor a otro ámbito, de modo que no se considere por ese motivo con derecho a cometer transgresiones impunemente; por el contrario, debe conducirse como si en todo momento su gran caudillo le estuviera vigilando.

—Eustachio —dijo Leonardo con admiración—, la desgracia de Mantua consiste en que ninguno de sus ciudadanos sabe obrar ni la mitad de bien de como tú eres capaz de hablar. De buena gana seguiría conversando contigo.

Los dos estadistas juntaron sus cabezas, y antes de que hubiese transcurrido mucho tiempo se escuchaba el clamor del populacho:

—¡Queremos un Virgilio! ¡Queremos un Virgilio!

Los concejales volvieron a reunirse y tomaron decisiones.

—Pero, ¿quiénes serán los regentes? —inquirió alguien, una vez que Virgilio hubo sido elegido por unanimidad.

—¿Quiénes salvo nosotros? —preguntaron Eustachio y Leonardo—. ¿Acaso no somos los jefes del partido virgiliano?

De tal forma la entusiasta Manto, la más pura entre los idealistas, puso el poder en manos de los dos políticos más deshonestos de la república y, por añadidura, perdió a su amante, pues Benedetto escapó de la ciudad jurando vengarse.

Sea como fuere, el difunto poeta fue entronizado duque de Mantua. Eustachio y Leonardo se convirtieron en regentes, con la denominación de cónsules, y se estableció que en las circunstancias dudosas se echara mano a las *Sortes Virgilianae*[4]. Y a decir verdad, si hemos de confiar en las crónicas, este arreglo funcionó por algún tiempo sorprendentemente bien. De una manera irracional, los mantuanos habían logrado lo que a todas las comunidades corresponde obtener racionalmente, si se muestran capaces de ello. Habían buscado un ciudadano bueno y digno que les gobernara; la desgracia consistía en que esas cualidades sólo pudieron hallarlas en un muerto. Se sintieron más orgullosos de sí mismos, pues les gobernaba una figura prominente, alguien que por comparación transformaba a reyes y pontífices en criaturas efímeras. En la medida de las posibilidades, trataron de no deshonrarse para no deshonrar a su héroe; no querían que se dijera que Mantua, bastante vigorosa como para engendrarle, había sido suficientemente débil como para no soportar su gobierno. Hasta los vendedores callejeros y los usureros mantuanos percibían oscuramente que existía algo denominado Ideal. Un pálido resplandor comenzó a iluminar a los barones recubiertos con cotas de malla y dotados con puños de acero, quienes vislumbraron la presencia de algo que se denominaba Idea y sintieron un receloso desasosiego, semejante al que exhiben los animales de presa que por primera vez huelen la pólvora. Las burlas y escarnios de las poblaciones cercanas a Mantua estimularon, empero, la voluntad mantuana de perseverar en el camino

---

[4] A partir de su muerte, Virgilio suscitó una creciente veneración que llegó a tener la magnitud de un culto supersticioso. En especial, adquirió fama de mago y se le atribuyeron poderes excepcionales. Se decía, por ejemplo, que era posible predecir el futuro si se abría al azar un volumen de sus obras y se leía el primer verso surgido a la vista del consultante. A este procedimiento adivinatorio se le denominó *Sortes Virgilianae*. *(N. del T.)*

elegido, lo cual alejó a sus habitantes de cualquier acción que los mostrara ineptos. Verona, Cremona, Lodi, Pavía, Crema, las ciudades que jamás pudieron exaltar a su gobierno al Virgilio que nunca habían llegado a engendrar, ¿acaso no estaban observando con mal disimulada expectativa, deseosas de que los mantuanos dieran un traspié? El taimado Eustachio y el rapaz Leonardo, virtuales gobernantes de la república, ciertamente podían mostrarse poco dispuestos a compartir este entusiasmo, pero no estaban en condiciones de ignorar la tendencia predominante en la opinión pública que se expresaba sin vacilaciones: «Mantua está embarcada en un gran experimento. ¡Ay de aquellos que lo hagan fracasar a causa de sus disputas egoístas!»

La mejor prueba de que en la idea de Manto había algo significativo consistió en que, al cabo de un tiempo, el emperador Federico empezó a alarmarse e indicó a los mantuanos que debían cesar en sus pantomimas y mamarrachadas y tenían que reconocerle como jefe de la república. Si no se sometían a tal exigencia, procedería a sitiar la ciudad.

II

Mantua se hallaba circundada por un cinturón de hierro y fuego. Sus villas y heredades ardían o humeaban; sus huertos refulgían en el cielo con un torrente de chispas o mostraban troncos secos, renegridos, que se habían carbonizado hasta lo más íntimo de su pulpa; la promisión de sus cosechas yacía en tierra convertida en una ceniza gris. Pero los baluartes, aunque perforados en algunos sitios, seguían guarnecidos por los hijos de la ciudad; y los atacantes se replegaban, diezmados por las flechas o aturdidos por las catapultas de los defensores. El *Kaiser* Federico permanecía en su tienda, donde daba audiencia a alguien que, enmascarado, había huido furtivamente de Mantua en las penumbras de la madrugada. Junto al emperador se mantenía de pie una figura elevada y marcial, cuya cara se hallaba oculta tras un yelmo que jamás se quitaba.

—Majestad —estaba diciendo Leonardo, porque no era otro el que se encontraba ante el monarca—, esta locura pronto se desvanecerá. La gente acabará cansándose de los sacrificios que hace en beneficio de un pagano difunto.

—¿Y la libertad? —preguntó el emperador—. ¿No es el vocablo favorito de estas criaturas descarriadas?

—Tan favorito, me atrevo a sugerir a Su Majestad, que si se les otorga el uso del vocablo desecharán sin inconvenientes su significado. No aconsejo que se oprima el yugo imperial de manera demasiado perceptible en torno de sus obstinadas gargantas. Que se les autorice a elegir su magistrado, pero con la precaución de que sea escogida una persona de incuestionable fidelidad, dispuesta a poner en práctica obsequiosamente todas las decisiones de Su Majestad; alguien, en suma, que sea un vasallo tan sumiso al emperador como lo es Leonardo. Bastará con decapitar a Eustachio, que es un peligroso revolucionario.

—¿Y los ciudadanos están realmente dispuestos a ello?

—Todos los ciudadanos respetables; todos los que Su Majestad debe tomar en cuenta; todos los hombres de posición y fortuna.

—Me alegra oírlo —dijo el emperador—, y creo en tu palabra con tanta mayor prontitud en razón de que un ciudadano sumamente virtuoso y honorable ya ha coincidido de antemano contigo, al asegurarme lo mismo que tú me acabas de expresar y al indicarme que sólo un traidor cuyo nombre, me parece, sonaba igual al tuyo se interpone entre mi persona y el sometimiento de Mantua.

Y procedió a correr una cortina que ocultaba la presencia de Eustachio.

—Pensé que se hallaba dormido —murmuró Eustachio.

—¡Que este zoquete se me haya adelantado! —murmuró Leonardo.

—Lo que me desconcierta —prosiguió Federico, después de disfrutar por unos instantes de la confusión que ambos exhibían— es el hecho de que nuestro amigo enmascarado con el yelmo, aquí presente, esté dispuesto a sostener que *él* es el hombre conveniente para asumir el ducado y se ofrece a abrirme las puertas de la ciudad por medio de un método propio.

—Con procedimientos limpios y, para satisfacción de mi señor —observó el individuo del yelmo—, no por medio de tan viles felonías.

—¡Qué inhumano! —suspiró Eustachio.

—¡Qué anticuado! —se burló Leonardo.

—A decir verdad —agregó Federico—, esta persona tiene graves dudas de que cualquiera de vosotros cuente con la influencia que alegáis poseer y ha ideado un recurso para ponerla a prueba, el cual confío que aprobaréis.

Leonardo y Eustachio declararon que estaban dispuestos a poner a prueba de inmediato el prestigio de que gozaban entre sus conciudadanos, siempre que ello se llevara a cabo en condiciones razonables.

—Bien —siguió diciendo el emperador—, propone que, desarmados y maniatados, se os sitúe a la cabeza de la columna de ataque y que en esa posición, en la medida en que resultéis incuestionables, procedáis a ejercer toda vuestra influencia moral para disuadir a vuestros conciudadanos de que disparen contra vosotros. Si la columna protegida de ese modo entra en la ciudad sin hallar resistencia, ambos habréis ganado el ducado y el problema de quién lo ejercerá podréis resolverlo en un combate individual. Pero en el caso de que los habitantes opten por dar impía muerte a los magistrados que eligieron antes que someterse a nuestra clemencia, entonces resultará evidente que los métodos propuestos por nuestro marcial amigo son los únicos que convienen a las exigencias de la coyuntura. ¿La columna de ataque está ya pronta?

—Sólo falta la primera fila, Majestad —respondió el hombre del yelmo.

—Que se proceda a pertrecharla —ordenó Federico.

Al cabo de media hora, Eustachio y Leonardo, con las manos atadas a la espalda, iban dando traspiés en dirección a la brecha abierta en el muro, empujados desde atrás por las picas y enfrentados por las catapultas, los caballos frisones, las trampas ocultas, los proyectiles inflamables y el agua hirviendo, que se utilizaban de conformidad con las órdenes impartidas por los mismos cónsules y que en la víspera les habían demostrado poseer la eficacia deseada. Disponían, empero, del uso pleno de sus voces, de lo cual sacaron todo el provecho posible. Jamás Leonardo se había mostrado tan persuasivo ni Eustachio tan patético. Los mantuanos, que ya sufrían la desorganización producida por la inexplicable fuga de sus dignatarios, vacilaban acerca del camino que debían seguir. Mientras permanecían indecisos, el jefe enmascarado por el yelmo animaba a sus seguidores. Todo parecía perdido cuando surgió entre los defensores una espigada figura de mujer. Era Manto.

—¡Cobardes e inútiles! —gritaba—. ¿Ha de ser una mujer quien os enseñe cuál es vuestro deber?

Instalada en una catapulta, la profetisa lanzó una piedra que derribó al guerrero enmascarado y lo dejó aturdido e inerte. Al instante siguiente Eustachio y Leonardo yacían muertos, alcanzados por una lluvia de flechas. Los mantuanos hicieron una salida, mientras las fuerzas imperiales, desalentadas, huían hacia su campamento.

Los cuerpos de los magistrados difuntos y del desvanecido jefe del rostro enmascarado fueron conducidos a la ciudad. Manto en persona quitó el yelmo al hombre abatido y dio un aterrador grito al reconocer a Benedetto.

—¿Qué haremos con él, señora? —le preguntaron.

Manto guardó largo silencio, desgarrada por emociones opuestas. Por fin dijo en una voz extraña, forzada:

—Trasladadlo a la Torre Cuadrada.

—Y ahora, señora, ¿qué debemos hacer? ¿Cómo se elegirán los nuevos cónsules?

—No me preguntéis más —replicó—. No volveré a formular profecías. He perdido la capacidad para ello.

Los caudillos se retiraron para cabildear la obtención de los cargos vacantes y para discurrir acerca de las torturas que se impondrían a Benedetto. Manto se sentó sobre la muralla y permaneció inmóvil y silenciosa como sus piedras. Pronto se puso de pie y deambuló con aspecto desconcertado, mientras recitaba textos de Virgilio.

Cayó la noche. Benedetto yacía insomne en su celda. Una figura femenina se detuvo ante él llevando una lámpara. Era Manto.

—Benedetto —dijo—, soy una miserable, infiel a mi tierra y a mi maestro. Acabo de abrir al azar su sagrado libro y ¿en qué se fijaron de inmediato mis ojos? En esto: *Trojaque nunc stares, Priamique arx alta maneres*[5]. Pero no soy capaz de otra cosa. Soy una mujer. ¡Que Mantua jamás vuelva a confiar su destino en alguien semejante a mí! Ven conmigo, te pondré en libertad.

Le quitó las cadenas y lo guió a través de un pasaje secreto que corría por debajo del foso; permanecieron al aire libre, en la salida.

—Huye —dijo la muchacha—y jamás vuelvas a desenvainar la espada contra tu madre. Regresaré a mi casa y haré conmigo lo que debí hacer antes de liberarte.

—Manto —exclamó Benedetto—, otorga una tregua a tanta locura. Abandona a tu difunto duque y desecha este simulacro de libertad, todavía más absurdo y fantástico. ¡Une tu vida a un duque viviente, casándote conmigo!

—¡Jamás! —declaró Manto—. Te quiero más que a ningún hombre viviente en la tierra y juro que no me desposaría contigo aunque en la tierra no hubiese otro hombre.

—No puedes evitarlo —le replicó—; me has revelado la existencia de este pasaje secreto. Me apresuraré a volver al campamento. En una hora regresaré con el

[5] *Eneida,* II, verso 56. Eneas evoca las recomendaciones que hizo Laocoonte para que el caballo que habían dejado los griegos fuese destruido y reflexiona que si se hubiera prestado oídos a este sabio consejo «aún subsistirías, Troya, y la elevada ciudadela de Príamo se mantendría firme». *(N. del T.)*

ejército y, quieras o no, el sol de mañana te verá compartir mi trono.

Manto llevaba un puñal, que clavó en el corazón de Benedetto. Cuando éste se desplomó muerto, la muchacha llevó el cadáver de vuelta al pasaje y se apresuró a regresar a su casa. Abrió nuevamente el libro de su maestro y leyó: *Taedat coeli convexa tueri*[6]. Poco después el padre de Manto entró en el aposento de su hija para comunicarle que, por fin, había hallado la piedra filosofal; pero al advertir que la muchacha se había ahorcado con su ceñidor, se abstuvo de molestarla y regresó a su laboratorio.

La hora había llegado. Un centinela de los sitiadores había observado la caída de Benedetto y la desaparición del cuerpo bajo tierra. Un charco de sangre reveló la entrada al pasaje. Antes del amanecer Mantua se hallaba atestada de soldados de Federico, así como de casas incendiadas, de santuarios saqueados, de damiselas violadas, de niños que jugaban con los pechos de sus madres muertas y, especialmente, de ciudadanos que declaraban haber anhelado siempre la restauración del emperador y que aseguraban vivir el más feliz de sus días. Federico esperó hasta que todos fueran aniquilados y luego entró en la ciudad y dispuso una amnistía. El busto de Virgilio fue derribado y se quemaron sus obras junto con el cadáver de Manto. Las llamas resplandecieron en la cara de la muerta, que brilló como si se mostrara complacida. Al anciano alquimista le mataron entre sus crisoles; *sus* manuscritos fueron preservados con celoso cuidado.

---

[6] *Eneida*, IV, verso 451. Abandonada por Eneas, Dido decide morir. En tales circunstancias, «le resulta penoso contemplar la bóveda celeste». *(N. del T.)*

Pero Manto halló otro padre. Estaba sentada a los pies de Virgilio, en los Campos Elíseos; y cuando éste acarició la hermosa cabeza, ahora dorada con la juventud perpetua, la muchacha escuchó los suaves reproches del poeta y sus joviales oráculos. Junto a la recién llegada había un recipiente con agua del Leteo que aún no había sido bebida.

—¡Ay! —dijo Virgilio, pese a que su gesto contradecía las palabras—. ¡Ay del idealista y del entusiasta! ¡Ay de aquellos que viven en el mundo que vendrá! ¡Ay de quienes sólo existen para una esperanza cuya realización no verán en la tierra! Por lo tanto, no bebas de ese recipiente, mi niña, pues acaso llegue el día del duque Virgilio y el olvido te impida enterarte. Porque llegará, y mucho antes de lo que supones, para aflicción y consuelo tuyos.

MADAME LUCIFER

LUCIFER le estaba disputando al Hombre una partida de ajedrez en la que se hallaba en juego el alma de éste. El curso de la acción era manifiestamente desfavorable para el Hombre, a quien sólo le quedaban unos pocos y dispersos peones. Lucifer, en cambio, tenía torres, caballos y, por supuesto, alfiles[1]. Resultaba natural que en tales circunstancias el Hombre no mostrara gran prisa en hacer su jugada. Lucifer se tornó impaciente.

—Es una lástima —dijo por fin— que no hubiésemos fijado un límite de tiempo para que cada participante haga su jugada, o abandone.

—Por favor, Lucifer —replicó el joven jugador, con acento desgarrador—; no es la inminente pérdida de mi alma lo que me acobarda, sino la pérdida de mi prometida. ¡Cuando pienso en la aflicción de lady Adeliza, dechado de encanto terrenal!

Sus palabras fueron ahogadas por lágrimas, y Lucifer se sintió conmovido.

—¿El encanto de lady Adeliza es realmente tan extraordinario? —preguntó.

—¡Es una rosa, un lirio, un diamante, un lucero matutino!

[1] En inglés los alfiles se denominan *bishops;* es decir, «obispos». *(N. del T.)*

171

—En tal caso —contestó Lucifer—, debes tranquilizarte. A lady Adeliza no le faltará consuelo. Asumiré tu aspecto y la cortejaré en tu reemplazo.

El joven no pareció demasiado reanimado por esta promesa, que Lucifer sin duda tenía intención de cumplir. Hizo un movimiento desesperado sobre el tablero. Y en un instante había desaparecido, después de que el Diablo le hubo dado mate.

—Doy mi palabra de honor de que, si hubiera sabido en qué asunto me metía, no creo que me hubiera comprometido a ello —reflexionó en voz alta el Diablo, que exhibía el aspecto de su cautivo y ocupaba el alojamiento de éste, mientras examinaba los bienes que ahora debía administrar. Incluían chaquetas, cuellos, corbatas, floretes, cigarros y otras cosas análogas *ad libitum;* y el patrimonio no incluía mucho más, con excepción de tres recusaciones, diez mandamientos judiciales y setenta y cuatro facturas impagadas, elegantemente distribuidas alrededor del espejo. En elogio del pobre muchacho debe agregarse que sólo había esquelas amatorias procedentes de lady Adeliza.

Anotada prolijamente la dirección de ésta, el Diablo salió impetuosamente y nada le habría puesto a salvo de las garras de dos oficiales de justicia que acechaban en la escalera principal, si no fuera porque ignoraba la topografía de la casa, circunstancia que le indujo a utilizar la escalera de servicio. Saltó a un coche de punto, que le permitió escapar a la persecución de un perfumero y de un zapatero, y al cabo de breve lapso se halló a los pies de lady Adeliza.

Cuanto le había sido referido no alcanzaba ni a la mitad de lo que era el hecho real. ¡Qué belleza, cuánto ingenio, cuánta corrección en la conducta! Lucifer se despidió de ella convertido en un demonio perdidamente enamorado. Ni siquiera la madre de Merlín le había producido tal impresión[2]. Por su parte, Adeliza nunca había hallado a su enamorado ni la centésima parte de interesante, en comparación con lo que parecía esa mañana.

Lucifer marchó de inmediato a la City[3], donde para la ocasión asumió su propio aspecto y pudo gestionar un préstamo sin la menor dificultad. Pronto fueron canceladas todas las deudas y Adeliza se sintió asombrada ante el esplendor y la variedad de los regalos que constantemente recibía.

Lucifer prácticamente había hecho todo lo necesario salvo formalizar las relaciones, cuando se le informó que un caballero de aspecto clerical deseaba hablarle.

—Supongo que quiere dinero para una nueva iglesia o misión —dijo—. Hágalo pasar.

Pero cuando el visitante fue introducido, Lucifer comprobó con desagrado que no era un clérigo terrenal, sino un santo celestial; un santo, por añadidura, con el que Lucifer nunca se había podido entender. Durante su permanencia en la tierra había servido en el ejército y su forma de hablar era sintética, precisa, terminante.

—Vine a verle —informó— para notificarle que he sido designado Inspector de Demonios.

—¡Cómo! —exclamó Lucifer, consternado—. ¡En el puesto que desempeñaba mi viejo amigo Miguel!

—Demasiado viejo —acotó el santo lacónicamente—.

---

[2] Merlín, el célebre mago de la leyenda arturiana, era hijo del Diablo, quien sedujo a una doncella de incomparable belleza. *(N. del T.)*
[3] Centro comercial de Londres, sede de los principales bancos ingleses. *(N. del T.)*

Millones de años más viejo que el mundo. ¿Me equivoco si sugiero que tiene la misma edad que usted?

Lucifer dio un respingo al recordar el asunto personal que tenía entre manos. El santo prosiguió:

—Soy una escoba nueva y se espera que barra bien. Le prevengo que pienso ser estricto, y hay un asuntito que debo resolver de inmediato. Usted está a punto de casarse con la prometida de ese pobre muchacho, ¿no es así? Bien, como no escapa a su conocimiento no puede tomar la esposa que le pertenece a él, a menos que le dé la suya.

—Pero mi querido amigo —vociferó Lucifer—, ¡qué perspectiva tan inefablemente venturosa me ofrece usted!

—Nada sé al respecto —informó el santo—. Debo recordarle que el poder ejercido en las regiones infernales está inalterablemente vinculado a la persona de la presente reina de la comarca. Si se separa de ella, inmediatamente pierde toda su autoridad y posesiones. Me importa un comino lo que haga, pero debe tener presente que no puede beneficiarse con una cosa sin sacrificar la otra. Eso es todo. ¡Buenos días!

¿Quién sería capaz de describir el conflicto que se suscitó en el ánimo de Lucifer? Si alguna pasión ardía en su interior con fuego más abrasador que su amor por Adeliza, consistía en la aversión que sentía por su consorte, y la combinación de ambas cosas resultaba casi irresistible. ¡Pero la alternativa era destronarse a sí mismo, degradado a la humillante condición de pobre diablo!

Se sintió incapaz de tomar una decisión e hizo venir a Belial, ante quien expuso el problema y al que solicitó consejo.

—¡Es una vergüenza que el nuevo inspector no te permita casarte con Adeliza! —se lamentó el consejero—. Si llegas a realizar tu proyecto, mi opinión personal me induce a sospechar que cuarenta y ocho horas después sentirás el mismo afecto por ella que el que actualmen‑te demuestras por *Madame* Lucifer, ni más ni menos. Tus intenciones, ¿son realmente honorables?

—Tenlo por seguro —respondió el interrogado—; ha de resultar para Lucifer el partido ideal.

—Tanto más estúpido de tu parte —le advirtió Belial—. Si logras tentarla a que cometa un pecado, será tuya sin que debas someterte a condiciones de ninguna especie.

—¡Ay, Belial! —reflexionó Lucifer—. No me resigno a convertirme en el tentador de tanta inocencia y encanto.

Y esta confesión era sincera.

—Bueno, entonces déjame probar a mí —propuso Belial.

—¿A ti? —respondió Lucifer desdeñosamente—. ¿Crees acaso que Adeliza fijará sus ojos en *ti?*

—¿Por qué no? —respondió Belial, contemplándose muy satisfecho en el espejo.

Era jorobado, cojo y sus cuernos asomaban por debajo de la peluca.

El debate concluyó en una apuesta, después de la cual Lucifer no pudo volverse atrás.

El infernal Iachimo[4] fue presentado a Adeliza como un distinguido extranjero, y muy pronto se embarcó en los galanteos con todo el éxito que Lucifer le había anunciado. Una circunstancia le favorecía a la vez que le

---

[4] Personaje de *Cymbeline,* de Shakespeare; para ganar una apuesta trata de obtener los favores de Imogen y, cuando es rechazado, forja pruebas falsas de su éxito. *(N. del T.)*

desconcertaba: la absoluta incapacidad de Adeliza para comprender qué pretendía. En definitiva, no tuvo más remedio que poner las cosas en claro, para lo cual exhibió un inmenso tesoro que ofrecía a Adeliza a cambio de que traicionara a su enamorado. La tempestad de indignación que se desencadenó hubiera desalentado a cualquier demonio común, pero Belial permaneció imperturbable mientras escuchaba. Cuando Adeliza agotó sus invectivas, con una sonrisa Belial se burló de ella por su afecto a un enamorado indigno, de cuya infidelidad estaba dispuesto a dar pruebas. Frenética a causa de los celos, Adeliza admitió el ofrecimiento y en un abrir y cerrar de ojos se encontró en las regiones infernales.

Tal como había previsto Belial, la llegada de Adeliza al Pandemonio ocurrió inmediatamente después de que se recibiera un mensaje de Lucifer, en cuyo ánimo había triunfado finalmente el amor, por lo que telegrafió su abdicación en favor del prometido de Adeliza, a quien era transferida *Madame* Lucifer. El pobre muchacho acababa de ser arrebatado de las regiones más profundas y se veía asediado por legiones de demonios que obsequiosamente le abrumaban con toda clase de tesoros, deseosos de que los aceptara. Se le erizaron los cabellos, perplejo y confuso, incapaz de comprender su situación ni siquiera en el más ínfimo grado. A la distancia, demonios graves y circunspectos, príncipes de la comarca infernal, debatían los sucesos recientes y, en particular, intercambiaban opiniones acerca de cómo transmitir las noticias a *Madame* Lucifer, tarea de la que ninguno parecía dispuesto a hacerse cargo.

—Permanece en el lugar en que te hallas —susurró

Belial a Adeliza—. No te muevas, y podrás poner a prueba la constancia de tu amado en cinco minutos.

Ni siquiera todo el desorden, arrebato y griterío de los malignos hubiera apartado a Adeliza del lado de su amado en condiciones normales; pero ¿qué importa el infierno entero para quien siente celos? En menos tiempo de lo prometido, Belial regresó en compañía de *Madame* Lucifer. La negra vestidura de esta dama, por la que chorreaba sangre, ofrecía un agradable contraste con el amarillo sulfuroso de su tez; la ausencia de pelo era compensada por la longitud extraordinaria de las uñas; tenía una edad que alcanzaba a mil millones de años y, salvo por el vigor muscular notable, mostraba cuánto tiempo había transcurrido en su existencia. La furia en que la habían precipitado las noticias transmitidas por Belial era indescriptible; pero en cuanto vio al bello joven, una nueva especie de pensamientos pareció adueñarse de su mente.

—¡Que se vaya ese monstruo! —exclamó—. ¿A quién le importa? Ven, amor mío, asciende al trono conmigo y comparte el imperio y los tesoros de tu cariñosa Luciferita.

—¡Salvadme! —gritó el muchacho—. ¡Llevadme a cualquier parte! ¡Adonde sea, con tal de que resulte un sitio inaccesible! ¡Oh, Adeliza!

De un salto Adeliza se encontró a su lado. Estaba lanzando una mirada triunfante a la frustrada Reina del Infierno, cuando imprevistamente su expresión cambió y dio un estridente grito. Ante ella había dos adoradores que eran idénticos en cada rasgo y en cada detalle del vestuario, al punto de que era imposible diferenciarlos, inclusive si se apelaba a los ojos del Amor.

Lo sucedido consistía en que Lucifer, deseoso de arrojarse a los pies de Adeliza para rogarle que no siguiera postergando su felicidad, quedó atónito ante las noticias de que su amada se había fugado con Belial. Temeroso de perder a su esposa y dominios juntamente con el motivo de su afecto, se había precipitado hacia las regiones infernales con tal premura que no había tenido tiempo de cambiar sus ropas. De aquí el equívoco que confundió a Adeliza, si bien la salvó simultáneamente de que *Madame* Lucifer, no menos desconcertada, la despedazara.

Al advertir la situación, Lucifer, con un sentimiento de verdadera caballerosidad, retomó su propio aspecto y sin dilación las garras de *Madame* Lucifer se plantaron en las barbas de su cónyuge.

—¡Querida mía! ¡Mi amor! —exclamó a borbotones el Diablo, de manera tan audible como su mujer le permitía—. ¿Es ésa la manera de recibir a tu entrañable Satancito?

—¿Quién es esta mujer? —exigió *Madame* Lucifer.

—Ni la conozco —gritaba el maltratado Lucifer—. Nunca la vi hasta este momento. ¡Sáquenla de aquí! ¡Enciérrenla en la más profunda mazmorra!

—A mí no me vas a venir con embustes —replicó secamente *Madame* Lucifer—. No soportas la idea de separarte de ella, ¿eh? Vas a urdir tramoyas con esta intrigante en mis propias narices, ¿no es así? ¡Fuera con éste! ¡Y fuera con aquélla! ¡Arroja de aquí a los dos!

—Claro, amorcito, con toda seguridad —respondió Lucifer.

—Pero, Señoría... —interrumpieron Moloch y Belcebú al unísono—. ¡Por el amor del cielo, considere lo que Su Majestad está haciendo! El inspector...

—¡Me importa un bledo el inspector! —chilló Lucifer—. ¿O creéis que la señora que os gobierna no me aterra mil veces más que todos los santos del calendario? Vosotros —agregó dirigiéndose a Adeliza y a su prometido—, ¡fuera de aquí! Todas las deudas están saldadas y hay una suma considerable de dinero en la cuenta bancaria. ¡Largo! ¡No os quiero ver merodeando por los alrededores!

No esperaron que la orden les fuera repetida. La tierra bostezó. La entrada al Tártaro se abrió de par en par. Comprobaron que estaban en la falda de una escarpada montaña, por la que se deslizaron desesperadamente, tomados de la mano. Sin embargo, a pesar de la velocidad con que escapaban, durante largo rato siguieron oyendo la incansable lengua de *Madame* Lucifer.

EL ELIXIR DE LA VIDA

EL anciano filósofo Aboniel moraba en una elevada torre de la ciudad de Balk, en la que permanecía consagrado al estudio de la química y de las ciencias ocultas. Nadie había tenido acceso jamás a su laboratorio. Pero Aboniel no rechazaba totalmente el trato con la humanidad sino que, por el contrario, tenía siete alumnos, jóvenes de gran aptitud que pertenecían a las más nobles familias locales. En horarios preestablecidos, instruía a éstos en el saber filosófico y en todos los conocimientos lícitos, reservando para sí las vedadas investigaciones de la magia y de la alquimia.

De todos modos, un buen día convocó a sus siete discípulos al misterioso aposento en que trabajaba. Entraron con temor y curiosidad, pero nada vieron con excepción del sabio, quien se hallaba de pie detrás de una mesa en la que se distribuían siete redomas de cristal cuyo contenido era un líquido transparente, semejante al agua.

—Hijos míos —comenzó a decir—, sabéis con cuánta vehemencia se me atribuye haber indagado en el afán de penetrar los secretos ocultos de la naturaleza y de resolver los problemas que han seducido y burlado a los sabios de todas las épocas. En ello el rumor circulante no se equivoca; tal ha sido mi permanente propósito.

Hasta el día de ayer, empero, mi suerte no fue mejor que la de quienes me precedieron: el alcance de mis realizaciones era menospreciable, si se lo comparaba con lo que me vi en la necesidad de abandonar inconcluso. Aun ahora mi éxito es sólo parcial. No he descubierto la manera de fabricar oro; no he tenido acceso al talismán de Salomón; tampoco he logrado devolver a los muertos el hálito vital, ni infundirlo en la materia inanimada. Pero si no me es posible crearla, por lo menos estoy en condiciones de preservar la existencia. He descubierto el Elixir de la Vida.

El sabio se interrumpió para examinar las caras de sus discípulos. En ellas observó profunda sorpresa, absoluta confianza en la veracidad del maestro y el despuntar de una trémula esperanza con respecto a la posibilidad de participar en los beneficios del trascendente descubrimiento, a cuyo anuncio asistían. En consideración a este último sentimiento, agregó:

—Si tal es vuestro deseo, estoy dispuesto a comunicaros el secreto.

Una exclamación unánime le confirmó que en tal sentido no había vacilaciones de ninguna especie.

—Pero debéis recordar —continuó— que este conocimiento, como todo conocimiento, tiene sus desventajas. Para obtenerlo se debe pagar un precio, y cuando lleguéis a saber ese precio, podrá muy bien pareceros demasiado oneroso. Comprended que las estipulaciones que estoy a punto de formularos no son una imposición mía; el secreto me fue comunicado por espíritus que no son de una naturaleza benévola y se halla sujeto a condiciones que me veo en la obligación de respetar escrupulosamente. Comprended asimismo que no es mi intención emplear este conocimiento en mi propio beneficio. Mis ochenta años de relación con la vida me han tornado más ansioso de adquirir procedimientos para abreviar la existencia que para prolongarla. Bueno sería que en vuestra experiencia de los veinte años hubierais llegado a conclusión análoga.

No había un solo joven que no estuviese dispuesto a admitir y a sostener ciertamente con toda firmeza que la vida es vacía, vana y, en general, insatisfactoria, pues tal había sido la doctrina habitual de su venerado preceptor. El comportamiento de los discípulos en la presente ocasión permitió, sin embargo, que el maestro se convenciera, si acaso ello era necesario, del profundo abismo que separa la teoría de la práctica, así como de la debilidad que exhibe la persuasión intelectual cuando debe enfrentarse con el instinto innato. Sin titubeos expresaron que se hallaban dispuestos a afrontar cualquier peligro imaginable y a soportar cualquier prueba que les fuera impuesta como exigencia para participar en el maravilloso secreto del sabio.

—Que así sea —respondió el maestro—, y por consiguiente tomad conocimiento de las condiciones. Cada uno de vosotros ha de escoger al azar y tiene que beber sin demora una de estas siete redomas, en una sola de las cuales se encuentra el Elixir de la Vida. El contenido de las restantes es de índole muy diferente: consiste en los venenos más mortales que la extremada sutileza de mi habilidad ha permitido que preparara, y la ciencia no conoce antídoto para ninguno de ellos. El primero abrasa las entrañas como si fuera fuego; el segundo mata al congelar las venas y entorpecer hasta el último nervio; el tercero logra su objeto por medio de frenéticas convulsiones. Feliz será, en comparación, quien beba el cuarto, pues caerá muerto en el acto, fulminado como si le hubiese alcanzado una centella. Tampoco me apenará sobremanera aquel cuya suerte le haga beber el quinto, pues le invadirá la modorra y se sumergirá sin sufrimientos en el olvido. Pero desgraciado de aquel que escoja el sexto, porque el pelo se le caerá de la cabeza, la piel se le desprenderá del cuerpo y deberá afrontar un prolongado trance en el que le aquejarán insoportables sufrimientos, como si fuera un muerto en vida. La séptima redoma contiene el motivo de vuestros deseos. En consecuencia, extended vuestras manos simultáneamente hacia la mesa y que cada cual recoja sin vacilaciones y beba con intrepidez la poción que el Destino le haya reservado, y que la índole de su fortuna quede atestiguada por los resultados.

Los siete discípulos se miraron entre sí con semblantes que multiplicaban por siete la desventura. A continuación, unánimemente dirigieron sus miradas hacia el preceptor, en la esperanza de advertir algún indicio de chanza en sus venerables facciones. Pero nada se podía descubrir en éstas, que mantuvieron la más imperturbable solemnidad o que, si acaso algo similar a una expresión burlona asomaba furtivamente, no revelaban esa precisa ironía que ellos aguardaban percibir. Por último, escrutaron las redomas, confiados en que algún distingo ínfimo serviría para discriminar el Elixir vital de los venenos. Pero no sirvió de nada: los recipientes no presentaban diferencias exteriores y el contenido de cada uno era por igual incoloro y transparente.

—Bien —demandó Aboniel finalmente, con sorpresa real o fingida—, ¿qué motivo es causa de vuestra demora? ¡Me hallaba convencido de que ya estaría contemplando a seis de vosotros en los estertores de la muerte!

Tales manifestaciones no contribuyeron a dar ánimos

a los siete irresolutos. Dos de los más audaces, en verdad, adelantaron sus manos a medias en dirección a la mesa, pero al comprobar que su ejemplo no era imitado las retiraron un tanto confusos.

—No pienses, mi noble preceptor, que personalmente sienta estima por esta inútil existencia —dijo, en definitiva, uno de ellos, quebrando el embarazoso silencio—, pero tengo una anciana madre cuya vida está ligada a la mía de manera indisoluble.

—Tengo una hermana soltera —dijo el segundo—, de cuyas necesidades conviene que me haga cargo.

—Tengo un amigo íntimo y bastante maltrecho —dijo el tercero—, cuya situación no es lícito en modo alguno que descuide.

—Por mi parte —dijo el cuarto—, estoy decidido a vengarme de un enemigo.

—Mi vida está totalmente consagrada a la ciencia —dijo el quinto—. ¿Me puedo permitir sacrificarla antes de haber explorado los mares de las siete regiones?

—Mi caso es análogo, de modo que ¿puedo tomar semejante decisión antes de haber conversado con el hombre de la luna? —interrogó el sexto.

—No tengo madre o hermana, carezco de amigos o enemigos, y confieso que mi entusiasmo por la ciencia no es equiparable al fervor que declaran mis compañeros —admitió el séptimo—. Pero poseo el mayor respeto por mi propia piel; no tengáis la menor duda de que, desde mi punto de vista, la juzgo extraordinariamente preciosa.

—En síntesis, el asunto consiste —resumió el sabio— en que ninguno de vosotros, por lo tanto, está dispuesto a arriesgarse para obtener la poción de la inmortalidad. ¿Verdad?

Los jóvenes permanecieron silenciosos y cabizbajos, reacios a admitir la exactitud del reproche que les formulaba el maestro e incapaces de negarlo. Trataron de hallar una fórmula de compromiso, que no les resultó fácil encontrar.

—¿No sería razonable —aventuró finalmente uno de ellos—, no sería razonable que echáramos suertes y que cada uno tomara una redoma a continuación de otro, según el orden que disponga el destino?

—Nada debo objetar a tal procedimiento —replicó Aboniel—, pero no olvidéis que el menor intento de contravenir las condiciones tratando de rectificar las probabilidades de cualquiera de vosotros bastaría para disponer la descalificación de todos.

Los discípulos rápidamente se procuraron siete canutillos de distinta longitud y, de acuerdo con el procedimiento habitual, cada uno extrajo el suyo. El más corto quedó en manos de quien los sostenía, aquel que había alegado obligaciones filiales con respecto a su madre.

Se aproximó con gran resolución a la mesa y su mano se adelantó hasta la mitad del trayecto sin vacilaciones. Luego se volvió hacia el que tenía el segundo canutillo en orden a la brevedad, aquel que había hecho mención a su hermana, y le dijo abruptamente:

—Es notorio que el vínculo entre madre e hijo resulta más sagrado y estrecho que la relación existente entre hermanos. ¿No te parece razonable, en consecuencia, que asumas el riesgo en primer lugar, en reemplazo mío?

El muchacho al que habían sido dirigidas las palabras respondió en tono sentencioso:

—La relación entre una anciana madre y un hijo adulto, si bien más digna de veneración por la naturaleza misma de las cosas, no puede ser duradera, en vista de que a corto plazo queda disuelta por acción de la muerte. En cambio, es posible que el vínculo entre hermanos se prolongue durante muchos años, si ésa es la voluntad de Alá. Por consiguiente, resulta apropiado que intentes el experimento en primer lugar.

—¡Quién me hubiera dicho que viviría lo suficiente para escuchar tal sofisma en boca de un discípulo del sabio Aboniel! —exclamó quien había iniciado el diálogo, embargado de manifiesta indignación—. El vínculo maternal...

—¡Basta de tonterías! —gritaron los otros seis—. O satisfaces las condiciones pactadas o renuncias a tu participación.

Apremiado en estos términos, el estudiante adelantó su mano hacia la mesa y tomó una de las redomas. No obstante, tan pronto como cumplió esta acción creyó percibir un matiz siniestro en el color del líquido que, para su imaginación, parecía diferenciarlo de la transparencia inocua exhibida por el resto. Apresuradamente devolvió el recipiente a su lugar y recogió el que estaba a su lado. En ese instante, un relámpago deslumbrador estalló en dirección a los siete discípulos y éstos, aturdidos, cayeron en tierra sin conocimiento.

Al recuperar sus facultades, se hallaron fuera del recinto privado de Aboniel, perturbados por la impresión y avergonzados por el papel que acababan de desempeñar. Conjuntamente juraron mantener absoluto secreto y regresaron a sus hogares.

Siete son muchos para conservar un secreto, de modo que sucedió lo que podía preverse; es decir, al cabo de siete días la noticia fue conocida por seis de cada siete personas que habitaban Balk. El último en enterarse fue el sultán, quien inmediatamente despachó a sus guardias para capturar al sabio y confiscar el Elixir. Puesto que no les fue franqueado el acceso a la morada de Aboniel, procedieron a forzar la entrada y al penetrar en el aposento privado del investigador le hallaron en un estado que, con mayor elocuencia que cualquier declaración suya, hablaba del desdén que había sentido por la droga de la inmortalidad. Estaba muerto en su silla. En la mesa, delante de él, estaban las siete redomas; seis permanecían igual que antes, en tanto que la séptima se hallaba vacía. El difunto retenía en una de sus manos un pergamino en el que se leía el siguiente mensaje:

Seis veces el doble de seis años me esforcé en la búsqueda del conocimiento. Ahora lego al mundo el fruto de mis afanes, que consiste en seis venenos. Pude haber añadido uno todavía más mortal, pero me abstuve de ello. Que sobre mi tumba se escriba: «Aquí yace quien evitó que la aflicción humana se perpetuara y puso en manos de sus congéneres una dádiva mortal cuyo efecto sólo puede ser inocuo».

Los intrusos se miraron los unos a los otros, en un esfuerzo por interpretar el sentido de las palabras que había escrito Aboniel.

Todavía intercambiaban miradas cuando fueron sobresaltados por un ensordecedor estrépito en el recinto próximo y se sintieron aún más perplejos cuando un corpulento mono hizo sorpresiva aparición. Exhibía una pelambre brillante, una animación incontenible y una agilidad insólita. Ello bastó para persuadir a todos los presentes de que el desaparecido sabio, en un rapto de suprema ironía, había administrado a esa criatura hasta la última gota del Elixir de la Vida.

EL POETA DE PANÓPOLIS

I

DURANTE los siglos V y VI de nuestra era los dioses
paganos desterrados, aunque se hallaban en cierto modo
alejados del trajín mundano, mantuvieron un ojo atento
en la actividad de los hombres, interesados en cualquier
indicio que pareciera ofrecerles una oportunidad de recuperar su perdida supremacía, o en cualquier persona
cuya conducta evidenciara pesadumbre por el hecho de
que se les hubiera menospreciado. Simpatizaron profundamente con los esfuerzos de su adepto Pamprepio, que
trató de aprovechar el estallido de una revuelta para be-
neficiarlos y, como concesión necesaria al espíritu de una
época bárbara, justificaron las viles prácticas mágicas a
que se rebajó. En forma invisible, auxiliaron a Damas-
cio y a sus compañeros en la huida a Persia y aliviaron
las penurias que de otro modo hubieran podido agotar
la resistencia de los veteranos filósofos. Por cierto, hasta que se produjo el incendio en la biblioteca de Alejandría las antiguas divinidades no perdieron las esperanzas, y sólo entonces se sumergieron en un estado de cri-
sálida en el que habrían de permanecer hasta que la al-
borada del Renacimiento les tentó a resurgir.

Era imposible que un hecho tan sorprendente para el
siglo V como fue la *Dionisíaca* de Nonno dejara de suscitar en ellos la más viva atención. ¡Cuarenta y ocho libros en verso sobre las proezas de Baco, en tiempos de
prelados belicosos y de cenobitas mugrientos, de gober-

nantes imbéciles y de ladrones rampantes; en una época de inminente disolución de todos los vínculos, sean legales, sociales o políticos; en un período de sismos, de guerras y de hambrunas! Baco, que según nos informa Aristófanes no destacaba por su sentido crítico [1], proclamó que su poeta laureado era superior a Homero; y si bien Homero no podía llegar a tanto, al menos concedió gentilmente que, si hubiese sido un egipcio del siglo V después de Cristo con un vago atisbo del arte poético y atiborrado de más conocimientos que los que hubiera sabido utilizar, habría sido un escritor casi tan inepto como su moderno heredero. Críticos más imparciales juzgaron la obra de Nonno con mayor benevolencia y todos estuvieron de acuerdo en que su perseverancia en la fe merecía algún tipo de recompensa. Las musas, guiadas por Palas (puesto que eran bastante torpes en labores femeninas), le bordaron un manto; Hermes le hizo una lira y Hefesto le forjó un plectro. Apolo agregó una corona de laurel y Baco, una de hiedra. Sea porque desconfiaba de la integridad de Hermes o porque deseaba trabar conocimiento personal con su secuaz, Febo resolvió que él mismo llevaría el presente, y por lo tanto partió rumbo a la Tebaida egipcia.

Mientras se abría camino a través del arenoso y áspero desierto bajo el llameante sol estival del mediodía africano, Apolo observó con sorpresa una nutrida muchedumbre de figuras extrañas que formaban un enjambre en torno de la boca de una caverna, a semejanza de abejas que se apiñan a la entrada de una colmena. Al acercarse más, logró identificarlas como un destacamen-

---

[1] En Aristófanes, *Las ranas*, verso 1150, se le hace decir a Esquilo: «Baco, el vino que bebes no es de buena calidad». *(N. del A.)*

to de demonios que asediaba a un eremita. Las palabras son insuficientes para describir la enorme variedad reunida allí de cuanto el universo contiene de más heterogéneo. Mujeres desnudas de belleza incomparable exhibían sus encantos a la mirada del anacoreta, robustos estibadores se doblaban bajo el peso de cargamentos de oro que amontonaban en las cercanías, en tanto que otras formas no ajenas a la humanidad halagaban el apetito del cenobita con platos costosos y bebidas refrescantes, hacían fintas ante sus ojos con lanzas, le aturdían con palabras, quemaban azufre bajo su nariz, desplegaban ante él textos poéticos y eruditos, aullaban blasfemias en sus oídos, le contemplaban desde alguna distancia con demostraciones de equívoco afecto; al mismo tiempo, una multitud abigarrada de duendes, con cabezas de jabalíes o leones, agitaban colas de dragones y exhibían alas, pezuñas, escamas, plumas o todos estos rasgos a la vez, mientras se daban empellones y reñían sin cesar entre sí o con sus superiores, hacían muecas y ademanes burlones, gruñían y gesticulaban, producían chasquidos y resoplaban, huían y regresaban constantemente como mosquitos sobre un pantano. El santo varón permanecía sentado obstinadamente a la entrada de su caverna, con una expresión de insondable estupidez que parecía desafiar a todos los demonios de la Tebaida a que trataran de meterle una sola idea en la cabeza o intentaran modificar su actitud en lo más mínimo.

—Esta gente no existía en nuestra época —comentó Apolo en voz alta—, o por lo menos sabía cuál era su lugar y se comportaba con el debido respeto.

—Señor —respondió un demonio comparativamente grave y respetable que dirigió la palabra al extraño—, desearía que su peregrinidad advirtiera que estos diablillos son meros escolares... quiero decir, que en realidad son mis alumnos. Cuando su educación haya hecho algunos progresos, mostrarán mayor urbanidad y comprenderán lo tonto que es importunar a viejos caballeros exentos de aptitudes intelectuales, como este ilustre Paquimio, exhibiéndoles encantos para los que no tienen ojos, riquezas que no sabrían aprovechar, exquisiteces que serían incapaces de saborear y conocimientos que de ningún modo entrarían en sus cabezas. ¡Pero *yo* lograré despertarlo!

Y agitó las manos para dispersar a sus discípulos, después de lo cual el demonio instructor se situó junto al oído del anacoreta y gritó:

—¡Nonno será consagrado obispo de Panópolis!

Las facciones del eremita instantáneamente se animaron con una expresión de envidia y odio.

—¡Nonno! —exclamó—. ¡El poeta pagano en la cátedra episcopal de Panópolis, cuya sucesión me fue prometida a *mí!*

—Muy dignísimo maestro —sugirió Apolo—, considero muy bien que vivifique al reverendo eremita; pero, ¿no le parece que se toma excesivas libertades al hacer una broma semejante en perjuicio de mi gran amigo Nonno?

—No me tomo ninguna libertad —respondió el demonio—, pues no es en absoluto una broma. El lunes se retractó; ayer lo bautizaron; hoy será ordenado; mañana lo consagrarán obispo.

El anacoreta vomitó un torrente de las más escogidas maldiciones eclesiásticas, hasta que se quedó mudo de puro agotamiento. Entonces Apolo aprovechó la oportunidad para dirigirse al demonio:

—¿Resultaría una imperdonable transgresión a las

normas de la urbanidad, respetado maestro, si aventurara sugerir que los engaños exhibidos por sus discípulos con el propósito de seducir a este santo varón han debilitado un poco la confianza que inicialmente me inspiraba su digno aspecto personal?

—No faltaba más —contestó el demonio—, en especial porque puedo demostrar fácilmente la veracidad de mis palabras. Si Paquimio y usted desean subirse a mi espalda, con gran placer les llevaré a Panópolis, donde podrán comprobar por sí mismos cuanto he afirmado.

La deidad y el anacoreta consintieron de inmediato y se instalaron sobre los hombros del demonio. La sombra de las alas que desplegó la criatura infernal se proyectó tenebrosa y vasta sobre las arenas abrasadoras, pero disminuyó hasta desaparecer a medida que se remontaban hacia alturas prodigiosas, para impedir que les observaran desde la superficie terrestre. Pronto el resplandeciente disco solar se posó sobre la tierra en los confines del horizonte; desapareció y los resplandores del ocaso ardieron a escasa altura en el poniente, mientras la figura del demonio y su carga se mostraba como un punto negro destacado en el verdoso lago del cielo, cada vez más grande a medida que cautelosamente se iban acercando a tierra. El grupo sobrevoló templos y esquivó pirámides, hasta descender en las inmediaciones de Panópolis justo a tiempo para evitar la luna, que comenzaba a asomar y que les hubiera puesto en evidencia. El demonio desapareció en seguida. Apolo se alejó apresuradamente para requerirle una explicación a Nonno. En cambio, Paquimio buscó albergue en un cercano convento habitado, según sabía, por una legión de obstinados monjes, dispuestos a infligir o recibir cualquier ultraje en defensa de la ortodoxia.

II

Nonno estaba en su estudio con el entrecejo arrugado, mientras pulía sus versos a la luz de una pequeña lámpara. Un extenso rollo de escritura permanecía desplegado sobre sus rodillas, el contenido del cual parecía brindarle escaso júbilo. Otros cuarenta y ocho rollos, que resplandecían con perillas de plata y estaban coquetamente atados con purpúreos lazos, reposaban en un cercano anaquel; evidentemente, eran los cuarenta y ocho libros de la *Dionisíaca* compuesta por el bardo de Panópolis. Homero, Eurípides y otros poetas estaban dispersos en el piso, al parecer apresuradamente desalojados para hacer lugar a obras litúrgicas y vidas de santos. Un conjunto de ropajes episcopales colgaba de una percha y en una mesa cercana se alineaba una media docena de mitras que, con toda seguridad, el candidato a prelado se había estado probando.

—Nonno —dijo Febo, pasando silenciosamente a través de la pared, que no presentó resistencia—, entonces, ¿es verdad la historia de tu apostasía?

Resultaría difícil establecer si fue sorpresa, complacencia o desaliento lo que prevaleció en la expresión de Nonno cuando levantó los ojos y reconoció al dios de la Poesía. Tuvo suficiente presencia de ánimo como para ocultar su rollo bajo un enorme diccionario, antes de prosternarse ante Apolo.

—¡Oh, Febo —exclamó—, si hubieses venido hace apenas una semana!

—Entonces, ¿es verdad? —reiteró Apolo—. Nos has abandonado a las musas y a mí. Te has pasado al sector de aquellos que destrozaron nuestras estatuas, destecharon nuestros templos, profanaron nuestros altares y nos privaron de toda relación con la humanidad. Renuncias a la gloria de permanecer solo en una época bárbara, como último testigo de la cultura y de la civilización. Desprecias los dones de los dioses y de las musas, de los que aún ahora soy portador. Prefieres la mitra a la corona de laurel y los himnos de Gregorio a la épica de Homero.

—Oh, Febo —contestó Nonno—, si se tratara de cualquier otro dios, me inclinaría ante él en silencio, sin replicar nada. Pero eres un poeta y comprendes el temperamento de un poeta. Sabes en qué medida tiene necesidad de reconocimiento en mayor grado que los restantes hombres. Este motivo y no una vanidad grosera es la causa de sus acciones; su saeta es lanzada en vano, a menos que pueda considerarla hundida en el corazón de un amigo. Estás plenamente capacitado para advertir qué burlas y ofensas mi poema dionisíaco ha suscitado en esta maldita época; pero si esto hubiese sido todo, acaso habría estado dispuesto a soportarlo. El problema consiste en que ello no fue todo. Los gentiles, los buenos, los afectuosos, aquellos que en días más felices hubieran sido mis oyentes, se acercan a mí para decirme: Nonno, ¿para qué cantar melodías ante las que debemos taparnos los oídos? Canta lo que nos sea lícito escuchar, y estamos dispuestos a amarte y honrarte. Me resulta insoportable pensar que descenderé a la tumba sin haber logrado un eco de simpatía, y con debilidad pero sin vileza he cedido, les he dado lo que deseaban y, puesto que no les está permitido conferirme la guirnalda de las musas, he aceptado que me recompensen con una mitra.

—¿Y qué es lo que requieren de ti? —preguntó Apolo.

—¡Oh, meramente literatura de ficción! Algo enteramente fabuloso.

—Debo verlo —insistió Apolo; y Nonno con repugnancia extrajo el manuscrito que estaba debajo del gran diccionario y se lo alcanzó, tembloroso como un escolar que prevé la penitencia con que se le castigará un mal ejercicio.

—¿Qué hojarasca es ésta? —clamó Apolo; mientras leía:

Ἄχρονος ἦν, ἀκίχητος, ἐν ἀρρήτῳ Λόγος ἀρχῇ,
Ἰσοφυὴς Γενετῆρος ὁμήλικος Υἱὸς ἀμήτωρ, Καὶ
Λόγος αὐτοφύτοιο Θεοῦ, φῶς, ἐκ φάεος φῶς[2].

—¡Pero si es el comienzo del evangelio de Juan! —observó Apolo—. ¡Tu impiedad es peor que tu poesía!

Apolo arrojó con indignación el manuscrito al suelo. Sus facciones trasuntaban una expresión tan similar a aquella con que se le representa en el acto de golpear a Pitón, que Nonno juzgó prudente recoger el manuscrito y sostenerlo como un escudo delante del rostro.

—Haces bien —dijo Apolo con una risa amarga—; esa muralla es impenetrable a mis flechas.

Nonno parecía a punto de caer de rodillas, cuando un abrupto golpe resonó en la puerta.

—Ésa es la llamada del gobernador —exclamó—. ¡No me abandones totalmente, Febo!

Pero cuando se volvió para abrir la puerta, Apolo desapareció. El gobernador entró; era un hombre de edad mediana, con aspecto sagaz y afable.

---

[2] Comienzo del evangelio de San Juan en la perífrasis de Nonno; corresponde aproximadamente, en contenido, a los tres primeros versículos del capítulo I de dicho evangelio. (*N. del T.*)

—¿Quién estaba contigo hace un momento? —interrogó—. Me pareció escuchar voces.
—Era solamente la musa —explicó Nonno—, con la que suelo mantener conversaciones nocturnas.
—De acuerdo —respuso el gobernador—. Entonces, la musa obró muy bien al desvanecerse y será todavía mejor que no regrese. Los obispos no deben cortejar a las musas, sean celestiales o terrenas... con lo cual no quiero decir que tenga la certeza de que *serás* obispo.
—¿Cómo es eso? —preguntó Nonno, con una sensación no desprovista de alivio.
—Imagínate, mi querido amigo —replicó el gobernador—, que, de todas las personas del mundo, esta noche apareció nada menos que ese sórdido anacoreta, Paquimio, al que ciertamente le había sido prometida la cátedra episcopal, pero al que se suponía devorado por las alimañas en el desierto. El rumor pareció tan plausible que, según me temo, no se tomaron las suficientes precauciones para verificarlo; a decir verdad, es indudable que hubo descuido, pues, tal como digo, apareció de buenas a primeras, explicando que un ángel le había traído por los aires. Poco habría importado de qué modo llegó (si hubiese llegado por sus propios medios), pero le acompañan trescientos monjes armados de palos que amenazan con una insurrección en el caso de que no le consagremos obispo ya mismo. Mi amigo el arzobispo y yo no sabemos qué hacer; nuestro deseo es tener un caballero al frente de la diócesis, pero no podemos permitir que se informe a Constantinopla del estallido de motines. Por fin, principalmente a través de la mediación de un pardusco individuo que al parecer nadie conoce, el asunto fue postergado hasta mañana, cuando Paquimio y tú habréis de competir por el obispado en acto

público, de conformidad con normas que todavía no fueron acordadas pero que nuestro atezado colaborador se compromete a establecer para satisfacción de todos. De modo que no debes desalentarte y por nada del mundo tienes que huir. Sé que eres tímido, pero recuerda que la única forma de salir sano y salvo consiste en obtener la victoria. Si no haces frente a la situación puedes tener la seguridad de que te haré decapitar, y si eres derrotado no cabe la menor duda de que Paquimio dispondrá que te incineren.

Con este estímulo a la intrepidez, el gobernador se fue dejando al pobre poeta en lamentable estado, vacilante entre el remordimiento y el temor. Sólo una cosa le reconfortaba hasta cierto punto: las mitras habían desaparecido y los dones de los dioses las reemplazaban en la mesa, de donde se infería que un poder benévolo acaso todavía velaba por él.

III

A la mañana siguiente, toda Panópolis estaba dominada por el alboroto. En general, se sabía que las aspiraciones de los candidatos al obispado serían dirimidas en competencia pública y circulaba el rumor de que eso tendría algo de las ordalías por medio del fuego y del agua. Nada más trascendió, salvo que los preparativos habían sido convenidos por el gobernador y el arzobispo, con el auxilio de dos extraños —un oscuro libio y un rubio joven griego— que no eran conocidos en la ciudad, pero en los cuales las autoridades parecían poner toda su confianza. A la hora convenida, la gente se apiñó en el teatro y comprobó que el escenario ya estaba ocupado por las partes comprometidas en la prueba. El gobernador y el arzobispo estaban en el centro, en calidad de árbitros, y a cada lado se hallaban los competidores: Paquimio, asistido por el demonio, y Nonno, secundado por Apolo. Por supuesto, estos dos ayudantes se mostraban a la asamblea como simples mortales. Nonno reconoció a Apolo perfectamente, pero las limitaciones intelectuales de Paquimio se habían agravado por el manifiesto disgusto que le producía la proximidad de una enorme vasija de bronce que contenía agua, cerca de la cual ardía un resplandeciente fuego. También Nonno se sentía incómodo e incesantemente dirigía su atención hacia un voluminoso paquete cuyo contenido parecía barruntar en forma instintiva.

Cuando todo estuvo dispuesto, el gobernador abandonó su sitial y anunció que, con aprobación de Su Gracia el Arzobispo, la odiosa tarea de decidir entre las reclamaciones de competidores tan calificados había sido encomendada a dos caballeros que disfrutaban de su más entera confianza, quienes procederían a someter a los respectivos candidatos a pruebas adecuadas. Si uno fracasaba y el otro tenía éxito, el triunfador sería designado de inmediato; si ambos lograban superar la prueba con éxito, se determinarían ulteriores criterios para evaluar sus méritos; si ambos fracasaban, se desecharía a uno y otro, y la mitra en juego sería otorgada a un tercero. Primero se procedería a convocar a Nonno, desde largo tiempo atrás conciudadano de los habitantes de Panópolis y ahora también su cofrade en la fe cristiana, quien había de someterse a la prueba requerida.

Entonces se puso de pie Apolo y declaró con voz audible:

—En virtud de la autoridad que me ha sido conferida, reclamo la presencia de Nonno de Panópolis, candidato al obispado de su ciudad natal, con el objeto de que exhiba sus aptitudes para el ejercicio de la susodicha función, cuya tarea consistirá en entregar a las llamas con sus propias manos los cuarenta y ocho libros execrables de poesía pagana que compuso en su período de ofuscación y ceguera, pero que al presente sin duda le resultan tan detestables como al resto de la congregación universal de los fieles.

Después de pronunciar estas palabras, hizo una seña a un ayudante, el envoltorio del paquete fue quitado y los cuarenta y ocho rollos de la *Dionisíaca,* con sus perillas de plata, sus lazos purpúreos y todas sus demás características, quedaron a la vista.

—¡Quemar mi poema! —exclamó Nonno—. ¡Destruir los esfuerzos de veinticuatro años! ¡Privar a Egipto de su Homero! ¡Excluir el nombre de Nonno de los registros del tiempo!

—¿Por qué dices eso —requirió Apolo maliciosamente—, si aún cuentas con la paráfrasis de San Juan?

—Muy bien dicho, mi buen muchacho —declaró el gobernador, que deseaba favorecer a Nonno—. Considero, empero, que la exigencia es un tanto exagerada. ¡Con toda certeza, bastaría con quemar un solo libro!

—Me doy por satisfecho plenamente —respondió Apolo—. Si consiente en quemar cualquiera de los libros que integran su composición habría demostrado que no es un poeta y podré, en consecuencia, lavarme las manos con respecto a su suerte.

—¡Vamos, Nonno! —gritó el gobernador—. ¡Apresúrate! Lo mismo da uno u otro libro. Tráelos aquí.

—Le ruego que tenga presente, excelencia, que el competidor lo debe quemar con sus propias manos —dijo Apolo.

—Entonces —reclamó el gobernador, arrojando al poeta el primer rollo que le había sido entregado—, ¡que sea el libro decimotercero! ¿Quién se preocupa por el libro decimotercero? ¡Introdúcelo ya!

—¡El libro decimotercero! —exclamó Nonno—. ¡El que contiene la disputa entre el vino y la miel, sin la cual mi poema resulta total y completamente ininteligible!

—Bueno, toma éste —dijo el gobernador, extrayendo otro que resultó ser el decimoséptimo.

—En el decimoséptimo —objetó Nonno— Baco planta viñas en la India y se demuestra convincentemente la superioridad del vino, por comparación con la leche.

—Bien —concedió el gobernador—, ¿qué te parece el vigesimosegundo?

—¡Con mi hamadríada! ¡Jamás podré renunciar a mi hamadríada!

—Entonces —agregó el gobernador, arrojando despectivamente el conjunto íntegro en dirección a Nonno—, quema el que quieras, ¡pero quema algo!

El infortunado poeta se sentó en medio de sus rollos, buscando una víctima. Los cuarenta y ocho hijos eran por igual queridos para su corazón paternal. Los gritos de estímulo y escarnio que proferían los espectadores y los rugidos de los exasperados monjes que rodeaban a Paquimio no contribuían a tranquilizar sus nervios o a facilitar la tarea de discriminación crítica.

—¡No puedo! ¡No puedo! —clamó por fin, poniéndose de pie desafiante—. ¡Que el obispado se vaya al demonio! ¡Cualquiera de mis metáforas vale por todos los obispados de Egipto!

—¡Fuera con la vanidad de estos poetas! —gritó el decepcionado gobernador.

—No es vanidad —aclaró Apolo—, es cariño paternal; y puesto que padezco de la misma debilidad, me regocija comprobar que, pese a todo, pertenece a mi auténtica progenie.

—Muy bien —dijo el gobernador, volviéndose hacia el demonio—; ahora le toca el turno a tu protegido. ¡Haz que se ponga en acción!

—Hermanos —declaró el demonio ante la asamblea—, es conveniente que aquel que aspire a ser obispo esté dispuesto a dar prueba de su extraordinario espíritu de sacrificio. Acabáis de comprobar que nuestro débil hermano Nonno adora lo que ha quemado, si bien se niega a quemar lo que ha adorado. ¡Cuánto más cabe esperar razonablemente de nuestro hermano Paquimio, tan respetado por la santidad de su conducta! Por lo tanto, le invito a demostrar su humildad y su renunciamiento y a mortificar probadamente al hombre natural, bañándose en esta amplia vasija que ha sido provista con tal intención.

—¡Bañarme! —clamó Paquimio con una vivacidad de la que no había dado muestras hasta ese momento—. ¡Que destruya en un solo chapoteo la santidad de cincuenta y siete años! ¡Fuera de mi vista, sutil enemigo de mi salvación! Sé quién eres, demonio que ayer me trajiste a este lugar en tus espaldas.

—Tenía entendido que era un ángel —prorrumpió el gobernador.

—Es un demonio disfrazado de ángel de la luz —dijo Paquimio.

Un tumultuoso debate estalló entre los partidarios de Paquimio, unos dispuestos a exaltar su fortaleza y otros convencidos de que era necesario reprocharle la obstinación.

—¿Cuál es vuestro propósito? —les gritó a estos últimos—. ¿Queréis privarme de mi reputación? ¿Acaso se escribirá acerca de mí que el santo Paquimio respetó los preceptos de los eremitas mientras permaneció en el desierto, donde no había agua, pero que tan pronto como tuvo a su alcance un lugar en que bañarse, dio un traspié y cayó en tentación?

—Amado padre —le reclamaron—, ¿no tiene esto el aspecto de la soberbia? El demonio disfrazado de ángel de la luz, de ello se trata, como tan bien lo has declarado hace un momento. Ten fortaleza. Sacrifícate valientemente. Piensa en los sufrimientos de los primitivos confesores.

—San Juan fue arrojado en un caldero de aceite hirviendo —dijo uno de los partidarios de Paquimio.

—San Apócrifo se prestó a ser ahogado —expresó otro.

—Tengo motivos para creer —declaró un tercero— que la repugnancia con respecto a las abluciones ha sido muy exagerada por los heréticos.

—Estoy seguro de que así es —agregó uno más—, pues *yo* me he lavado una vez, aunque no queráis creerlo, y os aseguro que de ningún modo es tan desagradable como se supone.

—Es lo que me temo —respondió Paquimio—. ¡Poco a poco, es posible que a uno llegue a gustarle! Es necesario resistir la acción inicial del mal.

Durante todo este tiempo la muchedumbre de sus adeptos había empujado al anacoreta, obligándolo a acercarse imperceptiblemente hacia el borde de la vasija, con el propósito de arrojarlo dentro en el instante adecuado. Ahora el santo varón se hallaba bastante cerca como para echar una ojeada al límpido elemento. Con un estremecimiento de horror reunió todas sus energías y, con la cabeza agachada y las manos extendidas como para precaverse de la contaminación —dando manotazos, agitando los brazos y gesticulando—, se precipitó hacia adelante y con fuerza sobrenatural que debería contarse entre sus milagros, prácticamente volcó el enorme recipiente, cuyo contenido se derramó sobre la muchedumbre que se encontraba frente al escenario.

—¡Llévenme de vuelta al desierto! —gritaba—. ¡Renuncio al obispado! ¡Devuélvanme mi cueva!

—Así sea —agregó el demonio, quien asumió su forma verdadera, recogió a Paquimio sobre sus espaldas y se alejó volando en su compañía, en medio del regocijo de la multitud.

Paquimio fue rápidamente depositado en la boca de su caverna, donde recibió la visita de los anacoretas vecinos, quienes vinieron a felicitarlo por la constancia con que había soportado su ardiente —o, más bien, acuosa— prueba. La mayor parte de la vida que le restaba la pasó en tratos con el diablo, por cuyo motivo fue canonizado a su muerte.

—¡Oh, Febo —dijo Nonno cuando quedaron solos—, tienes derecho a imponerme la penitencia que quieras, para que me sea posible recuperar la confianza tuya y de las musas! Pero antes que nada, permíteme destruir mi paráfrasis.

—De ningún modo —le reconvino Febo—. La has de publicar. Ésa será tu penitencia.

Así es como el poema épico sobre las proezas de Baco y la paráfrasis del Evangelio según San Juan han llegado por igual hasta nosotros como producciones de Nonno, cuya paternidad de ambos textos los eruditos nunca lograron desestimar, en virtud de las analogías del estilo, pero tampoco pudieron explicar, hasta que los hechos que acabamos de referir salieron a luz en uno de los papiros de Fayoum, recientemente adquirido por el archiduque Raniero.

LA CABEZA PURPÚREA

A medias ignorantes, la fácil rueda decidieron activar
Y funcionó el aparato de tortura para moler y desollar.

I

ERA el período de apogeo durante el esplendor que alcanzó el emperador Aureliano, cuando su vigoroso brazo derecho sostenía Roma y humillaba Palmira, cuando circundaba la capital de sus territorios con murallas cuya longitud se prolongaba cincuenta millas a la redonda y cuando conducía por las calles a Tétrico y a Zenobia ungidos al carro del triunfo, cuando distribuía elefantes entre los senadores y ornamentaba Etruria con viñedos, mientras consideraba en sus momentos de ocio la eliminación del cristianismo como un aspecto subsidiario de su labor administrativa, como una mera agitación local en las aguas del vasto océano que abarcaban sus designios políticos. En tales circunstancias, el rey de Persia, el primero que se llamó Bahram, sintió razonablemente que su ánimo era presa del desasosiego.

«Este aventurero sin escrúpulos —reflexionaba— tiene la grosera costumbre de someter a los príncipes legítimos y de tomarlos prisioneros, con lo cual menoscaba el derecho divino ante la mirada de la chusma. La piel de su antecesor Valeriano, curtida y rellena de paja, cuelga hasta el presente en el templo de Ctesifón, placentero espectáculo para los dioses inmortales[1]. ¿Qué as-

---

[1] Sobre Valeriano, padre del emperador Galieno, véase la nota 1, en la pág. 87. *(N. del T.)*

pecto tendría mi propia piel en el templo de Júpiter Capitolino? Eso no debe suceder. He de enviarle una embajada y le impresionaré con mi grandeza. Pero cómo?»

Para concretar este proyecto, convocó a sus consejeros: visires, guerreros, magos, filósofos. Les habló así:

—El rey se digna consultaros con respecto a una difícil cuestión. Deseo halagar el orgullo de Roma sin disminuir el de Persia. Quiero aplicar a Aureliano y, al mismo tiempo, humillarlo. ¿De qué modo se llevará a cabo este propósito?

Los visires, los guerreros y los magos no respondieron ni una palabra. Un silencio imperturbado prevaleció en la asamblea, hasta que llegó el turno del sabio Marcobad, quien se postró y dijo:

—¡Bienamado monarca, que las bienaventuranzas se derramen sobre ti! Tal como ha sido declarado por nuestros antepasados, en épocas remotas los persas eran educados en tres habilidades: cabalgar, tender el arco y decir la verdad. Persia todavía cabalga y dispara flechas; la práctica de expresar la verdad (¡alabado sea Ormuz!) fue abandonada como inapropiada para una nación esclarecida. Por lo tanto, no es necesario que tengas escrúpulos en engañar a Aureliano. Ofrécele aquello que sepas que no puede ser hallado en su tesoro, en vista de que carece de parangón con el tuyo, y hazle entender al mismo tiempo que es un producto habitual de tus dominios. De tal modo, si bien se regocijará con el presente, se sentirá avergonzado con su inferioridad. Me refiero a la vestidura púrpura de Su Majestad la Reina, para la que es imposible hallar algo comparable en toda la tierra, así como tampoco nadie sabe dónde fue producido el color que la tiñe, salvo que fue traído desde las regiones más distantes de la India.

—Apruebo tu recomendación —asintió Bahram— y, en recompensa, salvaré tu vida desterrándote de mis dominios. Cuando mi augusta consorte se entere de que fuiste el causante de que se la privara de su vestidura, sin lugar a dudas exigirá que seas desollado, y sabes muy bien que soy incapaz de negarle nada. En consecuencia, te aconsejo que huyas con la mayor prontitud. Refúgiate en las regiones en que se produce el tinte púrpura y si regresas con una provisión conveniente, me comprometo a que mi cetro real graciosamente ha de protegerte.

El filósofo se alejó presurosamente de la presencia regia y su cargo de inspector principal de perfumes cortesanos fue encomendado a otro individuo, así como su casa y su huerto, su oro y su plata, sus esposas y concubinas, sus camellos y asnos, que eran innumerables.

Mientras el solitario aventurero se encaminaba hacia el este, una fastuosa comitiva marchó hacia el oeste, en dirección a Roma.

Una vez que los embajadores llegaron a la presencia de Aureliano, el principal enviado, al terminar su arenga de alabanza, exhibió un cofrecito de cedro del cual extrajo una vestidura purpúrea de refulgencia tan incomparable que, según las palabras del historiador que registró el episodio, la púrpura del emperador y de las matronas pareció en comparación de un gris ceniciento[2]. El presente iba acompañado de una misiva concebida en los siguientes términos:

«Bahram a Aureliano, ¡salud! Recibe la púrpura que poseemos en Persia».

—¿En Persia? —exclamó Soriano, un joven filósofo versado en ciencias naturales—. ¡Qué me cuentan! Esta

[2] Vopisco, *Vita Aureliani*, capítulo XXIX. *(N. del A.)*

púrpura jamás existió en Persia, salvo como una rareza. ¡Hay que ver la mendacidad y vanagloria de estos orientales!

El embajador comenzaba una airada réplica, cuando Aureliano aquietó la disputa con una mirada y en forma un tanto desmañada pronunció una breve alocución para agradecer el regalo. No volvió a prestar atención al asunto hasta el anochecer, cuando reclamó la presencia de Soriano y le interrogó acerca del lugar en que realmente tenía origen la púrpura.

—En las más lejanas regiones de la India —respondió el filósofo.

—Bien —replicó Aureliano, que resumió la cuestión con su habitual rapidez y claridad mentales—, es evidente que uno de los dos me ha mentido: tú o el rey de Persia. Por la gracia que confieren los dioses, no tiene importancia quién ha sido, en vista de que el motivo para declarar la guerra al monarca es igualmente bueno en uno u otro caso. Si trató de engañarme, tengo derecho a castigarlo; si posee aquello de que carezco, estoy justificado en quitárselo. Convendría, empero, saber cuál de estos motivos debo inscribir en mi proclama; además, al presente no estoy en condiciones de iniciar las hostilidades, puesto que antes debo aniquilar a los *blemmyes,* a los carpianos y a otras sabandijas bárbaras[3]. En consecuencia, te enviaré a la India, para que te cerciores a través de una verificación personal de cuál es la verdad acerca de la púrpura. No regreses sin una respuesta definitiva, ya que en caso contrario te haré cor-

---

[3] Los *blemmyes* eran un pueblo africano cuyos integrantes, según descripciones fabulosas, no tenían cabeza, de modo que ojos y boca se situaban en el pecho. Los carpianos eran una tribu germánica, instalada entre los montes Cárpatos y el río Danubio. *(N. del T.)*

tar la cabeza. Mi tesoro se encargará de administrar tus propiedades mientras permanezcas ausente. Entre tanto, la vestidura será depositada en el templo de Júpiter Capitolino. ¡Ojalá ella y tú merezcáis la sagrada protección de esta divinidad!

De esta forma, en aquella época de ignorancia, dos de los filósofos más eminentes se vieron reducidos a la mendicidad y debieron vagar por comarcas remotas e insalubres: uno, para informar a un rey; el otro, para instruir a un emperador. Pero el asunto no se redujo a esto. Pues Aureliano, que durante ciento cincuenta días desde la partida de Soriano siguió siendo la deidad visible en la mitad del mundo, fue asesinado por sus propios generales. Le sucedió Tácito, que se hundió agobiado por el peso del mando; a éste le reemplazó Probo, que pereció en una asonada militar; a éste le sustituyó Caro, al que mató un rayo; el siguiente emperador fue Carino, asesinado por alguien al que había perjudicado; más tarde Diocleciano fue exaltado al poder y, al cabo de veinte años de ejercicio, sabiamente no quiso seguir tentando a Némesis y se retiró para cultivar coles en Salona. Todos estos soberanos, que diferían entre sí en los restantes aspectos, compartieron un mismo deseo de poseer la tintura purpúrea[4] y, como el filósofo no regresaba, sucesivamente despacharon nuevos emisarios en su busca. Extraña fue la variada suerte que acompañó a estos enviados. Unos interrumpieron su misión en las fauces de leones; otros fueron triturados por serpientes monstruosas; algunos quedaron aplastados bajo elefantes que recibían órdenes de los príncipes nativos; un grupo adi-

---

[4] Vopisco, *loc. cit.*, refiere el ansia que Aureliano, Probo y Diocleciano mostraron por obtener el tinte purpúreo. *(N. del A.)*

cional pereció de sed o de hambre. No faltaban los que tropezaron en su camino con muchachas de semblante acariciador y de trenzas oscuras que entrelazaban su pelo con flores de magnolia o se bañaban a la luz de la luna en estanques cubiertos de lotos; a causa de ello, abandonaron la tarea que les habían encomendado y desde entonces vivieron existencias idílicas en bosquecillos de higueras indias y de palmeras. Tampoco estuvieron ausentes los que se enamoraron de los principios de los gimnosofistas o los que se recostaron para dormitar incómodamente en un lecho de púas, convencidos de que despertarían en el vigesimosegundo cielo. Y toda esta romántica variedad de opciones era obra de un diminuto bichito que se arrastraba o permanecía aferrado, indiferente a la púrpura que estaba entretejiendo en la trama multicolor de la vida humana[5].

II

Unos treinta años después de que la delegación persa hubo partido para comparecer ante Aureliano, en una comarca de la India situada más allá del Ganges dos viajeros se encontraron en el fondo de una hondonada a la que habían descendido por los senderos opuestos de una colina. Era bien de mañana; el sol todavía no había sobrepasado las faldas boscosas y enmarañadas de la cañada, de modo que el recóndito paraje aún permanecía

[5] En la Antigüedad, el tinte purpúreo se obtenía de varias especies de moluscos, como las denominadas *purpura* y *murex*. (N. del T.)

sumido en la sombra y resplandecía con grandes perlas de límpido rocío, mientras que el espacio ovalado del cielo delimitado por las elevaciones brillaba con el esplendor del zafiro más puro. El canto de las aves resonaba a través de los matorrales, y los nenúfares —que disimulaban el riacho cuyas aguas se escurrían a través de las honduras del apartado sitio— mantenían una quietud imperturbada. Uno de los caminantes era anciano; el otro, un hombre en el período final de la edad madura. Sus vestidos se mostraban escasos y sucios; sus cuerpos y semblantes hablaban por igual de fatigas y privaciones; pero mientras el más viejo se movía con moderada presteza, el otro se iba arrastrando dificultosamente con ayuda de un cayado y vacilaba cada vez que debía apoyar uno de sus pies en el suelo.

Intercambiaron miradas y saludos al encontrarse y el más activo de los dos, cuya cara apuntaba hacia el este, aventuró una observación compasiva acerca de las manifiestas aflicciones que soportaba el individuo de andar dificultoso. Su interlocutor respondió:

—Cuanto sucede deriva de que estoy padeciendo los efectos habituales de la crucifixión —y se quitó las sandalias para exhibir dos heridas que atravesaban completamente cada pie.

La cruz aún no le había anunciado a Constantino su victoria[6] y todavía no era salvoconducto para ingresar en la buena sociedad. El primer viajero retrocedió apre-

---

[6] El célebre episodio en que Constantino, antes de librar batalla en las cercanías de Roma contra las huestes de Majencio, vio una cruz en el cielo acompañada de la leyenda «Vencerás por medio de este signo», circunstancia que lo indujo a convertirse al cristianismo. *(N. del T.)*

suradamente y contempló a su compañero con sorpresa y desconfianza.

—Advierto lo que estás pensando —prosiguió el maltrecho caminante con una sonrisa—; pero no debes sentir aprensión. No he sido sometido al castigo impuesto por ningún tribunal de justicia. Mi crucifixión fue simplemente un incidente penoso pero indispensable en la meritoria empresa de obtener la maravillosa tintura purpúrea, para cuya tarea fui despachado a estas regiones por el emperador Aureliano.

—¡La tintura purpúrea! —exclamó el persa, pues no era ningún otro—. ¿La has conseguido?

—Así es. Se trata de un producto originado en determinados bichitos que sólo es posible hallar en cierto valle que está al este de aquí, cuyo acceso únicamente se logra después de eludir la vigilancia de siete dragones.

—¿Conseguiste eludirla? ¿Y después? —inquirió Marcobad, ansiosamente.

—Después —reiteró Soriano—, me abrí camino hasta el valle, donde hallé los restos de mi predecesor inmediato, colgados de una cruz.

—¿Tu predecesor?

—El último que había realizado el intento antes de mi llegada. A cuantos penetran en el Valle de Púrpura, según se lo denomina, y revelan que su propósito es el que he señalado, los lugareños, de conformidad con los preceptos de sus antepasados, proceden a colgarlos de una cruz solamente por los pies; ligan sus brazos por medio de cuerdas que pasan por los hombros e instalan vasijas de bebidas refrescantes a su alcance. Si la sed vence al crucificado y toma el brebaje, lo dejan allí hasta que se muere; si logra, en cambio, aguantar por espacio de tres días, se le permite partir para que satisfaga el motivo de su búsqueda. Mi predecesor, que conjeturo pertenecía a la corriente epicúrea y, por lo tanto, fue incapaz de resistir las tentaciones de los sentidos, pereció de la manera referida. Como soy estoico, yo me contuve y triunfé.

—¿Llevas contigo el tinte? ¿Lo tienes en este momento? —interrogó el persa impetuosamente.

—¡Míralo! —respondió el griego, exhibiendo una pequeña redoma que contenía el más resplandeciente líquido púrpura—. ¿Qué ves aquí? —demandó triunfalmente mientras sostenía el recipiente a la luz—. A mí esta botellita me muestra la Universidad de Atenas y un tropel de jóvenes hermosos que escuchan atentamente la exposición de alguien que se asemeja a mí.

—A mis ojos —replicó el persa escrutando la redoma—, revela en cambio un palacio y una vestidura de honor. Pero permíteme observarla desde más cerca, pues mi vista se ha debilitado por el excesivo estudio.

Cuando dijo esto, arrebató la botellita a Soriano y de inmediato se volvió para huir. El griego se lanzó tras su tesoro, y al fracasar en el intento de coger la muñeca de Marcobad, le tomó la barba, arrancándole puñados de pelo. El enfurecido persa le golpeó en la cabeza con el cristalino recipiente. Éste se hizo añicos y su inestimable contenido se derramó en un torrente sobre la cabeza descubierta y sobre el rostro levantado de Soriano, impregnando cada pelo y cada rasgo con el púrpura más vivo.

Los filósofos, espantados y atónitos, permanecieron mirándose el uno al otro por un instante.

—¡Es indeleble! —clamó Soriano enloquecido, precipitándose sin embargo a la orilla de la pequeña corriente para sumergir su cabeza entre las aguas, que arrastraron una mancha purpúrea, pero dejaron la cabeza tan coloreada con la tintura como antes.

El filósofo, al levantar del arroyuelo su cara chorreante y colorida, se parecía a Sileno en el momento de emerger de uno de los ríos que Baco transformó en vino durante su incursión por la India. Apeló al fregado y al raspado, a la maceración y a la laceración; probó frotarse con hojas, con hierbas, con juncos, con sus propias ropas; se contempló en un charco cristalino detrás de otro, convertido en grotesca contraparte de Narciso. Por último, se dejó caer sobre la tierra y dio rienda suelta a su pesar.

Rara vez la gracia del arrepentimiento nos es negada cuando nuestras fechorías resultan improductivas. Marcobad se aproximó en actitud medrosa.

—Hermano —susurró—, recuperaré la tintura de que te despojé y añadiré un antídoto, si ello es posible. Aguarda mi regreso bajo este alcanforero.

Una vez que dijo tales palabras, se apresuró a recorrer la senda por donde Soriano había descendido, y rápidamente desapareció de la vista.

III

Soriano esperó largo tiempo bajo el alcanforero, pero finalmente se sintió cansado y reinició sus vagabundeos, hasta que emergió de los territorios salvajes e ingresó en los dominios del rey de Ayodhya. Su aspecto insólito atrajo muy pronto la atención de los funcionarios reales, quienes le prendieron para conducirle ante Su Majestad.

—Es evidente —declaró el monarca, después de examinar el caso atentamente— que posees un objeto demasiado precioso y raro para un individuo particular, del que serás por consiguiente despojado. Lamento las incomodidades que deberás experimentar. Por mi parte, hubiera preferido que fuese una mano o un pie.

Soriano agradeció la consideración que le demostraba su regio interlocutor, pero arguyó el indeclinable derecho de propiedad que a su juicio había adquirido con respecto a su propia cabeza.

—Por el hecho de que tu cabeza se junta con los hombros, está probado que te pertenece —respondió la lógica real—; pero el hecho de que haya sido teñida con púrpura determina que me pertenezca, ya que la púrpura es un monopolio real. Tu argumento se basa en la anatomía, en tanto que el mío tiene por fundamento la jurisprudencia. ¿Ha de prevalecer la materia sobre la mente? ¿Acaso la medicina, la más incierta de las ciencias, podrá rivalizar con la ley, suprema perfección del raciocinio humano? Únicamente desde el punto de vista de la observación vulgar revelas poseer una cabeza; a los ojos de la ley eres acéfalo.

—Me creo en el derecho de afirmar —reclamó el filósofo— que la vinculación física de la cabeza con el resto de mi cuerpo es una propiedad esencial, en tanto que el color que pueda tener no pasa de ser un accidente fortuito.

—Con igual derecho puedes sostener —repuso el rey— que la ley está obligada a considerarte en tu condición abstracta de ser humano y se halla incapacitada para tomar en cuenta tu condición adquirida de contrabandista... y hasta sería lícito decir de sedicioso, en vista de que has usurpado la púrpura.

—Pero ¿qué me dice de la acusación de crueldad que podría imputarse a los procedimientos de Su Majestad?

—No puede haber crueldad donde está ausente la injusticia. Si la hubiere, es a ti a quien debe imputársela, pues, tal como acabo de demostrarte, lejos de privarte de tu cabeza, eres tú el que inicuamente me niegas lo que es mío. Trataré de que esto resulte inclusive más claro a tu entendimiento. Tal como necesariamente debes reconocer, se ha comprobado que te hallas en posesión de un artículo de transacción ilegal, cuyo decomiso por parte de la corona está previsto por la ley. Entonces, ¿qué criterio se ha de seguir? ¿Se ha de desbaratar el propósito de la ley porque tú, insidiosamente, has tornado la posesión de *mi* propiedad inseparable de la posesión de la *tuya?* Yo, un inocente propietario, ¿he de ser despojado de mi legítimo derecho por tu fraude y conspiración? La justicia clama, la jurisprudencia se lamenta, la integridad se muestra perpleja ante semejante idea. No, mi amigo, tu cabeza carece de razones para permanecer en el sitio que ocupa actualmente. Para que tengas derecho a conservarla, te corresponde demostrar que será más útil para su dueño (es decir, para mí) sobre tus hombros que en otro lugar. Acaso sea así. Por casualidad, ¿conoces algún secreto de perfumería? ¿Dominas las sutilezas de la repostería? ¿Tienes alguna habilidad especial en la preparación de sopas?

—No me he rebajado a ninguna de esas frivolidades, poderoso rey. Mis estudios siempre estuvieron consagrados a la divina filosofía, a través de la cual los hombres llegan a ser iguales a los dioses.

—Pese a ello, nada fue tan seductor como la púrpura —añadió el rey—, según se desprende al comprobar que en definitiva llegaste a preferirla. Sin lugar a dudas, bien vale la pena apropiarse de tu cabeza.

—Tu tintura hace que lo merezca, poderoso rey. No te seguiré importunando. Me prestarás un servicio al despojarme de esta maldita cabeza, horrenda por fuera y, me temo, vacía por dentro, en vista de que no me impidió desperdiciar la vida al servicio de la vanidad y del boato. ¡Maldito sea el sabio que confía su vacilante sapiencia y su frágil integridad a las tentaciones de la corte! Puedo vaticinar, empero, que llegará una época en que los filósofos ya no seguirán los pasos fatuos y egoístas de los reyes y en que se admitirá que los reyes gobiernen sólo en la medida en que obedezcan los consejos de los filósofos. Paz, Conocimiento, Libertad...

El rey de Ayodhya, en mayor grado que todos los príncipes de la época, poseía el arte de interrumpir graciosamente un discurso extemporáneo. Hizo una seña casi imperceptible a un miembro de su séquito, por un instante resplandeció una cimitarra extraída de su vaina y la cabeza de Soriano rodó por el embaldosado, mientras los labios murmuraban como si aún tratasen de aferrarse con inarticulada delectación a una última palabra de esperanza para la humanidad.

Pronto se comprobó que el principio vital era indispensable para que la Cabeza Purpúrea resplandeciese. Al cabo de pocos instantes adquirió un matiz tan espectral que el rajá mismo se sintió intimidado y ordenó que fuera incinerada juntamente con el cuerpo.

La misma luna llena que contempló el tropel vestido de blanco, atareado con los ritos de cremación que se cumplieron en un bosquecillo de palmeras, observó también a los siete dragones que se disputaban el cadáver de Marcobad. Ello no impidió que durante muchos años las doncellas y matronas de Roma incansablemente contemplaran, ensalzaran y codiciaran el inestimable tejido de púrpura que resplandecía en el templo de Júpiter Capitolino.

LA CAMPANA DE SAN EUSQUEMÓN

La localidad de Epinal, en Lorena, poseyó en la Edad Media un conjunto de tres campanas dedicadas respectivamente a San Eulogio, San Euquerio y San Eusquemón, cuyo tintineo se comprobó que era una efectiva salvaguardia contra todas las tronadas. Los cielos podían volverse sombríos en la medida que quisieran; bastaba con hacer sonar las campanas para que ningún relámpago resplandeciese y ningún trueno retumbase sobre la población, ni tampoco la comarca circunvecina que se hallaba al alcance auditivo del repique fuera asolada por granizo o lluvia torrencial.

Un día, los tres santos —Eulogio, Euquerio y Eusquemón— se encontraban reunidos, sumamente satisfechos de sí mismos y de cuanto les circundaba, para lo cual tenían pleno derecho si se supone que estaban en el paraíso. Decimos que esto se supone porque no nos hallamos plenamente en condiciones de reconciliar dicho lugar con la presencia de ciertas jarras y botellas que habían estado más llenas de lo que ahora se mostraban.

—¡Qué feliz motivo de reflexión para un santo —dijo Eulogio, que rápidamente estaba pasando del meloso estado de buena camaradería al lastimero— es el hecho de que, aun después de su ascensión celestial, le sea permitido seguir constituyendo un factor de beneficio y auxilio para sus semejantes que todavía permanecen en las penumbras de la condición mortal! El resultado de los servicios que ha prestado mi campana al poner a salvo a las buenas gentes de Epinal de tormentas e inundaciones me colma de inefable beatitud.

—*Tu* campana! —interpuso Euquerio, cuya trayectoria le había conducido del estado meloso al pendenciero—. ¡Dijiste *tu* campana! Tiene tan buen efecto como el tintineo de este jarrito —y adecuó la acción a la palabra—. Para más no sirve tu campana. Es *mi* campana la que cumple la tarea.

—Creo que podríais dedicar alguna palabra a *mi* campana —intervino Eusquemón, un pequeño santo bizco, muy alegre y amistoso cuando no se hallaba irritado como en la ocasión presente.

—¡Tu campana! —replicaron los santos mayores con increíble desdén, al punto de que olvidaron su propio altercado y arremetieron contra su hermano menor tan ferozmente que éste huyó tapándose las orejas con las manos y jurando vengarse.

Poco tiempo después de esta disputa, un personaje de aspecto venerable se presentó en Epinal y solicitó el cargo de sacristán y campanero, que por aquel entonces se hallaba vacante. Aunque bizqueaba, su apariencia distaba mucho de ser desagradable y obtuvo el empleo sin dificultades. Su trabajo en las funciones que le fueron asignadas resultó ejemplar desde todo punto de vista; o si ponía de manifiesto alguna pequeña negligencia durante los cultos en honor de los santos Eulogio y Euquerio, ello era sobradamente compensado por la devoción que el hombre exhibía a San Eusquemón, quien hasta ese momento había sido un tanto desatendido. Se advirtió, ciertamente, que las velas, guirnaldas y otras ofrendas instaladas en los altares de los dos santos principales aparecían trasladadas de manera inexplicable y misteriosa al menor, lo cual indujo a las personas experimentadas a señalar que sin lugar a dudas estaba a punto de producirse un milagro. Nada ocurrió, empero, hasta una calurosa tarde estival en que los indicios de tormenta se hicieron tan amenazadores que el sacristán fue encargado de repicar las campanas. Apenas comenzó y ya el cielo se mostraba claro pero, para asombro de la población, en lugar del caudaloso volumen habitual del tañido se escuchó un tintineo solitario, que por comparación sonaba enteramente ridículo e inaceptable. La campana de San Eusquemón repicaba sola.

En un santiamén laicos y religiosos formaron una multitud que se encaminó al campanario para exigir con indignación que el sacristán diera explicaciones.

—Mi propósito ha sido esclareceros —respondió—: enseñaros a honrar a quien corresponde y desenmascarar a esos impostores canonizados.

Y les llamó la atención a propósito del hecho de que los badajos pertenecientes a las campanas de Eulogio y Euquerio se hallaban tan amarrados que no podían emitir ni un tañido, en tanto que la de Eusquemón oscilaba libremente.

—Podéis comprobar —prosiguió— que éstas no pueden en absoluto repicar, pese a lo cual se logró detener la tormenta. Por consiguiente, ¿no resulta manifiesto que la virtud reside exclusivamente en la campana del bienaventurado Eusquemón?

El argumento no pareció presentar dudas a la mayoría, pero los clérigos que ejercían su ministerio en los altares de Eulogio y Euquerio rechazaron firmemente la evidencia y afirmaron que no se podía llegar a una decisión justa hasta que la campana de Eusquemón fuese sometida a idéntico trato que las otras. Por fin, prevaleció este criterio, para gran desaliento de Eusquemón, quien estaba totalmente convencido de las virtudes que poseía su propia campana, pero que al mismo tiempo, en el fondo de su corazón, no descreía de las que estaban consagradas a sus hermanos.

Imaginad su alivio y su maravillado júbilo cuando, silenciada su propia campana, la tormenta se desencadenó sobre Epinal con toda furia por primera vez desde las épocas más lejanas que recordaban los habitantes de mayor edad; y sin tomar en consideración el tañido frenético de las otras dos campanas, la borrasca rugió con inimaginable violencia hasta que la correspondiente al menor de los santos entró en actividad y, como por arte de magia, cesó la lluvia, las tempestuosas nubes se dispersaron y el sol resplandeció gloriosamente en el cielo.

—¡Llevadle en procesión! —gritó la multitud.

—Así sea, hermanos; aquí estoy —respondió Eusquemón, adelantándose con paso vivo en medio del gentío.

—¿Y por qué, en nombre de Zernebock, hemos de llevarte a *ti*? —preguntaron unos, mientras que otros se alejaban presurosos para cargar la imagen que era objeto de su devoción.

—A decir verdad, tenéis razón —atinó a observar Eusquemón, y no agregó una palabra más. Por cierto, ¿cómo les demostraría que *él* era Eusquemón? Su parecido con la efigie no era en modo alguno manifiesto, pues se trataba de la obra de un escultor que pertenecía a la escuela idealizante; y tuvo la sensación de que, ¡ay!, su capacidad de operar un milagro resultaba tan escasa como la de cualquiera de nosotros. Para la muchedumbre no era más que un anciano sacristán que bizqueaba de un ojo y que sólo disponía de su trabajo para protegerse de la indigencia. Surgió un problema adicional y más complejo: ¿cómo demonios haría para regresar al paraíso? El método habitual ya no le era accesible porque hacía varios siglos que había muerto, y a su imaginación no se le ocurría ningún otro procedimiento.

Eusquemón murmuró disculpas y se alegró de pasar inadvertido, oculto en un rincón, si bien las honras que la buena gente de Epinal estaba tributando a su imagen apenas le dieron consuelo. A medida que pasó el tiempo se fue volviendo melancólico e intranquilo y nada le resultaba tan agradable como ascender al campanario en las noches de luna para garabatear insultos en las campanas de Eulogio y Euquerio, que habían cesado de repicar, y para acariciar la que le pertenecía, que ahora cumplía la tarea de las tres. Con alarma advirtió cierta noche una incipiente raja que amenazaba con transformarse en una seria grieta.

—Si esto sigue así —oyó que decía una voz a sus espaldas—, disfrutaré de unas buenas vacaciones.

Eusquemón se volvió y, con indescriptible congoja, observó la presencia de un gigantesco demonio que apoyaba una mano negligentemente en la parte superior de la campana y cuyo aspecto sugería que nada habría de costarle arrojar a ésta juntamente con Eusquemón hasta el otro extremo de la localidad.

—¡Fuera de aquí, maligno! —balbució el bienaventurado con toda la dignidad que logró reunir—, o por lo menos retira tu impía zarpa de mi campana.

—Ven, Eusquito —contestó el maligno con profana familiaridad—, no seas tonto. En realidad, *no* eres tan estúpido como para suponer que tu virtud tiene algo que ver con las virtudes de la campana, ¿no es así?

—¿De quién es la virtud, entonces? —demandó Eusquemón.

—A decir verdad —declaró el demonio—, ¡mía! Cuando fundieron esta campana fui aprisionado en ella por un poderoso mago, y mientras permanezca en su interior ninguna tormenta podrá acercarse al lugar del tañido. No me está permitido salir de mi cárcel salvo por la noche, y a esas horas sólo puedo alejarme hasta la longitud de un brazo, para lo cual, debo confesar, me tomo la libertad de medir la distancia con mi propio brazo, que es bastante largo. Esto debe continuar, según tengo entendido, hasta que reciba el beso de un obispo que posea reconocida santidad. ¿Allá en tu época, por casualidad, no habrás estado metido en asuntos episcopales?

Eusquemón protestó enérgicamente que en la tierra había sido un simple laico, lo cual era cierto y constituía el motivo de que Eulogio y Euquerio le despreciaran, pero que, en las presentes circunstancias, le producía un enorme alivio, si bien no consideró necesario explicárselo al demonio.

—Bien —prosiguió el maligno—, espero que aparezca pronto porque ya estoy medio sordo con el retumbar y redoblar de este infernal badajo, que últimamente parece haberse puesto mucho peor; y las bendiciones, santiguadas y aspersiones que he debido soportar son totalmente repugnantes para mi gusto e impropias de mi posición social. Que te vaya bien, Eusquito; ven a verme mañana por la noche.

Y el maligno tornó a deslizarse en la campana, con lo cual instantáneamente se volvió invisible.

La humillación del pobre Eusquemón al enterarse de

que debía su prestigio al diablo puede resultar más fácil de imaginar que de exponer. Sin embargo, no faltó a la cita de la noche siguiente y halló al demonio sentado fuera de la campana, en la mejor disposición de ánimo. No pasó mucho tiempo antes de que el diablo y el santo se hicieran amigos entrañables, puesto que ambos necesitaban compañía; y el enviado infernal se manifestaba tan divertido con la simplicidad del bienaventurado como éste se hallaba embelesado con la astucia de aquél. Eusquemón aprendió innúmeras cosas de las que no tenía ni la menor noticia. El demonio le enseñó a jugar a la baraja (recién inventada por los sarracenos) y le inició en diversas «prácticas que habrían de instaurarse, aunque todavía no existiera ni el más remoto indicio de ellas», como fumar tabaco, apostar en las carreras de caballos y pergeñar relatos estrafalarios para publicaciones de buen tono. Trazó las más profanas pero irresistibles caricaturas de Eulogio, de Euquerio y de la restante hueste celestial. Había sido uno de los demonios que tentó a San Antonio y prodigaba anécdotas del eremita que Eusquemón jamás había escuchado referir en el paraíso. Demostraba estar bastante versado en cuanto escándalo se relacionaba con los santos en general, y Eusquemón comprobó con extremada sorpresa cuánto se sabía en los aposentos del subsuelo acerca de los habitantes del cielo. En suma, nunca se había divertido tanto en su vida; llegó a dominar eficazmente toda clase de diabluras menores y estaba dejando de preocuparse por su campana y sus obligaciones eclesiásticas, cuando un imprevisto contratiempo interrumpió su felicidad.

El obispo de Metz, en cuya diócesis se encontraba Epinal, durante un viaje de inspección se halló por casualidad a corta distancia de la localidad y resolvió pasar la noche allí. No llegó hasta el ocaso pero, como la noticia de su propósito fue adelantada por un mensajero, las autoridades civiles y religiosas se prepararon para recibirle. Cuando llegó a la casa dispuesta para su instalación, escoltado con toda la pompa del caso, el alcalde se aventuró a declarar la esperanza de que todo hubiera sido de la satisfacción de Su Señoría.

—Todo —dijo el obispo enfáticamente—. En realidad, sólo quiero señalar una pequeña omisión, que sin duda puede justificarse.

—¿En qué consiste, Señoría?

—Ha sido costumbre habitual —puntualizó el prelado— que al obispo se le reciba con el repique de las campanas. Es una práctica digna de elogio, conducente a la purificación del aire y la desarticulación de los poderes con que cuenta el príncipe de las tinieblas. En la presente ocasión no oí el repique de campanas, pero me doy cuenta de que mi capacidad auditiva ya no es lo que era.

Las autoridades civiles y religiosas se miraron entre sí.

—¡Ese maldito bribón que trabaja como sacristán! —exclamó el alcalde.

—En verdad, últimamente ha descuidado sus obligaciones de manera muy extraña —agregó el sacerdote.

—Pobre infeliz —agregó alguien caritativamente—, sospecho que su inteligencia se halla bastante menguada.

—¡Cómo! —vociferó el obispo, que era muy activo, muy exigente y considerablemente riguroso en materia de disciplina—. ¡Esta notable iglesia, tan renombrada por sus tres campanas milagrosas, entregada a las imprevisibles acciones de un tunante imbécil que puede incendiarla cualquiera de estas noches! He de proceder sin demora a practicar un reconocimiento del edificio eclesiástico.

Pese a todos los intentos de disuadirle, se puso en marcha. Se trajeron las llaves, se abrieron de par en par las puertas, se examinó íntegramente la iglesia. No obstante, ni en la nave, ni en el coro, ni en el presbiterio se halló el más mínimo rastro del sacristán.

—Quizás esté en el campanario —surgirió un corista.

—Veamos —respondió el obispo, y procedió a ascender con paso vivo por la escalera. Emergió en el campanario abierto que iluminaba la luna llena.

¡Cielos! ¡Qué espectáculo contemplaron sus ojos! El sacristán y un demonio, sentados *vis-à-vis* junto a la campana milagrosa, terminaban una disputada partida de naipes, mientras en medio de ellos aguardaba un jarro humeante de vino caliente con especias.

—Siete —anunció Eusquemón.

—Y ocho son quince —replicó el demonio y se anotó dos puntos.

—Veintitrés y un par —exclamó Eusquemón, anotando a su vez los puntos obtenidos.

—Y siete es treinta.

—Un as y son treinta y uno. Se acabó para mí.

—Sin duda, para ti se acabó, mi estimado amigo —rugió el obispo, golpeando con su cayado en las espaldas de Eusquemón.

—¡Demonios! —dijo el diablo y desapareció en su campana.

Cuando el pobre Eusquemón hubo sido atado y amordazado, lo que no llevó mucho tiempo, el obispo arengó brevemente a quienes le acompañaban. Declaró que las historias que habían llegado a sus oídos sobre las campanas ya habían suscitado sus recelos. Había tenido grandes temores de que no todo marchara bien, y ahora comprobaba que tales inquietudes se hallaban plenamente justificadas. Confiaba en que no hubiera un solo hombre entre los que se hallaban frente a él que no estuviese dispuesto a que sus rebaños y cosechas fuesen destruidos cincuenta veces por las tempestades, antes de obtener protección por medios impíos. Lo que había sucedido, había sucedido por ignorancia y podía remediarse con una multa destinada al tesoro episcopal. El monto de ésta lo consideraría cuidadosamente y los habitantes de Epinal podían tener la seguridad de que no sería tan leve como para privarles de la absolución plena. La campana debía ser trasladada a la ciudad en la que se encontraba su catedral, donde los exorcistas e inquisidores habrían de examinarla y formularían un dictamen. Mientras tanto, él mismo procedería a llevar a cabo una rápida inspección preliminar.

En consecuencia, la campana fue descolgada y observada a la luz combinada de los rayos de la luna y del resplandor de una antorcha. Un reconocimiento muy superficial bastó para demostrar, fuera de toda discusión, el acierto del juicio emitido por el obispo: en el borde inferior de la campana habían sido grabados caracteres desconocidos por todos, pero que parecían suscitar en el prelado una gran consternación.

—¡Confío —exclamó— en que ninguno de vosotros sepa nada acerca de estos caracteres! Espero con toda sinceridad que nadie esté capacitado para leer uno solo de ellos. ¡Si llegara a enterarme que alguien está en condiciones de reconocer tales signos, debería hacerle quemar sin vacilaciones!

Los presentes se apresuraron a asegurarle que ninguno de ellos tenía ni la más remota idea de lo que significaban esas letras, que nunca antes habían sido advertidas.

—Me alegra enterarme de ello —expresó el obispo—. El día en en que estas letras sean interpretadas resultará doloroso para la Iglesia.

Partió a la mañana siguiente, llevándose la campana con el invisible demonio dentro de ella, el mazo de naipes que fue considerado un libro de magia y al infortunado Eusquemón, que pronto se encontró en la más absoluta oscuridad, encerrado en una tétrica mazmorra. En razón del ruido que hacían las ratas corriendo de aquí para allá, pasó algún tiempo hasta que Eusquemón se percató de la presencia de un compañero de cautiverio. Sin embargo, finalmente un profundo suspiro llegó hasta su órgano auditivo.

—¿Quién eres? —interrogó.

—Un desdichado prisionero —fue la respuesta.

—¿Cuál es el motivo de tu encarcelamiento?

—¡Oh, una mera tontería! La ridícula sospecha de que sacrifiqué un niño en honor de Belcebú. Uno de esos pequeños contratiempos que de vez en cuando suelen ocurrir en nuestra profesión.

—¡En *nuestra* profesión! —vociferó Eusquemón.

—¿No eres acaso un hechicero? —preguntó la voz.

—De ningún modo —contestó Eusquemón—. Soy un santo.

El brujo recibió la declaración de Eusquemón con bastante escepticismo, pero cuando por último se convenció de su verdad, le dijo:

—Te felicito. Manifiestamente, el diablo tiene un antojo contigo y nunca olvida a sus allegados. En verdad, también el obispo es un gran favorito suyo. Pero confiemos en lo mejor. ¿Nunca probaste volar en una escoba? ¿No? Es una lástima, porque quizá debas montar una sin previo aviso.

Apenas había sido administrado este consuelo cuando se corrieron los cerrojos, rechinaron los goznes, la puerta se abrió y los carceleros, auxiliados con antorchas, comunicaron al hechicero que el obispo requería su presencia. Le encontró en su estudio, que prácticamente se hallaba obstruido por la campana de Eusquemón. El prelado recibió a su visitante con toda amabilidad y le expresó su sincera esperanza de que los arreglos muy especiales que había dispuesto para comodidad del distinguido prisionero hubieran sido puntualmente satisfechos por sus subordinados. El hechicero, quien no era menos hombre de mundo que el obispo, agradeció a Su Señoría e insistió en que disfrutaba de plena comodidad.

—Necesito el auxilio de tu arte —dijo el obispo, para introducirse en el asunto que le interesaba—. Me hallo extremadamente preocupado (y estupefacto no resultaría un término demasiado fuerte) a propósito de esta maldita campana. Mis mejores exorcistas han estado probando en ella cuanto saben, sin resultado alguno. Hubiese dado lo mismo que tratasen de exorcizar la mitra de mi cabeza por medio de cualquier hechizo que no fuera el ofrecimiento de otra que resultase superior. La magia es evidentemente el único remedio, y si puedes desencantarla te dejaré en libertad.

—Será un asunto peliagudo —observó el hechicero, examinando la campana con ojo de experto—. Requerirá una *fumigatio*[1].

—Ciertamente —asintió el obispo—, y también una *suffumigatio*.

---

[1] La *fumigatio* y la *suffumigatio* son procedimientos empleados en los conjuros mágicos. La terminología utilizada en el diálogo siguiente se refiere, por supuesto, a los recursos necesarios para que el encantamiento resulte eficaz. *(N. del T.)*

—Aloe y lentisco —aconsejó el hechicero.

—En efecto —prosiguió el obispo—; y sándalo rojo.

—Debemos convocar a Primeumaton —dijo el brujo.

—Sin duda —acotó el obispo—; y a Amioram.

—Triángulos —dictaminó el hechicero.

—Pentágonos —añadió el obispo.

—En la hora de Meton —señaló el hechicero.

—Hubiera dicho que en la de Trafac —sugirió el obispo—, pero me atengo a tu mayor experiencia.

—¿Puedo contar con la sangre de un macho cabrío? —interrogó el mago.

—Por supuesto —asintió el obispo—, y también la de un mono.

—¿Su Señoría opina que sería posible aventurarse inclusive a disponer de un niño destetado?

—Bueno, si fuera absolutamente indispensable...

—Me encanta comprobar una actitud tan liberal de parte de Su Señoría —reconoció el hechicero—. Su Señoría es evidentemente de la profesión.

—Son cosas que se me pegaron cuando fui inquisidor —explicó el obispo con un poco de turbación.

En breve lapso todo estuvo preparado. Resultaría imposible enumerar la mitad de cuanto el hechicero juzgó necesario para su tarea: cruces, círculos, pentagramas, espadas desnudas, tibias cruzadas, braserillos, redomas de incienso. Afortunadamente, el niño no fue considerado indispensable. A Eusquemón se le extrajo de la mazmorra y, mientras sus dientes castañeteaban de miedo y frío, fue colocado junto a su campana para sostener una candela en homenaje al diablo. Comenzaron los encantamientos y rápidamente dieron muestras de su eficacia. La campana tembló, osciló, se hendió y una figura femenina de incomparable belleza surgió con la misma indumentaria que Eva y ofreció sus labios al obispo. ¿Qué podía hacer éste, salvo responder al ofrecimiento? Con un rugido de triunfo, el demonio recuperó su forma original. El obispo se desmayó. Los aposentos se llenaron de vapores sulfurosos. El diablo se remontó majestuosamente y salió por la ventana, llevándose al hechicero bajo un brazo y a Eusquemón bajo el otro.

La creencia general consiste en que el demonio afablemente dejó caer a Eusquemón de regreso en el paraíso o dondequiera que hubiese iniciado su aventura. Inclusive se agrega que descendió entre Eulogio y Euquerio, que durante todo el tiempo transcurrido estuvieron disputando acerca de los méritos de sus respectivas campanas y a cuya discusión se sumó el recién llegado como si nada hubiera sucedido. Algunos afirman, en cambio, que el diablo, circunstancialmente desprovisto de capellán, ofreció el cargo a Eusquemón, quien lo aceptó. Pero no sabemos de qué modo se puede reconciliar esta versión con el hecho incontestable de que las obligaciones inherentes a la tarea mencionada son en la actualidad ejercidas con toda eficiencia por el obispo de Metz. Por lo menos, una cosa es cierta, gentil lector: el nombre de Eusquemón ha sido excluido del santoral.

La multa impuesta a la parroquia de Epinal nunca fue cobrada. La campana, cuya rotura no admitía reparación a causa de la violenta salida del demonio, fue devuelta y se la instaló en el museo de la localidad. Las campanas de Eulogio y Euquerio siguieron repicando cuando ello correspondía pero, con respecto a las tormentas, Epinal desde entonces no disfrutó de una inmunidad mayor que los distritos contiguos. Cierto día un anciano viajero, que durante muchos años había permanecido en territorio pagano y en el que algunos creyeron descubrir un notable parecido con el hechicero, vio la campana y solicitó permiso para examinarla. Pronto descubrió la inscripción y reconoció que los extraños caracteres pertenecían al alfabeto griego. Sin la menor dificultad descifró la leyenda:

Μὴ κίνει Καμαρίναν· ακίνητος γὰρ ἀμείνων[2].

y obsequió a los pobladores con esta traducción libre pero bastante exacta:

¿POR QUÉ NO DEJAN TODO COMO ESTÁ?

[2] «No toquéis Camarina, pues así está mejor». Respuesta que dio el oráculo cuando los que habitaban las cercanías del lago Camarina, en Sicilia, lo consultaron acerca de la conveniencia de eliminar esta causa de pestilencia. Al parecer, el consejo fue desoído y se procedió a desecar el lago, lo cual permitió que sus enemigos marcharan por el lecho seco para destruir la ciudad erigida en ese lugar. En latín, las palabras *Camarinam movere* se volvieron proverbiales para mentar un intento peligroso y frustrado. En la *Eneida*, III, verso 701, Virgilio menciona a «Camarina, que según la profecía jamás debió tocarse». *(N. del T.)*

EL FRUTO DE LA LABORIOSIDAD

EN China, durante la dinastía Tang, a principios del séptimo siglo de la era cristiana, vivía un mandarín virtuoso y erudito pero pobre, que tenía tres hijos: Fu-su, Tu-sin y Wang-li. Los dos primeros eran jóvenes de mentes activas, siempre ocupadas en descubrir algo nuevo y útil. Wang-li también era habilidoso, pero sólo en juegos de destreza, en los que demostraba considerable pericia.

Fu-su y Tu-sin conversaban entre sí incesantemente acerca de los maravillosos inventos que harían al llegar a la plena mayoría de edad, y de la fortuna y renombre que aguardaban obtener de ese modo. Sus coloquios rara vez llegaban a oídos de Wang-li, quien en muy pocas ocasiones levantaba los ojos del tablero de ajedrez en que resolvía sus problemas. Pero el padre prestaba atención a las observaciones de sus vástagos y un buen día les dijo:

—Me temo, hijos míos, que entre las variadas actividades y estudios realizados hayáis omitido el conocimiento de las leyes de vuestro país, ¿o acaso ignoráis que la fortuna no puede obtenerse por los medios que os habéis propuesto?

—¿Cómo es eso, padre? —preguntaron.

—Nuestros antepasados consideraron con justicia —respondió el anciano— que la veneración debida a los grandes hombres, honrados en nuestros templos a causa de la deuda que hemos contraído con ellos por el aporte que hicieron a las artes de vivir, sólo podría quedar empañada si se admitía que la posteridad eclipsase esa fama con el aporte de nuevos descubrimientos o si presuntamente se modificaba lo que pudo parecer imperfecto en las obras que nos legaron. Por lo tanto, un edicto del emperador Suen prohíbe toda clase de inventos y un estatuto del emperador Wu-chi establece por añadidura que nada inventado hasta la fecha ha de ser perfeccionado. Mi predecesor en esta pequeña función que desempeño fue excluido de ella por haber indicado que, a su juicio, las monedas debían ser redondas en vez de cuadradas, y yo mismo puse en peligro mi vida al procurar la combinación de una minúscula escofina con un par de tenacillas.

—Si ésta es la situación —dijeron los jóvenes—, nuestra patria no es el lugar adecuado para que nos quedemos.

Abrazaron, pues, a su padre y partieron. De su hermano Wang-li no se despidieron, en razón de que se hallaba sumergido en un problema de ajedrez. Antes de separarse, convinieron en que volverían a reunirse en el mismo lugar al cabo de treinta años, en compañía del tesoro que estaban seguros de adquirir en tierras extranjeras con su capacidad de inventiva. Se comprometieron, además, a que, en el caso de que uno no obtuviera beneficios, el otro dividiría con él sus posesiones.

Fu-su acudió a los artesanos que tallan caracteres en tacos de madera dura, destinados a que con ellos puedan imprimirse libros. Una vez que profundizó en los arcanos de esta labor, acudió a un fundidor de metales y aprendió a moldear los tipos en este material. Luego buscó a un erudito que había viajado extensamente y se familiarizó con las lenguas griega, persa y árabe. Al cabo, preparó en metal un número de caracteres griegos y los puso en su morral, al tiempo que se proveía de algunas tablillas de madera con letras que él mismo había tallado. Una vez reunidos estos elementos, partió en busca de fortuna, y tras innumerables peripecias y riesgos llegó al territorio de Persia e hizo averiguaciones acerca del gran rey.

—El gran rey ha muerto —le dijeron—, y su cabeza está totalmente separada de su cuerpo. Por lo tanto, en Persia al presente no hay rey, grande o pequeño.

—¿Dónde podré hallar otro gran rey? —demandó Fu-su.

—En la ciudad de Alejandría —le respondieron—, donde el Jefe de los Creyentes se halla empeñado en introducir la fe del Profeta.

Fu-su se trasladó a Alejandría con sus tipos y sus tablillas.

Al atravesar las puertas de entrada observó una enorme nube de humo, que parecía oscurecer toda la ciudad. Antes de que pudiera averiguar la causa, la guardia le arrestó en su condición de extranjero y le condujo ante el califa Omar.

—Sabe, oh califa —comenzó Fu-su—, que mis compatriotas son a la vez los más sabios y los más estúpidos entre los seres humanos. Han inventado un arte para la preservación de la escritura y para la difusión del conocimiento que nunca estuvo al alcance de los doctos en Grecia y en la India, pero no aprendieron (y se niegan a conocer) cómo puede darse el pequeño paso necesario para utilizar este descubrimiento en provecho general de los hombres.

Presentó entonces los tipos y las tablillas y explicó al califa el misterio íntegro que supone el arte de imprimir.

—Al parecer —le advirtió Omar— ignoras que apenas ayer hemos condenado y excomulgado todos los libros y hemos prohibido su existencia en la faz de la tierra, en vista de que contienen o bien lo que es contrario al Corán, en cuyo caso resultan impíos, o bien lo que es conforme al Corán, en cuyo caso deben juzgarse superfluos. Además, sospecho que no te has enterado de que el humo que envuelve la ciudad procede de la biblioteca de los infieles, quemada por orden nuestra. Convendría quemarte junto con ella.

—¡Oh, Jefe de los Creyentes! —observó un funcionario—, con toda seguridad el último de los execrables rollos acabó de quemarse en el instante mismo en que este infiel entró en la ciudad.

—Puesto que ha sucedido así —dijo Omar—, no le castigaremos con el fuego, ya que hemos eliminado toda posibilidad de que pecara. Sin embargo, ingerirá estos pequeños amuletos metálicos que trae consigo, a razón de uno por día, al cabo de lo cual será expulsado de la ciudad.

La sentencia fue ejecutada, y Fu-su se consideró afortunado porque el médico de la corte condescendió a aceptar sus escasos bienes a cambio de eméticos.

Lenta y penosamente logró regresar a China con los recursos que iba mendigando en el camino, y llegó al lugar convenido al expirar el trigésimo año. La humilde morada de su padre había desaparecido y en su lugar se erigía una lujosa mansión, en torno de la cual se extendía un parque con pabellones, canales, sauces, faisanes dorados y puentecitos.

«Seguramente Tu-sin hizo fortuna —pensó—, y no rehusará compartirla conmigo, según lo convenido».

Mientras reflexionaba así, oyó una voz a su lado; al volverse advirtió a alguien que se hallaba en peores apuros que él mismo y que le pedía una limosna. Era Tu-sin. Los hermanos se abrazaron y vertieron abundantes lágrimas, después de lo cual Tu-sin conoció la historia de Fu-su y procedió a referir sus propias andanzas:

—Acudí a quienes conocen el secreto de los granos denominados pólvora, que Suen no pudo impedir que inventáramos pero acerca de los cuales Wu-chi tomó las precauciones necesarias para que no fuesen utilizados, salvo en los fuegos de artificio. Cuando hube aprendido los arcanos de la pólvora, deposité cierta cantidad de estos granos en tubos huecos que había construido con hierro y bronce, y sobre ellos puse adicionalmente bolas de plomo de un tamaño que correspondía al hueco de los tubos. Comprobé entonces que, si aplicaba lumbre a la pólvora en un extremo del tubo, podía lanzar la bola por el otro lado con una fuerza tal que penetraba de una sola vez las corazas de tres guerreros. Llené un tonel con estos granos y lo disimulé, juntamente con los tubos, poniendo encima tapices; coloqué la carga sobre bueyes y partí para la ciudad de Constantinopla. No me demoraré en los incidentes del viaje; baste decir que llegué finalmente, medio muerto de fatiga y de privaciones y carente de todo lo que no fuera mi mercancía. Soborné a un funcionario con mis tapices y me gestionó una entrevista con el emperador, a quien hallé muy atareado en el estudio de un problema de ajedrez.

»Le informé de que había descubierto un secreto por

medio del cual llegaría a dominar el mundo y, en particular, lograría alejar a los sarracenos que amenazaban con destruir su imperio.

»—Debes comprender —me respondió— que posiblemente no esté en condiciones de atenderte hasta que no haya resuelto este problema. Sin embargo, comunicaré tu invento a los principales armeros de mi capital, para que nadie llegue a decir que el emperador descuida sus obligaciones, entregado a diversiones ociosas.

»Con tal propósito, me dio una carta para los armeros y volvió a concentrarse en su problema. Al salir del palacio con la misiva, tropecé con una gran procesión. Jinetes y gente de a pie que corría, músicos, heraldos y portadores de estandartes, todos rodeaban a un chino sentado en la postura de Fo[1] bajo una gran sombrilla, encima de un elefante ricamente enjaezado; el hombre llevaba su coleta entrelazada con rosas amarillas. Los músicos soplaban y repicaban; los portaestandartes hacían flamear sus enseñas y los heraldos proclamaban:

»—Así se hará con aquel que el emperador se complace en honrar.

»Y a menos que me haya equivocado seriamente el rostro del chino pertenecía a nuestro hermano Wang-li.

»En otra ocasión hubiera tratado de averiguar qué significaba todo esto, pero mi impaciencia era grande, así como mi pobreza y mi hambre. Busqué a los armeros principales y con bastante dificultad logré reunirlos para que me recibieran en audiencia. Exhibí el tubo y la pólvora, lancé mis bolas de plomo perforando fácilmente la mejor armadura que pudieron poner ante mí.

---

[1] Primera sílaba del nombre chino de Buda: Foe-ta. *(N. del T.)*

»—¿Quién va a querer petos ahora? —gritó el principal encargado de fabricar petos.

»—¿Y quién requerirá yelmos? —exclamó el que hacía armaduras para proteger la cabeza.

»—En pago de este escudo no me habría sentido dispuesto a recibir menos de cincuenta besantes, y al presente, ¿de qué sirve? —dijo quien encabezaba la producción de escudos.

»—Mis espadas perderán importancia —agregó un forjador de espadas.

»—Mis flechas no servirán de nada —se lamentó el fabricante de estos instrumentos.

»—Es una infamia —clamó uno.

»—Es hechicería —vociferó otro.

»—Como que soy un honesto artesano, es un engaño —tronó el tercero, y puso a prueba su integridad arrojando una barra de hierro candente dentro del tonel. Todos los presentes se remontaron hacia las alturas en compañía del techo del edificio y todos perecieron, salvo yo, que escapé con deterioros en el pelo y en la piel. Un incendio estalló en el lugar y consumió un tercio de la ciudad de Constantinopla.

»Algún tiempo después me encontraba en mi lecho de prisión, en parte recuperado de mis heridas, y lastimeramente prestaba atención a la disputa entre dos de mis guardias, uno de los cuales proponía incinerarme, en tanto que el otro quería enterrarme vivo, cuando llegó una orden imperial que disponía mi castigo. Los carceleros la recibieron con humildad y leyeron: "Arrojadlo fuera de la ciudad". Sorprendidos por correctivo tan benigno, se limitaron, empero, a cumplirlo con tanto celo que fui a dar en medio del Bósforo, donde me recogió una barca pescadora. Desembarqué en la costa asiática, desde la que conseguí regresar mendigando durante el trayecto. Propongo ahora que apelemos a la misericordia del dueño de esta espléndida mansión, que acaso se apiade de nosotros al enterarse de que crecimos en la morada que fue derribada para dar lugar a este palacio.

Cruzaron los portones de entrada, caminaron tímidamente hasta la casa y se prepararon para arrojarse a los pies del señor que vivía allí, pero no llegaron a hacerlo, pues, antes de que lo intentaran, reconocieron a su hermano Wang-li.

A éste le tomó tiempo reconocerles, pero cuando finalmente supo quiénes eran se apresuró a darles cuanto les hacía falta. Una vez que hubieron bebido y comido en abundancia y que se vistieron con los ropajes de honor, refirieron sus historias y pidieron a Wang-li que narrara las aventuras que había vivido.

—Queridos hermanos —dijo Wang-li—, el noble juego del ajedrez, afortunadamente inventado mucho antes de la época del emperador Suen, era practicado por mí sólo como un entretenimiento y ni siquiera en sueños se me ocurrió suponer que se podía adquirir fortuna en su ejercicio, hasta que accidentalmente me enteré cierto día de que era por completo desconocido en las naciones de Occidente. Aun entonces no pensé en ganar dinero, sino que sentí tan honda compasión por esos bárbaros desamparados que me acosó una intranquilidad imposible de aquietar hasta el momento en que logré esclarecerlos. Por lo tanto, marché a la ciudad de Constantinopla y fui recibido como un mensajero del cielo. Mi labor tuvo efectos tales que antes de mucho tiempo el emperador y sus principales funcionarios no pensaban en otra cosa que en jugar al ajedrez día y noche, por lo que el imperio se precipitó en un total desorden y los sarracenos ganaron considerable terreno. En recompensa de estos servicios, el emperador se dignó otorgarme los honores excepcionales de los que fuiste testigo, mi querido hermano, en las puertas del palacio.

»Sin embargo, después del incendio que fue provocado por contribución tuya, aunque de ningún modo por tu culpa, la gente comenzó a murmurar y acusó al emperador de buscar la destrucción de la ciudad en complicidad con un hechicero extranjero, que eras tú. Antes de que transcurriera mucho tiempo, los principales funcionarios conspiraron y penetraron en los aposentos del emperador con intención de destronarle, pero el monarca declaró que no estaba dispuesto a abdicar hasta que hubiese terminado la partida de ajedrez que jugaba conmigo. Se pusieron a observar, se sintieron interesados y comenzaron a debatir entre sí acerca de los movimientos, lo cual permitió que mientras se prolongaba la discusión ingresaran los funcionarios leales y capturaran a todos los sublevados. Ello acrecentó considerablemente mi prestigio ante el emperador, y aún más se acrecentó cuando poco después jugué con el almirante sarraceno que bloqueaba el Helesponto, a quien le gané cuarenta barcos cargados de cereales, lo cual transformó en abundancia la escasez que padecía la ciudad.

»El emperador me invitó a escoger el beneficio que quisiera, pero respondí que su liberalidad no me dejaba nada que pedir, salvo que se preservara la vida de un pobre compatriota mío que, según me había enterado, estaba en prisión por incendiar la ciudad. El emperador me solicitó que escribiera la sentencia con mi propia mano. De haber sabido que eras tú, Tu-sin, créeme que habría mostrado mayor consideración por tu persona.

Por fin, partí de regreso a la patria cargado de riquezas y viajé muy cómodamente utilizando postas de rápidos dromedarios. Llegué a este sitio, compré la morada de nuestro padre y en su lugar erigí este palacio donde vivo meditando en los problemas de los jugadores de ajedrez y en los preceptos de los sabios, persuadido de que algo pequeño que el mundo está dispuesto a recibir es mejor que algo grande que todavía no aprendió a valorar correctamente. Porque el mundo es un niño grande que prefiere la diversión a la instrucción.

—¿Llamas diversión al ajedrez? —preguntaron sus hermanos.

EL OBISPO ADDO
Y EL OBISPO GADDO

MEDIODÍA, mitad del verano, mediados de la Edad Oscura[1]. Un tiempo saludable y grato en la ciudad de Bizerta, sobre la costa sarracena. El viento sopla intensamente, desde el mar, agitando las aguas de un azul oscuro y ornando con espuma los matices índigos, como si los corceles oceánicos tascaran un invisible freno. En tierra la atezada arena se arremolinaba, las verdes palmas silbaban agitadas y los hombres, en el resplandor del brillo solar, se regocijaban al aire libre con la frescura inusitada.

—Está disminuyendo la velocidad para acercarse —gritaban—, y por la fe del Profeta, no parece una nave de los verdaderos creyentes.

No lo era, pero enarbolaba una bandera de concordia. Mientras cabeceaba y giraba, la pequeña embarcación iba dando bordadas cada vez más cerca, hasta que muy pronto estuvo anclada en el puerto. No transcurrió mucho tiempo y ya habían desembarcado mensajeros de paz que traían presentes y una misiva del obispo de Amalfi para el emir de Bizerta. Los presentes consistían en cincuenta toneles de *lacrima Christi* y un cautivo, un individuo de estatura elevada y aspecto digno que

---

[1] Esta denominación suele aplicarse, especialmente en los países de habla inglesa, al período temprano de la cultura medieval, que abarca hasta cerca del año 1100. *(N. del T.)*

vestía un sucio ropaje eclesiástico y estaba desfigurado por la pérdida del ojo izquierdo, que parecía haber sido arrancado violentamente. La carta decía:

Salve, emir de Bizerta. Te remito a Gaddo, mi cautivo, que antes fue obispo de Amalfi y que ahora es un indeseable expulsado. Pues, ¿qué expresan las Sagradas Escrituras? «Cuando un fuerte bien armado guarda su palacio, seguros están sus bienes; pero si llega uno más fuerte que él, lo vencerá, le quitará las armas y repartirá sus despojos»[2]. Además, está escrito: «Que su obispado lo tome otro». Puesto que juré solemnemente que no mataría ni privaría de la vista ni mutilaría a mi enemigo, ni tampoco le recluiría en un monasterio, y puesto que el precio de la absolución por quebrantar un juramento excede en esta época corrompida toda medida razonable y toda cristiana moderación, no supe de qué modo vengarme de él, hasta que un sagaz consejero me hizo presente que no es posible considerar que un hombre quedó ciego mientras sólo se le haya privado de un ojo. El cual dispuse que fuera extirpado; y ahora, en la imposibilidad de encarcelarle y temeroso de ponerle en libertad, te lo envío para que le retengas cautivo en beneficio mío; en retribución por tal servicio, recibe cincuenta toneles del mejor *lacrima Christi,* que ininterrumpidamente te serán remitidos cada año, durante el período en que Gaddo permanezca a tu cargo.

†Addo, obispo de Amalfi
por la gracia de Dios.

[2] Evangelio según San Lucas, XI, 21-22. *(N. del T.)*

—En primer lugar —declaró el emir—, procederé a verificar si este licor es tan excelente como para inducir a un piadoso musulmán a que arriesgue el paraíso, puesto que su ley le prohíbe beberlo.

Se hicieron las comprobaciones de inmediato, y el problema obtuvo una respuesta favorable.

—En vista de ello —arguyó el emir—, el honor y la buena fe que exige el trato con el obispo Addo nos obligan a mantener cautivo al obispo Gaddo con todo el rigor posible. Sin embargo, los cerrojos pueden ser abiertos; las cadenas, limadas; los muros, escalados; las puertas, violentadas. Lo mejor es encadenar el alma del cautivo, atarlo con ligaduras invisibles que le despojen hasta del deseo de fugarse. Abraza la fe del Profeta —prosiguió, dirigiéndose a Gaddo— y conviértete en un ulema.

—No —respondió el obispo depuesto—, mi vocación siempre se inclinó hacia la vida militar. Al presente, en mi condición de mutilado y desterrado, prefiero asumir la corona del martirio.

—La obtendrás dentro de poco —le prometió el emir—. Trabajarás en el nuevo pabellón de mi jardín.

El esfuerzo continuo bajo un sol resplandeciente, combinado con el castigo que infligían los capataces, rápidamente agotó la fortaleza de Gaddo, ya mermada por el cautiverio y los malos tratos. Incapaz de alejarse arrastrándose después de que sus compañeros de trabajo habían terminado sus labores, cierto día yacía al anochecer, desfalleciente y casi insensible, arrumbado entre las piedras y los escombros del edificio sin terminar. Por allí pasó la hija del emir. Gaddo era hermoso y desdichado; la princesa era bella y compasiva. Ofrecida por las gráciles manos de la muchacha, una copa del licor que había remitido el obispo Addo sirvió para salvar la vida del obispo Gaddo.

Al atardecer siguiente, Gaddo de nuevo se demoró, y la princesa le habló desde su balcón. El tercer día se encontraron al anochecer en una glorieta. El siguiente encuentro tuvo lugar en los aposentos de la princesa, donde los descubrió el emir.

—Te haré despedazar con tenazas —le gritó a Gaddo.

—Su Alteza no asumirá la culpa de acción tan tenebrosa —replicó Gaddo con firmeza.

—¿Dices que no? —rugió el emir—. ¿Y por qué no habría de ponerla en práctica? ¿Qué me lo impide?

—Lo impiden los toneles de *lacrima Christi,* Su Alteza —respondió el perspicaz Gaddo—. ¿Supone Su Alteza que el obispo Addo le enviará otra remesa, en el caso de que adquiera la certidumbre de mi muerte?

—Dices bien —admitió el emir—. No puedo hacerte ejecutar. Pero puesto que mi hija es manifiestamente muy ardiente, la haré quemar.

—¿No sería más sencillo circuncidarme? —sugirió Gaddo.

Se suscitaron muchas dificultades, pero la madre de Ayesha prestó su apoyo a Gaddo y prometió un comportamiento más amistoso en el futuro con respecto a otras estrellas del harén, lo que permitió resolver el asunto: Gaddo recitó la profesión de fe mahometana, con lo cual estuvo en condiciones de convertirse en yerno del emir. El execrable sistema social que había debido soportar hasta entonces se desvaneció como la pesadilla de un soñador que despierta. Casado con quien le salvó la vida por compasión y a quien por otra parte salvó la vida con su cambio de religión, adoraba a su esposa y ella le adoraba; deseoso de tener hijos y de establecer un contacto activo con muchos otros intereses, de los que anteriormente había permanecido alejado, el eclesiástico se diluyó en el hombre; su intelecto se ensanchó, sus ideas se multiplicaron, su mente se despojó de hipocresía y llegó a convertirse en un eminente filósofo.

—Mi querido hijo —le dijo el emir un día—, la provisión de *lacrima Christi* se agotó; tenemos sed y el tributo de ese perro cristiano, obispo de Amalfi, tarda en llegar. Enviaremos sin demora algunos bajeles y procederás a inspeccionar tu antigua diócesis.

—Creo ver una nave en este preciso instante —respondió Gaddo; y tenía razón: la embarcación bajó el ancla, los emisarios se trasladaron a tierra y dirigieron la palabra al emir.

—Dignísimo príncipe, te traemos el tributo convenido, pero ha sido indispensable imponer una ínfima reducción.

—¡Una reducción! —exclamó el emir frunciendo las cejas de manera ominosa.

—Alteza —declararon—, a causa de la vendimia insuficiente que se registró el año pasado no fue posible proveer más que cuarenta y nueve toneles, que imploramos aceptes según lo pactado.

—En tal caso —resolvió el emir—, el acuerdo ha sido quebrado, dispongo la confiscación del barco y queda declarada la guerra.

—De ningún modo, Alteza —expresaron—, porque el quincuagésimo tonel vale por todo el resto.

—Que se proceda a abrirlo —ordenó el emir.

De conformidad con ello, se mandó desembarcarlo y fue depositado en la costa, donde fue abierto violentamente. De su espacioso interior, en deplorables condiciones de hambre, entumecimiento y mareo, se extrajo... al obispo Addo.

—Estamos hartos de nuestro pastor —explicó la delegación—, pues a fuerza de esquilmar a su rebaño ha puesto en evidencia que no es más que un lobo disfrazado. Por lo tanto, deseamos que te hagas cargo de él a cambio de nuestro virtuoso obispo Gaddo. En retribución te prometemos cien toneles de *lacrima Christi* como futura demostración anual de reconocimiento.

—Aquel que buscáis se halla ante vuestros ojos —contestó el emir—; encontradle y estaréis en condiciones de persuadirle para que os acompañe.

La mirada de los enviados vagó inútilmente de una a otra de las figuras adornadas con barbas, turbantes, caftanes y alfanjes. Les fue imposible descubrir que alguno de los muslimes presentes se pareciera más o menos a un obispo que el resto de sus acompañantes.

—¡Hermanos! —dijo Gaddo, conmovido por el desconcierto de los emisarios—, contempladme! Os agradezco vuestros bondadosos pensamientos acerca de mí, pero no veo de qué modo podéis hallar una respuesta satisfactoria. Me he convertido en sarraceno y he jurado mi lealtad a la fe mahometana. He sido circuncidado. Se me conoce por el nombre de Mustafá.

—Reconocemos el peso de las objeciones interpuestas por Su Señoría —dijeron—, y apenas nos atrevemos a sugerir que los tiempos son difíciles y que Su Santidad soporta graves dificultades financieras.

—Además, he tomado una esposa —añadió Gaddo.

—¡Una esposa! —exclamaron al unísono—. ¡Si sólo hubiera sido una concubina! Regresemos de inmediato.

Alzaron sus vestiduras y escupieron en el suelo.

—Por lo tanto —inquirió Gaddo—, ¿un obispo puede cometer cualquier enormidad salvo casarse, acción que ni siquiera admite ser expiada con dinero?

—Así lo expresan la ley y los profetas —respondieron.

—A menos —agregó un individuo de aspecto benévolo— que introduzcas la causa de esa abominación en una bolsa y la arrojes en medio del mar, en cuyo caso quizá pueda admitirse tu arrepentimiento.

—¡Miserables blasfemos! —estalló Gaddo—. Me pregunto —prosiguió, conteniendo su ira— por qué hablo de cosas que nadie comprenderá hasta dentro de quinientos años y que para comprenderlas debí convertirme en sarraceno. Addo —continuó, dirigiéndose a su abatido rival—, despreciable como eres, resultas bastante bueno para el mundo que existe. Te perdono la vida, restauro tu dignidad y, para demostrar que los preceptos de Cristo pueden ser practicados por quienes visten los ropajes del Islam, ni siquiera te haré quitar un ojo. Pero como sana admonición para ti, que ha de recordarte que la traición y la crueldad no escapan al castigo ni aun en esta vida, dispondré que de inmediato me hagas entrega de tu oreja izquierda. Cuando me restituyas el ojo, procederé inmediatamente a devolvértela. Y vosotros —dijo a los enviados—, pagaréis en el futuro un tributo de cien toneles, a menos que sea vuestro deseo recibir en vuestras costas la intempestiva visita de las galeras marciales con que cuenta mi suegro.

De tal forma, Addo reasumió su obispado y dejó su oreja al recaudo de Gaddo. Los toneles de *lacrima Christi* eran remitidos puntualmente, y con la misma puntualidad eran bebidos por el emir y por su yerno, con alguna colaboración de Ayesha. El ojo de Gaddo nunca fue devuelto, por lo que Addo nunca recuperó su oreja hasta que, después de que el ex prelado muriera cargado de años y de honores, el obispo pagó rescate por ella a los albaceas del difunto. Convertida en reliquia, se exhibe en la catedral de Addo hasta el día de hoy, como prueba de su inveterada hostilidad a los infieles y de los padecimientos que sufrió cuando éstos le capturaron. Pero Gaddo logró imponerse a su rival, pues la inscripción que junto a su nombre le declaraba, en el registro episcopal, «maridado con una hembra sarracena» fue modificada por un obispo ulterior, celoso del honor de la diócesis, quien anotó: «martirizado por una hueste sarracena».

LA DONCELLA PONZOÑOSA[1]

No es para él que florece mi oscura belladona,
Ni tampoco la cicuta destila muerte
Para huecos que ella tiene en su cavernosa raíz.

I

Pesada es la carga del niño —muy especialmente de aquel que pertenece al sexo femenino— cuyo destino, desde la más tierna infancia, consiste en hallarse desposeído de la bendición que proporcionan los cuidados de una madre.

¿Acaso la falta de esta vigilancia maternal haya sido la causa de que la educación de la encantadora Mitrídata se desenvolviera desde la edad más temprana en forma tan insólita? ¿De que serpientes enormes invadieran su cuna, lamieran su cara y se enroscaran en los miembros de su cuerpo; y de que sus diminutos dedos acariciaran escorpiones y ataran lazos en la cola de víboras; de que su padre, el mago Locusto, siempre diligente y afectuoso, la alimentara con cucharadas almibaradas de la espuma que se acumulaba bajo la lengua de áspides; de que, a medida que crecía y reclamaba una dieta más nutritiva, haya ingerido —al principio en dosis ínfimas, pero cada vez en mayor cantidad— arsénico, estricnina, opio y ácido prúsico; de que, por último, al llegar a la flor de la juventud bebiera habitualmente en copas de

---

[1] Cuando el autor escribió este cuento había olvidado por completo la narración de Nathaniel Hawthorne, «Rapaccini's Daughter», que de todas maneras ciertamente había leído. *(N. del A.)*

oro, ya que sus brebajes predilectos eran tan corrosivos que ninguna sustancia podía resistir sus mordientes propiedades?

Poco a poco se fue acostumbrando a este extraño régimen que le sentó maravillosamente y adquirió una belleza, sensatez y bondad incomparables. El padre prestó cuidadosa solicitud a su educación y la aleccionó en todo conocimiento lícito, con la sola excepción del conocimiento de venenos. Puesto que ningún otro ser humano ingresó en la casa, Mitrídata ignoraba que su formación había diferido en forma tan esencial de la que recibían los demás jóvenes.

—Padre —dijo un día, al tiempo que le mostraba un libro que había estado examinando—, ¡qué extrañas estupideces escriben los eruditos en tono solemne! ¿O acaso nada puede poner coto a la fantasía de la literatura de imaginación? ¡Que alguien se atreva a denunciar por escrito a las queridas serpientes, mis amigas y compañeras de juegos, como perniciosas, mortales y dañinas para la existencia! ¡Y que declare lo mismo acerca del beleño y del antimonio, que nutrieron mi salud y mi vitalidad! Tales juicios ¿son errores o son demostraciones de perfidia? ¿O se trata meramente de antojadizas locuras que concibió un entendimiento ocioso?

—Hija mía —respondió el mago—, ha llegado la hora de que sepas lo que hasta el día de hoy te fue ocultado, y con tal propósito dejé a tu alcance este tratado. Dice la verdad. Has sido alimentada desde la niñez con sustancias dotadas de propiedades mortíferas, a las que habitualmente se llama venenos. Ellas impregnan todo tu cuerpo y, si bien disfrutas de la salud más perfecta, un beso tuyo resultaría fatal para cualquiera que, a diferencia de tu padre, no haya prevenido tal efecto por medio de antídotos. Escucha ahora los motivos. Siento una letal inquina por el rey que gobierna este territorio. Por cierto, él no me infirió ninguna ofensa, pero su padre mató al mío, por lo que se concluye que debo poner fin a la vida del hijo del hijo de semejante antepasado. En consecuencia te he criado desde la infancia con ayuda de las ponzoñas más mortíferas, hasta conseguir que te convirtieras en un receptáculo andante de pestilencia. El joven príncipe está llamado a destaparlo para su propia destrucción y para tu indecible provecho. Ve a la gran ciudad; eres bella como la luz del día; él es joven, hermoso y tierno; infaliblemente se enamorará de ti. Entrégate a sus caricias, para que perezca como un miserable; de conformidad con la índole del encantamiento, quedarás purificada por el beso del amor y llegarás a ser tan saludable e innocua como tus congéneres y sólo conservarás tu conocimiento de venenos, que siempre resulta útil y que en las actuales condiciones de la sociedad es inestimable. Por lo tanto, acudirás de inmediato a Constantinopla y llevarás contigo cartas de recomendación mías destinadas a la emperatriz Teófano, felizmente reinante.

—Padre —dijo Mitrídata—, acaso llegue a amar a ese joven príncipe, acaso no. Si no lo amo, no estoy en absoluto dispuesta a soportar que me acaricie. Si lo amo, me siendo no menos dispuesta a evitar que mi proximidad sea la causa de su muerte.

—¿Ni siquiera en consideración al beneficio que te proporcionará ese acontecimiento?

—Ni siquiera por ese motivo.

—¡El cielo nos proteja de semejantes hijas! —exclamó el anciano—. Las criamos con toda nuestra ternura, agotamos nuestra ciencia para lograr el perfeccionamiento de sus espíritus y de sus cuerpos, abrigamos nuestras más caras ilusiones con respecto a sus actos y les encomendamos la realización de nuestros anhelos más entrañables; y cuando hemos llevado todo esto a una feliz conclusión, ¡no están ni siquiera dispuestas a cometer un asesinato para complacernos! ¡Miserable ingrata, recibe la justa recompensa de tu desobediente egoísmo!

—¡Por favor, padre, no me conviertas en un renacuajo!

—No lo haré, sino que procederé a arrojarte fuera de esta morada.

Y así procedió.

II

Aunque desheredada, Mitrídata no se hallaba totalmente desposeída. Se había apropiado de una pizca de la piedra filosofal. ¡Dote ínfima para la hija de un mago!, pero que le aseguraba cierta porción de riqueza. ¿Qué haría ahora? La principal meta de su existencia tenía que ser, de aquí en adelante, tratar de no incurrir en asesinato, especialmente en el de un joven hermoso. Hubiera resultado más natural recluirse en un convento pero, al margen de su falta de vocación, advertía que su padre juzgaría con razón que había deshonrado a su familia, y la muchacha todavía confiaba en reconciliarse con él. Podía ocupar una ermita, pero el instinto le decía que una bella anacoreta sólo estaba en condiciones de alejar a los jóvenes si aplicaba drásticas medidas, y le desagradaba la vida recoleta que debe ser protegida con auxilio de un mastín. Por lo tanto, marchó directamente a la gran ciudad, se instaló en una mansión y se rodeó de servidores. En la selección de éstos fue particularmente cuidadosa, para escoger sólo aquellos cuyo aspecto personal desalentara cuanto significase una vía favorable a la intimidad y al afecto. Nunca antes o después una belleza juvenil estuvo rodeada por tales amas bigotudas, doncellas bizcas, pajes jorobados y criados deformes. Esto constituía para Mitrídata un verdadero sufrimiento, porque amaba la belleza, pero todavía le resultaba una prueba más difícil el hecho de no poder halagarse con la menor dosis de arsénico; añoraba la estricnina y sentíase desfallecer por la ausencia del ácido prúsico. Por supuesto, el cambio de dieta al principio resultó muy perturbador para su salud y, para decir la verdad, le ocasionó una seria dolencia, pero la juventud y una sana constitución le permitieron recuperarse.

Querido lector, ¿supiste alguna vez qué significa vivir con un corazón inflamado de amor hacia el prójimo que no es posible expresar ni por medio de la palabra ni a través de los actos, languidecer a causa de infructuosos deseos de hacer el bien, consumirse en vanos anhelos de resultar útil? ¿Has sido reprobado y quizás injuriado por tus semejantes en razón de que no realizaste lo que te era imposible llevar a cabo? Si algo de esto te sucedió, sentirás piedad por la infortunada doncella, cuya naturaleza era la más ardiente, expansiva y afectuosa, pero que se veía condenada a una existencia de soledad y sabía que la consideraban un monstruo de orgullo y vanidad, a causa de la necesidad que penosamente la forzaba a rehuir en la medida de lo posible todo contacto con los seres humanos. No se atrevía a conceder a nadie una mirada bondadosa o un ademán alentador, para que esta circunstancia ridícula no la conduzca a manifestar su poder nefasto. Sus mismos servidores, cuyas mentes por lo general estaban tan deformadas como sus cuerpos, la odiaban y se sentían hondamente agraviados por lo que estimaban el desdén altanero que les mostraba su empleadora. Nadie podía negar que la muchacha era generosa en materia de dinero, pero la liberalidad exenta de ternura recibe tan poca gratitud como la que merece. Las jóvenes de su propio sexo se regocijaban secretamente ante su falta de amabilidad, que juzgaban un contrapeso providencial de su belleza, y al mismo tiempo la detestaban y la denigraban como... bueno, solían decir que era como una víbora en un pesebre[2]: corrompía a los enamorados de todas y no se apropiaba de ninguno para sí. Pues a pesar del rigor que exhibía Mitrídata, no había manera de librarse de los pretendientes, de las aturdidas falenas que revoloteaban en torno de esa candela deslumbradora pero funesta. Toda el agua helada que tanto literal cuanto figuradamente se arrojaba sobre ellos no bastaba para alejarlos de la residencia en que se hallaba instalada la juvenil asediada. Abarrotaban la casa con ramos de flores y esquelas galantes, permanecían sentados en la escalinata que conducía a la puerta de entrada, corrían a la par de la litera en que era transportada cuando salía de su residencia y se reunían por las noches para darle serenatas, rivalizando entre sí desesperadamente. Trataban de ser admitidos como vendedores ambulantes, como mensa-

---

[1] Proverbio inglés que ha sido registrado con diversas variantes y cuyo significado acaso presente cierta analogía con el dicho español: «Como el perro del hortelano, que ni come ni deja comer al amo». (N. del T.)

jeros, inclusive como pinches de cocina masculinos o femeninos. Llegaron a tales extremos que un atardecer cierto muchachito particularmente audaz intentó poner en práctica el rapto de la joven; y lo habría conseguido, si no se hubiese interpuesto un antagonista que espada en mano saltó frente a él y, al cabo de un feroz enfrentamiento, le dejó tendido en el suelo desangrándose. Mitrídata, por supuesto, se desmayó. ¡Cuál sería su horror al recobrarse, cuando se encontró en brazos de un doncel de exquisita belleza y de aspecto principesco, quien bebía de sus labios la muerte con extraordinaria fruición! Profirió agudos gritos y trató de desasirse; si acaso hizo un empleo poco femenino de sus manos, debe disculpársela por la premura que imponía la situación. El joven le recriminó amargamente tanta ingratitud. Ella le escuchó en silenciosa aflicción, incapaz de defenderse. El dardo del amor también había penetrado en su pecho y le resultó casi tan penoso tomar la decisión de apartarle, en bien de sí misma, como le dolía el hecho de verle alejarse, lenta y lánguidamente, tambaleándose hacia su inevitable perdición.

Durante los días siguientes se sucedieron sin cesar los mensajes que reclamaban la presencia de Mitrídata junto a un joven que se moría por ella y al que su presencia habría de revivir plenamente. Rehusó firmemente, pero, ¡cuánto le costaba mantener esta actitud! Lloró, se retorció las manos, clamó para que la muerte la abatiera y execró la crianza que había recibido. Con esa extraña apetencia de atormentarse que casi parece disminuir los agudos sufrimientos de los desdichados, reunió libros sobre venenos, estudió cuantos síntomas eran expuestos e imaginó que su infeliz enamorado debía soportarlos uno tras otro. Por fin, llegó un mensaje que no admitía evasión. El rey exigía su presencia. Alertada por la pasada experiencia, se procuró un velo y una máscara y compareció en el palacio.

El viejo monarca parecía afligido por un hondo pesar; en circunstancias más felices, debió caracterizarse por un temperamento alegre y afable. Le dirigió la palabra con seriedad, pero bondadosamente.

—Doncella —comenzó a decir—, la injustificada crueldad que has demostrado en tu comportamiento con respecto a mi hijo...

—¡A tu hijo! —exclamó Mitrídata—. ¡Al príncipe! ¡Padre mío, has sido vengado de mi desobediencia!

El rey se mostró sorprendido, pero prosiguió:

—... sobrepasa cuanto hasta el presente la historia registró acerca de los monstruos más insensibles. Tu honor debe obligarte a salvar cuanto él arriesgó de su propia vida. Le has llevado al borde de la tumba por obra de tu crueldad y te has negado a brindarle la sonrisa o la mirada tuya, que bastaría para devolverle la salud.

—¡El cielo me asista, gran rey! —replicó la joven—. Sé demasiado bien lo que tan augusto monarca debe pensar de mí. Es justo que reciba lo que merezco. Pero créeme, mi presencia de nada serviría para restaurar la salud de tu hijo.

—Eso lo decidiré yo —dijo el rey— cuando te hayas quitado el velo y la máscara.

La muchacha accedió de mala gana.

—¡Mi Dios! —vociferó el rey—. ¡Una visión semejante bastaría para traer de regreso a la tierra el alma que ya asciende hacia el paraíso! Apresúrate en ir a ver a mi hijo, sin demora. Todavía no es demasiado tarde.

—¡Mi rey! —clamó su interlocutora—, ¿cómo es posible que este rostro preste algún socorro a tu hijo?

¿Acaso no está padeciendo los efectos de setenta y dos venenos?

—Acerca de eso no sé nada —respondió el monarca.

—¿Acaso sus entrañas no están abrasadas con fuego? ¿Acaso su carne no se va desintegrando, ni su piel se ha desprendido del cuerpo? ¿Acaso no se ve atormentado por cólicos y vómitos incesantes?

—Que yo sepa, no —insistió el rey—. Según mi entendimiento, los síntomas son análogos a los que yo recuerdo haber experimentado en idénticas circunstancias, por cierto en forma menos aguda: yace en su lecho, se niega a comer y beber, te reclama sin interrupción.

—Esto resulta muy inexplicable —observó Mitrídata—. En el laboratorio de mi padre no existía ninguna droga que haya podido ocasionar tales efectos.

—Para terminar con el asunto —prosiguió el rey—, o te diriges inmediatamente a los aposentos de mi hijo y de allí a la iglesia, o en caso contrario deberás encaminarte al patíbulo.

—Si debo escoger, prefiero el patíbulo —respondió Mitrídata sin vacilación—. Créeme, ¡oh, rey!, mi presencia en los aposentos de tu hijo destruiría las pocas esperanzas que aún subsisten de que pueda recuperarse. Le amo más que a nadie en la tierra y por nada del mundo admitiría que su sangre cayera sobre mi conciencia.

—¡Chambelán —ordenó el monarca—, tráeme un chaleco de fuerza!

Conducida a un rincón, Mitrídata se arrojó a los pies del rey, tratando empero de no tocarle, y le confesó toda su desventurada historia.

—*A bon chat bon rat!* —exclamó tan pronto pudo contener la risa—. ¡Así que eres la hija de mi viejo amigo el mago Locusto! Sospeché que apelaría a tal astucia, y mientras él alimentaba a su vástago con venenos, yo hacía que el mío ingiriese antídotos. ¡No hay un solo niño en el universo que haya recibido semejante caudal de medicinas! Pero no existe ponzoña en la tierra que al presente pueda causarle daño. No cabe duda de que sois el uno para el otro; corre hasta su cabecera y, tal como lo requiere el conjuro, en sus brazos líbrate cuanto antes de tus cualidades tóxicas. Tu padre será invitado a la boda y recibirá el trato de huésped distinguido, ya que nos enseñó que el beso del Amor es el remedio de cualquier veneno.

SIRUELA/BOLSILLO

ISBN: 84-7844-618-4

Depósito legal: M-23.016-2002

Impreso en Anzos